Para Mai...
con mucho agradecimiento

8-11-23

EDITORIAL ABYAD

MYSTERIUM SALUTIS

JOSE CHACÓN

EDITORIAL ABYAD

MYSTERIUM SALUTIS

JOSE CHACÓN

NOVELA

EDITORIAL ABYAD

CR863.44
CH431m2 Chacón Alvarado, José Pablo
FV   MYSTERIUM SALUTIS / José Pablo Chacón Alvarado
– Segunda edición – San José, C.R. : Editorial ABYAD,
2021.

396 páginas : 15.2 cms x 22.8 cms

Nota: público en general

ISBN 978-9968-49-659-9

1. Literatura costarricense. **2**. Género literario. **3**. Novela.
4. Ficción histórica. **I**. Título.

Revisión de texto: Habib Succar
Diseño de portada: Jorge Salazares / info@jorgesalazares.com

ISBN: 978-9968-49-659-9
Hecho en Costa Rica

EDITORIAL ABYAD

A mis hermanos Juan Carlos y Mónica.
Pocas cosas sostienen el mundo en pie.
El abrazo entre hermanos es una de ellas.

Esta edición incluye
El Camino de Mysterium,
una guía de lectura interactiva

PALIMPSESTO
PRIMERO

1

Cayendo

En un lugar de la Mancha, de cuyo nombre no quiero acordarme... Cervantes tendría sus buenas razones para querer olvidar, cosa que le respeto y le comprendo. Yo tampoco quiero acordarme de ciertos lugares, rostros y acontecimientos. Esto lo digo ahora, en esta solitaria y quejosa vejez, con mis barbas grises y mi sombrero de siempre haciéndome compañía en el sillón de al lado. En mi escritorio continúan todos esos papeles infames, las ya famosas cartas, el código y la Biblia. Hay demasiadas emociones comprometidas en ellos. Olvidaré deliberadamente lo que creo que no haría bien en contar. Quizás no me haga bien a mí, pero tampoco a quien lea estas páginas. Sobre todo, cuando pienso en aquel cadáver, si se le puede llamar así.

Dicen que cuando uno está a punto de morir y justo en el instante en que el abatimiento físico llega a su culmen, se puede escuchar un ruido chirriante como de algo que se rompe lentamente provocando un chasquido prolongado y desagradable, una especie de zumbido envolvente que solo perciben los oídos del moribundo. Un escándalo horrísono, como el que produce la tensión eléctrica a su paso por un cable que es incapaz ya de soportar el torrente de voltios que avanza inexorablemente por su interior.

Ese zumbido es aún más desagradable y envolvente cuanto mayor sea la resistencia que se oponga a su paso. Entonces uno se deja llevar, desiste, sucumbe y se libera del insoportable zumbido, que no es otra cosa que el ímpetu de la vida que ya es incompatible con la carne.

¿Qué sucede después? No lo sabemos. Hasta ahora lo que tenemos son relatos de aquellos que, por alguna razón u otra, han regresado justo antes de finalizar ese trance del zumbido y han evitado, o al menos han pospuesto momentáneamente, convertirse en cadáveres.

¿Y qué significa ser un cadáver? Dicen que "cadáver" proviene del latín *Caro Data Vermibus* (Carne dada a los gusanos). Pero solo un estúpido creería eso. Nadie ha encontrado ningún sepulcro con esa inscripción. Los cretinos que han difundido tales mentiras aducen que fue San Isidoro de Sevilla quien afirmó tal disparate. Pero lo que, en realidad, dijo el erudito hispalense, allá por el año seiscientos, lo consignó en sus Etimologías, más específicamente en *Etymologiarum Libri XX, Liber XI de Homine et Portentis, II. De Aetatibvs Hominvm* diciendo:

Omnis autem mortuus aut funus est, aut cadaver. Funus est, si sepeliatur. Et dictum funus a funibus accensis, quos ante feretrum papyris cera circumdatis ferebant. Cadaver autem est, si insepultum iacet. Nam cadaver nominatum a cadendo, quia iam stare non potest.

Es decir, que todo muerto es llamado *funus* (sepultado), pero que un *funus* no es un cadáver. Para

12

transportar a los muertos se utilizaban unas cuerdas hechas de papiro llamadas *funibus,* que se quemaban una vez finalizado el enterramiento. Vale decir que *funis* (cuerda) es el origen de palabras como funicular o funeraria. Vamos, que cuando el cuerpo no ha sido sepultado aún se llama cadáver. Y cadáver, según Isidoro, viene de *cadendo* (cayendo) porque, aunque no esté sepultado aún, ya no puede estar más en pie. El cadáver es aquel que se encuentra en un punto ya sin retorno entre la muerte y la sepultura. Cuando uno todavía no está cadáver (cayendo), pero tampoco puede estar completamente firme o en pie, entonces está *in-firme,* es decir: enfermo.

Pero no hablamos de un enfermo sino de un cadáver, o algo similar a un cadáver, ¿se le puede llamar así a lo que yacía sin vida en aquel suelo brillante y pulcro de la oficina la mañana del 26 de febrero del 2007? Aquel lunes en que las noticias repetían con inquietante cacofonía la palabra Srebrenica, en Tel Aviv fue hallado un cadáver, si se le podía llamar así.

2

Hakibutz Ha'artzi Tower 3,
Daniel Frisch St. Tel Aviv
Piso 19
26 de febrero del 2007
7:15 a.m.

Un cadáver o algo similar a un cadáver, yacía sin vida en aquel suelo brillante y pulcro de la oficina, la mañana del 26 de febrero del 2007 en la embajada de Alemania. El trozo de cuerpo estaba desnudo, dentro de una bolsa de basura negra, con un nudo flojo en su abertura. No había manchas de sangre por ninguna parte. Tampoco había desorden ni rastros de pelea o forcejeo. Por macabra que fuera la escena, no existía indicio alguno de violencia. En la oficina todo, incluso el torso mutilado y sin vida, proyectaba una extraña atmósfera de paz. Un olor dulzón flotaba en el aire, iba y venía, como si dependiera de corrientes de viento, aunque el recinto carecía de ellas porque estaba cerrado a cal y canto y sin aire acondicionado. Todo parecía estar en su sitio, como si nada, digamos…, fuera de lo normal hubiese sucedido aquella noche en la oficina de Liese, la agregada cultural de la embajada de Alemania en Israel.

Dos militares alemanes, funcionarios de la embajada, se encargaron de la escena sin saber muy bien qué hacer. Nunca habían visto algo así, mucho menos dentro de su propia embajada. Muy temprano el jefe de seguridad había recibido una llamada urgente indicándole que creían haber encontrado un cadáver, o algo similar, dentro de la embajada. Estaban conmocionados y decidieron suspender todos los servicios consulares y notificar a todo el personal para que se tomaran el día libre. Dentro de la bolsa podía verse el tronco de una mujer. Es decir, era una especie de amasijo de carne compuesto de pecho y abdomen, sin cabeza o extremidades.

¿Debían llamar a las autoridades israelíes o notificar a la canciller alemana, Angela Dorothea Merkel? Prefirieron no hacerlo aún. Esto, sin lugar a duda, sería un escándalo diplomático de dimensiones impredecibles y deseaban contar con toda la información posible antes de que la noticia empezara a correr por el mundo con virulencia. Por ahora podían estar tranquilos, las noticias alemanas estaban concentradas en otras cosas.

Los diarios alemanes daban cuenta del juicio mediático que ocurría en los juzgados de Magdeburgo, contra seis neonazis que habían quemado un ejemplar de *El Diario de Ana Frank*. La acusación sostenía que uno de los imputados, Lars Honrad, de 25 años, lanzó el libro a una hoguera durante la fiesta del solsticio de verano, mientras maldecía y despreciaba a los fallecidos en los campos de concentración nazis de la Segunda Guerra Mundial. La hoguera se llevó a cabo en Pretizien, en junio del año pasado, mientras los acusados, dc entre 24 y 29 años lanzaban vítores alabando a los nazis y ridiculizando a Ana Frank y a los judíos.

La prensa internacional informaba del fallo de La Corte Internacional de Justicia de la ONU, sobre el asesinato de aproximadamente unas 8.300 personas musulmanas de etnia bosnia por parte de cristianos serbio–bosnios, en julio de 1995. La Corte no encontró pruebas para condenar al Estado serbio por genocidio, pero sí definió como acto genocida la matanza. Se daba un cierto final a una terrible historia de negligencias internacionales. Si lo tuviéramos que resumir puntualmente, la historia sería así: El 27 abril de 1992 nace la nueva República Federal de Yugoslavia (Serbia y Montenegro). En enero de 1994 Slobodan Milosevic es reelegido presidente de Serbia y crece la tensión en la zona, pero no llegan los prometidos convoyes humanitarios de la ONU a los poblados musulmanes seriamente amenazados, sobre todo Srebrenica, al oriente de Bosnia. En junio de 1995 los encarnizados combates iniciados en abril pasado entre el Ejército de Bosnia–Herzegovina y las tropas serbio–bosnias se ciernen sobre Srebrenica y los soldados de paz holandeses tienen que abandonar sus labores y huir. Un completo desorden, desinterés y negligencia, un fracaso de la ONU. Durante días, columnas de civiles intentan huir de Srebrenica, al este de Sarajevo, hacia Tuzla. El general serbobosnio Ratko Mladic entonces se ensaña contra la población musulmana y conduce personalmente ataques despiadados que se prolongan durante días. El 12 julio de 1995 el Consejo de Seguridad de la ONU aprueba una resolución de condena a la ofensiva serbobosnia contra Srebrenica. Tarde, demasiado tarde. El 21 noviembre se firman los acuerdos de Dayton (Ohio, EEUU) y finaliza el conflicto. Un fracaso internacional. Hoy, 26 de febrero del 2007, la CIJ concluye que

17

la matanza de más de 8.000 musulmanes en la ciudad bosnia de Srebrenica en 1995 fue un genocidio.

El trozo estaba limpio, sin una gota de sangre, como si lo hubieran succionado por dentro. Sus tejidos, músculos y membranas, que asomaban por el cuello, cuya cabeza parecía haber sido arrancada más que cercenada con algún artefacto punzocortante entre las vértebras cervicales, estaban blanquecinos, con algunas zonas casi translúcidas que parecían pétalos deshidratados. Pequeños gajos de piel colgaban de los cortes en el cuello, ingles y hombros. Pero ni aquí ni allá había una sola gota de sangre. Todo esto era evidente a simple vista si se miraba en el interior de la bolsa con una linterna.

—Quien hizo esto sabe bien lo que hace —atinó a decir el militar más bajito, mientras limpiaba sus lentes con un pañuelo de papel.

—Sí —se aventuró a conjeturar el otro militar, que permanecía asomado al interior de la bolsa plástica— Es como si se tratara de un sacrificio realizado por un *shoijet* o matarife del ritual judío del *shjitá*.

Ninguno de los dos había presenciado algo similar y seguían esperando órdenes de sus superiores en la embajada. El militar alto continuó:

—Para que la carne del cordero o la vaca sea *kosher*, el shoijet debe hacer un corte a lo largo del cuello del animal y dejar fluir la sangre hasta que ya no exista una sola gota en ninguno de los tejidos. Un rito similar es el que realizaría un musulmán para que la carne sea *halal* o lícita. En el caso del Islam, se debe pronunciar el nombre de Dios antes de hacer el corte con un movimiento continuo de un cuchillo afilado. El procedimiento se realiza con el animal mirando hacia la Meca.

MYSTERIUM SALUTIS

Escribo como en un palimpsesto,
palabra del griego antiguo que significa
«grabado nuevamente». Es decir, como si tomara
un manuscrito antiguo, lo raspara para borrarle
todo su contenido y lo reescribiera de nuevo
con mis propias palabras. Un palimpsesto conserva
siempre las huellas de otra escritura muy anterior
en la misma superficie, pero borrada expresamente
para dar lugar a la que ahora existe.
Y el buen investigador logrará descubrir
las huellas antiguas que yacen ocultas.
Yo he querido borrar palabras, ideas, lugares
y rostros. Este pliego contiene
palabras que narran el origen
de lo acontecido en el año 2007 en Tel Aviv.
Una historia que tiene sus inicios 262 años antes
o incluso 485 años atrás.

3

STUTTGART, ALEMANIA
1745

Dado su origen cercano a los establos del duque Liudolf de Suabia, la ciudad de Stuttgart (o yeguada en castellano), lleva en su escudo un caballo, o si se quiere, una yegua.

Este dato hubiera hecho chirriar todos los engranajes mentales de los caballeros de la familia Brandt. Nacidos judíos askenazi pero conversos, desde hacía no demasiados años, al puritanismo cristiano en la rama de los menonitas. El carácter férreo del patriarcado de los Brandt no admitía ninguna superioridad de la mujer sobre el hombre. Jamás admitirían la posibilidad, por remota que fuera, de que en el escudo de su ciudad natal retozase una poderosa hembra dominante.

Los tres hermanos podían pasar por trillizos idénticos. Adam, Isaac y Jacob Brandt nunca se habían separado. Los dos mayores eran robustos, de ojos azul metálico y nariz desagradablemente aguileña. El menor, en cambio, era de huesos frágiles y delgado. Sus padres los habían dotado de nombres bíblicos y por orden de aparición en el Génesis. Adam, por tanto, era el hermano mayor. Severo y musculoso, asumió el rol de patriarca del clan cuando su padre, Aarón

Brandt, enfermó de viruela y murió delirando y despotricando contra Dios y la Torah.

Aarón Brandt, al percatarse que había enfermado de viruela cuando la fiebre lo derrumbó, decidió permanecer en aislamiento voluntario y solicitó que le proporcionaran agua y comida desde el exterior del cuarto mediante un mecanismo que él mismo construyó, una especie de caña de pescar con un tazón en el extremo que iba y venía por el accionar de una pequeña polea. Su esposa Ester y sus tres hijos siguieron sus indicaciones al pie de la letra. Además de ser una de las enfermedades que más mataba personas, la viruela era particularmente desagradable, pues tendía a atacar la cara con erupciones y pústulas de contenido viscoso y opaco.

Aarón Brandt esperó en vano la visita de sus amigos, sus familiares o del rabino. Todos los días preguntaba si había venido alguien y, como si fuera una letanía, cada día repetía el mismo insulto: *hapess me sheh ya-enay-otcha[1],* gritaba como en un esputo con un hebreo mal pronunciado, en vez del yiddish coloquial usado en su comunidad.

El día que Aarón murió todo siguió igual. Murió la mañana del domingo 2 de julio de 1741 o más bien, podríamos decir que esa mañana se percataron de su deceso. A veces pasaban varios días sin saber de él. Permanecía en el interior de la habitación, en silencio y quietud. Otras veces insultaba por horas y a veces durante días seguidos. No permitía que nadie in-

---

1   Hebreo: *Que se jodan.*

tentara reconvenirlo, confortarlo o confrontarlo con ninguna de sus actitudes. El viejo se estaba dejando morir, así lo había decidido. Normalmente observaba el sábado, por lo que a nadie le había extrañado la quietud que había reinado en la habitación desde el viernes.

El funeral se realizó ese mismo día en la sinagoga de Heilbronn. Un panegírico salmodiado por el anciano rabino de voz lijosa precedió la diminuta procesión hasta el cementerio. Jacob, el hijo menor de Aarón contempló las calles, los amplios pastizales cubiertos por miles de flores blancas, las lejanas casas y algunos viñedos y se preguntó cuántas veces habría recorrido su padre aquel mismo camino para enterrar a sus familiares y amigos.

Aaron Brandt fue enterrado como todo un judío devoto, aunque no lo era. Como era costumbre, sin lujos, envuelto únicamente en una sábana blanca, sin ataúd y sin ornamentos de ninguna clase. Sobre él pusieron, eso sí, un librito de oraciones que el viejo nunca leyó. Cuando el rabino lanzó el primer puñado de tierra, los grumos y piedritas sonaron secamente sobre la sábana, plop, plop, un sonido muerto, sin eco. A Jacob, que entonces tenía 16 años, se le doblaron las rodillas y se asió de Ester, que lloraba silenciosamente, como en otro mundo.

Observaron los siete días de shivá, taparon el único espejo de la casa y esperaron en vano las visitas de sus hermanos judíos. Nada, nadie. Ni familiares ni amigos. Los judíos no les prestaron ayuda. Ni durante la enfermedad ni después de la muerte de Aarón

Brandt. Y no eran una comunidad particularmente inmisericorde, pero los Brandt no habían hecho demasiados méritos para darse a querer en el pueblo. Debían dinero, tenían fama de pendencieros y hasta de renegar de su fe cuando les convenía. Así veían a todos los Brandt, excepto a Jacob, el hijo menor de Aarón y Ester: parecía ser diferente. Conciliador, sensible, empático y esforzado. Tampoco eran vistos con simpatía fuera de la comunidad judía. El antisemitismo era una realidad más o menos generalizada. Pronto los hermanos Brandt y su madre Ester empezaron a pasar hambre. Realmente la estaban pasando mal.

La noche del 24 de enero de 1742, los Brandt y su madre tiritaban de frío en la desvencijada casa de madera ubicada en Heilbronn, muy cerca del río Neckar, concretamente en el barrio de Neckargartach en Stuttgart. Afuera nevaba copiosamente y con parsimonia. Tenían hambre y el llanto de Ester acongojaba aún más a los tres hombres de nariz aquilina. No era un invierno especialmente frío, pero ningún invierno es cálido cuando el hambre punza las entrañas y la desesperación ha invadido el alma.

Aquella noche sonaron las ruedas de una carreta y los cascos de un caballo. Los Brandt no esperaban a nadie, con toda obviedad. Nadie los visitaba nunca. Cuando sonó la puerta y alguien gritó desde afuera, Ester se recompuso la cara con el paño de su falda y se incorporó para asomarse por la ventana. Del otro lado, frente a la puerta, esperaba un hombre canijo, extremadamente alto, ligeramente encorvado, con una barba azabache que hacía juego con su estatura, un atuendo ancho, como una sotana de un color indefinido, entre marrón y negro, un cuello blanco muy prominente, es decir, una gorguera de lino escarolado, de abundantes pliegues al estilo Miguel de Cervantes y un sombrero de fieltro negro que sacudía diligentemente con una mano.

Johann Baptist Pastorious era un miembro de la comunidad cristiana menonita de Krefeld, a unos 300 kilómetros hacia el norte de Heilbronn. Nadie supo nunca con exactitud qué lo había llevado hasta Neckargartach. Pero su llegada a la casa de los Brandt fue, cuanto menos, providencial. Johann solicitó posada. Ester y los tres hermanos lo escrutaron ávidamente, con desconfianza. El enorme hombre estaba de pie en la puerta, aterido de frío y esperando una respuesta. Ester lo hizo pasar y en ese instante, entonces, apareció una mujer de larga falda oscura y cabeza cubierta con un pañuelo de seda negro. Detrás de ella venían una jovencita de grandes ojos verdes y de tez exageradamente blanca y un niño pequeño, que caminaba sin ganas, cubierto con una manta de las que se usan para los aperos de los caballos. La mujer, de edad incierta y caderas anchas, era Katharina, la esposa de Johann y sus dos hijos, Sonia y Jacobo. Sonia tenía 16 años y era tan tímida como su madre. Jacobo era un inquieto niño de 5 años cuyas botas parecían ser más grandes de lo necesario.

Ya adentro, Johann se presentó ampliamente y Ester logró, como por arte de magia, que todos se sintieran cómodos en la pequeña estancia de madera.

—Será solo por esta noche —dijo disculpándose Katharina con sus manos sobre los hombros del pequeño Jacobo.

–No se preocupen, ya están en un lugar caliente y seguro –dijo Adam tomando el liderazgo de la situación–. Pueden acomodarse aquí en esta estancia, tenemos mantas y leña para mantener la chimenea encendida, lo que no podemos ofrecerles es algo que llevarse a la boca. No han sido buenos tiempos por aquí.

Johann saltó de la silla donde se había instalado cómodamente y se disculpó con ademanes exagerados.

–¡Qué inconsciente he sido! –gritó agitando los brazos, perdónenme–. Y salió de la casa con cierto apuro para regresar, dos minutos después, cargado de viandas que había sacado de la carreta.

No hacía demasiado frío, pero el viento arreciaba con violencia. Isaac Brandt, el segundo hijo del difunto Aarón y de la viuda Ester, se hizo cargo del caballo y lo llevó a un lugar seguro. Esa noche comieron un delicioso pan de corteza crujiente y la miga más suave y sabrosa que habían probado. También descubrieron un bollo de pan de especias y tomate, cuya miga era rojiza y algo picante. El queso no era la gran cosa, pero tenían tiempo de no comer más que tubérculos hervidos y agua, con lo peligroso que era beber agua. Pero antes de dar el primer bocado, Johann Baptist Pastorious extendió sus manos hacia Katharina y ésta hizo lo mismo, ofreciéndole su mano derecha a Sonia, quien tomó la izquierda de Jacobo. Johann invitó con la mirada y Adam, Isaac, Jacob y Ester y se unieron en una especie de corro.

–Te alabamos Señor por todas tus bendiciones –oró Johann con voz de trueno–, bendice a esta familia que nos recibe y nos da techo. Retribúyeles con creces y muéstrales tu bondad, bendice los alimentos que vamos a comer, en el nombre del Padre, del Hijo y del Espíritu Santo, amén.

Ester ahogó una exclamación. Mientras que sus tres hijos se miraban el uno al otro con gravedad. Nunca habían comido con unos goym[2] y temían confesar que eran judíos dadas las ínfulas antisemitas de los cristianos.

–¿Por qué creen que los cristianos odian tanto a los judíos?– preguntó Jacob Brandt con verdadera curiosidad. Jacob era el hijo menor del difunto Aarón y de la viuda Ester. Tenía 19 años. Hablaba poco y refunfuñaba mucho. Este era, quizás, el más inteligente de los tres hermanos. Aprendió a leer y escribir desde los 5 años en una sociedad en la que el nivel de alfabetización era mínimo y el acceso a la lectura un lujo. Esto lo hacía destacar. Era reflexivo y dudaba de todo. De contextura delgada, mínima, con unas enormes orejas puntiagudas, tan flaco que se le transparentaban los huesos, sobre todo los pómulos y los huesos de los brazos. A diferencia de sus dos hermanos mayores, que eran grandes y robustos, Jacob Brandt era poco llamativo, menudo y de apariencia frágil. Como si estuviera enfermo.
–Somos judíos –se apuró a confesar Ester sin miramientos y esperando cualquier cosa. Sostuvo la mirada, pendulando sus ojos entre las pupilas de Katharina y de Johann para atisbar sus pensamientos.

---

2   Del hebreo *goy* o pueblo. Forma en que los judíos llaman a los no judíos.

–Una vez –dijo Johann mientras cortaba una rebanada de queso y la colocaba sobre un trozo de pan– el Maestro Menno Simons dijo en uno de sus sermones (esto me lo contó el hermano Abram Siemens) *die Abneigung gegen das Unähnliche*[3]. Lo decía pensando en el desprecio que los luteranos ejercen sobre nosotros.

–¿Nosotros? –inquirió Jacob Brandt– Pensé que ustedes eran de esos luteranos.

–¡No, ni Dios lo quiera!, somos menonitas.

–¿Entonces no son cristianos? –continuó interrogando Jacob Brandt.

–Lo somos –prosiguió Johann, arreglándoselas para hablar mientras masticaba–. Los seguidores de Menno Simons somos cristianos. Nos persiguen y nos matan tanto los católicos como los luteranos y últimamente los anglicanos también. Pero nosotros somos gente de paz. Ustedes no deben temer. En el fondo nos parecemos más de lo que ustedes creen. Incluso nuestros hijos menores se llaman Jacob y Jacobo.

Rieron.

–Ustedes hablan *yiddish* –continuó Johann con aire de maestro–, nosotros hablamos *plautdietsch*. No somos tan diferentes entre nosotros y ambos pueblos, el judío y el menonita, seguimos huyendo constantemente y obligados a la diáspora.

---

3 El desagrado ante lo diverso, ante lo diferente. En realidad la frase es del historiador Salo Wittmayer Baron. La versión original es en inglés "the deslike of the unlike" dicha en 1961, en el marco del Proceso Eichmann.

–Lo más triste de todo –intervino Sonia con timidez– es que, en nuestro caso, son nuestros propios hermanos cristianos, tanto luteranos como católicos quienes nos rechazan.

–Bueno… –objetó Jacob Brandt con tono de galanteo– a nosotros, nuestros hermanos judíos nos ha dado la espalda.

Jacob Brandt era un joven poco agraciado, por no decir que feo, pero sus palabras poseían una seguridad magnética y sensual que atrajo de inmediato la atención de Sonia. Jacob había puesto sus pupilas en Sonia desde que la vio entrar, pálida como un espectro, por la puerta de su casa. Ahora, con más calor, sus mejillas cobraron algo de rubor y sus labios le parecieron más vivos y carnosos que antes. Tan absorto estaba admirándola que sus ojos, color azul metálico, parecían haberse quedado sin pupilas y se asemejaban más a dos bolitas de cristal.

–Lutero acusó a nuestros antepasados, los tachó de herejes –predicó Johann echándose hacia atrás y observando cómo comían todos–. Lo hizo porque no bautizaban niños, sino que esperaban a que cada persona tuviera conciencia de sus actos para decidir.

–Vaya, parece que no hay religión que se salve de los odios fraternos, aseveró Jacob con sarcasmo.

–Me temo que no Jacob. Claro, piensa que el problema del bautismo de adultos no tenía nada que ver con una controversia bíblica. Esta gente tenía otra cosa en mente –dijo lanzando una risa burlona–. Los luteranos y calvinistas bautizaban a sus bebés, heredándoles su fe y su fidelidad a un territorio específico, fiel a determinada iglesia y esta iglesia, a su vez, había jurado lealtad a determinado príncipe.

–Veo que eso del bautismo era un asunto muy poco espiritual –sentenció Jacob, que parecía ser el único que le seguía el hilo a Johann.

–Dios lo sabe muchacho. ¡Que era un asunto político sin más! Además, nosotros creemos que debe existir una verdadera separación entre los poderes del Estado y la Iglesia. Por eso también las autoridades, los príncipes, monarcas y la Iglesia Católica nos consideran disidentes. ¡Somos considerados traidores por partida doble!

La noche había avanzado y el fuego de la chimenea se extinguía. Por eso Adam, que había permanecido en silencio profundo durante toda la cena, se levantó y atizó la llama arrimándole un tronco nuevo, sacudiéndole antes algunas suciedades, como si ellas no ardieran también. La nieve había empezado a caer aún más copiosamente y el frío, ahora sí, amenazaba ferozmente. Debían ser cerca de las diez de la noche y el pequeño Jacobo ya se había quedado dormido con la cabeza entre los brazos que hacían de almohada sobre la mesa. Todos parecían exhaustos. Sin embargo, y sin ninguna contemplación ni misericordia, Johann quiso continuar, "al menos un poco más", pensó.

–En 1526, hace poco más de dos siglos, el Consejo de la ciudad de Zúrich aprobó la pena de muerte para los anabaptistas porque éramos, según ellos, alborotadores y enemigos del orden. ¿Saben cómo se ejecutaba esa pena? Pues de la forma más despreciable y aterradora, ¿la pueden imaginar? ¿No? –hizo una pausa, escrutando los rostros, como si esperara realmente que alguien se lanzara a responder su macabra adivinanza–. A los anabaptistas los ahogaban, como en un simulacro de bautismo del que no se regresa jamás.

–¡Por *HaShem* que eran crueles! –fue lo único que se atrevió a decir Adam en toda la conversación.

–Una enorme muestra de sadismo religioso. El número de mártires fue enorme cuando además, en 1529, solo tres años después, en la Dieta Imperial de Spira, los católicos se pusieron de acuerdo con los príncipes y gobernantes de las ciudades que habían abrazado la Reforma, para que la persecución se llevara a cabo en todas las regiones. ¡No había dónde esconderse!

4

HAKIBUTZ HA'ARTZI TOWER 3 DANIEL
FRISCH ST. TEL AVIV:
PISOS 18,17 Y 12,
26 DE FEBRERO DEL 2007
7:35 A.M.

La Torre 3 del complejo diplomático Hakibutz Ha'artzi, ubicado sobre la calle Daniel Frisch en Tel Aviv, está enclavada en una zona de altos edificios, aunque el complejo diplomático sobresale notoriamente. Para acceder desde la calle Daniel Frisch hay que subir por una mole rojiza de amplias escaleras. Seis, descanso, seis, descanso y, finalmente, otras seis más hasta llegar a una especie de plazoleta en la que, en múltiples mástiles, ondean las banderas de los países cuyas embajadas u oficinas consulares residen en la torre. Es un edificio acristalado, ultramoderno y perfectamente simétrico. Desde un costado de la torre se puede ver el London Ministore, un mastodóntico edificio de apartamentos y centro comercial ubicado a solo unas cuantas calles hacia el sur. Del otro lado, mirando hacia el norte, se pueden ver otros grandes edificios. La embajada de Lituania, por ejemplo, ubicada en la torre Beit Amot Mishpat, que se encuentra en el boulevard Shaul Hamelech. Pero un poco más allá, en la misma dirección, se encuentran las dos torres Canarit, de dieciocho pisos, ubicadas sobre la calle Leonardo Da Vinci, en las que se encuentran las oficinas de la fuerza aérea israelí.

Liese vivía en el London Ministore junto a su familia. Se habían mudado ahí hacía solo unos meses más que todo por insistencia de ella. Era un apartamento más modesto pero desde él podía ir andando hasta su oficina en la embajada. Era un ahorro de tiempo, de dinero y, sin duda alguna, una mejoría en la calidad de vida. Ahora podía pasar más tiempo con sus hijas y leer con calma esas novelas trágicas que devoraba febrilmente en la hamburguesería Vitrina en el número 36 de la calle Shlomo ibn Gabirol, a solo minutos de su casa y, a la vez, de su oficina. Aunque últimamente leía menos. Estaba como ensimismada, taciturna y mustia. Se arreglaba menos, olvidaba cosas, dormía más por la mañana y desesperaba por el insomnio en las noches. Disfrutaba sentarse a comer solitaria y en silencio los deliciosos falafel del chiringuito, al lado de la farmacia hakirya en el número 19 de la misma calle Gabirol. Se sentaba en las mesitas metálicas de la acera, entre motos y transeúntes. O, a veces, prefería moverse dos locales y sentarse en Gelato Factory, y tomarse un helado de pistacho, si no hacía frío.

Esa mañana del lunes 26 de febrero de 2007, Liese no había llegado a trabajar. Pero en su oficina de la embajada germana, en el piso 19, había un revuelo pasmoso. Un piso más abajo, en la embajada de España, la secretaria personal del embajador movió una bolsa de plástico negro colocada sobre el sillón verde pálido de la recepción. La quería poner en su sitio, pensando que el personal de limpieza había vuelto a dejar el trabajo sin terminar la noche anterior. No era la primera vez y se sentía molesta. Al tomar la bolsa notó que pesaba suficiente como para pensar que no era ni papel ni comida, había algo sólido dentro y la dejó caer instintivamente. No la quiso tocar más hasta llamar a su jefe. El excelentísimo señor embajador se acercó a la bolsa, primero confiadamente, pero luego con cautela. Retrocedió pensativo e hizo llamar a los agentes de seguridad de la embajada.

Justo por debajo de ellos, en el piso 17, que es donde se encuentra la embajada de Irlanda, se había formado un corro improvisado de funcionarios y diplomáticos alrededor de una pequeña bolsa negra que yacía desinflada en el suelo, al lado de la entrada principal.

–¡Dios! –gritó la secretaria en la embajada de España, llevándose las manos a la boca y abriendo los ojos sin atreverse a pestañear. El agente de seguridad había abierto la bolsa que seguía en el sillón verde pálido y dio un respingo, saltó hacia atrás sin disimular su asco y espanto. Ella entonces se esforzó por ver el contenido de la bolsa y alargó el cuello telescópicamente, hasta que pudo reconocer una macolla de pelo castaño, como una peluca sin brillo. Hizo una mueca de espanto y se estrujó la mano derecha con la izquierda, recodando que había levantado la bolsa y volviendo a sentir el peso y a escuchar el sonido que provocó al dejarla caer. Las náuseas vinieron en tropel, palideció y sintió que iba a desmayar. Instintivamente descendió hasta quedar de cuclillas. Y lloró, no sabía si de asco, miedo o indignación. Nadie pareció preocuparse por ella.

A sus 45 años, Liese sentía que había llegado a la cúspide de su éxito laboral. Era una mujer alta, con el pelo indeciso, castaño claro, amplias manos, dedos de pianista, aunque, a juzgar por sus largas y cuidadas uñas, seguramene sería incapaz de tocar ni siquiera la versión más simple de *Morgen kommt der Weihnachtsmann* ni, mucho menos, ninguna de las variaciones posteriores realizadas por Mozart. Sus ojos eran como los de una niña, parecían sonreir siempre llenos de ilusión por la vida.

Hacía 5 años que había llegado a Tel Aviv y había desempañado varios trabajos en labores diplomáticas. Estaba casada con un hombre nueve años menor, con quien había procreado dos hijas a las que adoraba. Su periodo en Tel Aviv estaba a punto de terminar y su futuro y el de su familia aún parecía incierto.

MYSTERIUM SALUTIS

Los recuerdos no siempre son confusos.
A veces son tan claros como un sol meridiano.
Cuando volvemos a pasar por el corazón
en la soledad de nuestros últimos años de vida,
cuando somos conscientes de ello,
tomamos la precaución de recordar únicamente
lo necesario, lo más valioso,
lo que debe ser verdaderamente recordado.
Ahora sé que una muerte es el resultado de cientos
de años, quizás miles, de otras pasiones,
de otras vidas y de otras muertes.
El corazón es como un verdadero palimpsesto
del que borramos lo escrito una
y otra vez para volver
a escribir encima con la esperanza de que nada
quede del pasado que queremos dejar atrás.
Sin embargo las huellas del ayer quedan
justo por debajo de las palabras nuevas.

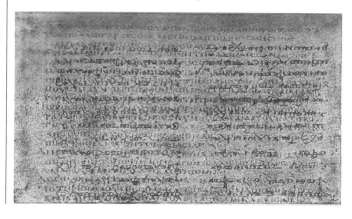

5

ZÚRICH, SUIZA
ENERO 1522

—No deberíamos… —dijo Bárbara con un hilo de voz, como en una falsa súplica, al sentir cómo los dedos de Conrad Greber hurgaban ansiosos entre sus piernas, que, paradójicamente, se anticipaban a ellos facilitando la caricia.

6

VIENA, AUSTRIA
6 DE DICIEMBRE DE 1517

Nadie sabe a ciencia cierta cómo comenzó la pelea, pero los dos estudiantes se revolcaban sobre las piedras de la calle, golpeándose, tirándose del pelo, de la ropa, gritando e insultándose. Conrad Grebel jadeaba exhausto mientras se sacudía la sangre que manaba de su nariz. Entonces llegaron los otros y ya no fue consciente de nada más.

Cada seis de diciembre, la víspera del día de San Nicolás, los estudiantes salían de madrugada y hacían destrozos. Robaban, se emborrachaban, asaltaban, visitaban burdeles y todo eso bajo una especie de licencia temporal otorgada por las autoridades tanto de la Universidad de Viena como del gobierno de la ciudad. Conrad Grebel siempre estaba en medio de los disturbios, lo malo es que las cosas, aquella noche del cinco al seis de diciembre de 1517, se habían salido de control.

Había llegado desde Suiza para estudiar en la prestigiosa Universidad de Viena, patrocinado por su familia y por el mismísimo Emperador Maximiliano. Su padre, Jacob Grebel, era un rico comerciante de hierro que amaba la política. Fue magistrado y representó al cantón de Zúrich en la Confederación Suiza.

La familia gozaba de un altísimo prestigio, no solo en Gruningen, donde residían, sino en Zúrich y en el resto de Suiza. Conrad creció como un niño privilegiado, en una especie de cuna de oro, con la mejor educación, la mejor alimentación y aprendiendo desde muy pequeño a disfrutar de los lujos, los excesos y las comodidades. Todos sus hermanos contribuían a la honra familiar, todos, excepto Conrad. Andreas, por ejemplo, se había convertido en cortesano en la corte del rey Fernando de Viena. La hermana de Conrad, Martha, se había casado con Joachim Vadian, un destacado y famoso profesor e intelectual de fama internacional que enseñaba en la Universidad de Viena. Y luego estaba Conrad, que parecía no dar la talla. Era un joven brillante y mucha gente podía reconocer en él mucho talento y mucho talante, sobre todo en las letras, pero era desordenado, pendenciero, borracho e impulsivo.

Ni Conrad ni sus compañeros de vandalismo lo sabían aquella noche (y ciertamente no les hubiera interesado en lo más mínimo), dado que no les interesaba la religión, pero hacía solo un mes, el 31 de octubre, un joven teólogo, un monje desconocido de los agustinos, había clavado 95 ideas revolucionarias en la puerta de la iglesia de Wittemberg, un verdadero acto de rebeldía contra el Sacro Imperio Romano Germánico. Y esto, también, estaba empezando a salirse de control.

Conrad tenía diecinueve años y este era su segundo año en Viena. Era brillante y destacaba en historia, geografía o filosofía, pero en lo que sobresalía más era en el estudio del griego, el latín y el hebreo. Los estudios no eran su prioridad, se emborrachaba cada vez más, ahora también durante el día. Había desarrollado una patente adicción. Insultaba a sus profesores y abusaba de sus privilegios otorgados por la protección del Emperador Maximiliano.

Pues este año Conrad se había emborrachado desde muy temprano anticipando la fiesta y el desgarriate. El año pasado se había confeccionado un disfraz con sus propias manos. Una especie de íncubo aterrador. Se trataba de un ropaje de Krampus, el demonio de la navidad. Bajo ese disfraz se había permitido cometer innumerables patanerías aprovechándose del anonimato para permanecer impune. Este año su plan era similar.

Al salir aquella noche, con el disfraz en una versión mejorada, Conrad no sabía que la tragedia rondaba la esquina. La riña en la que se vio envuelto, sin saber por qué, y eso no le importó nunca, se desmadró gravemente. Se había quitado la gigantesca máscara diabólica, que estaba adornada con dos cuernos que surgían de la frente, como un animal deforme, una larga lengua roja que colgaba descontroladamente y todo aquello cubierto por una abundante pelambre negra. También se había quitado ya las patas con pezuña de cabra, similares a las de un fauno, para poder pelear sin resbalar.

Los actos festivos comenzaban el día anterior, fecha que coincidía con el inicio del curso, por lo que un elevado número de nuevos estudiantes se daban cita en la ciudad. Los viejos estudiantes se colocaban en las esquinas o a la entrada de las plazas o puentes y exigían a los demás hacer cualquier cosa para burlarse de ellos. En esas circunstancias eran muy frecuentes los excesos.

En cuestión de minutos Conrad fue vapuleado y cayó al suelo, aparentemente inconsciente. Todos huyeron del lugar. El dolor de cabeza que sintió al despertar era insoportable. A su lado permanecían otros dos jóvenes. Los miró detenidamente, con la vista turbia y haciendo un descomunal esfuerzo por ver con claridad. No los conocía, estaba seguro, ni siquiera los había visto nunca. Uno de ellos parecía casi un niño, el otro yacía con una expresión fatídica y un hilillo de sangre salía de su boca entreabierta manchando la incipiente barba marrón. También sus ojos estaban entreabiertos. Supo entonces que ambos hombres estaban muertos. "¿Los habré matado?" Pensó. En ese momento sintió pánico y le faltó el aire, le costaba respirar. Se levantó nerviosamente, murmurando plegarias que jamás había pronunciado, clamando a un dios cuyo nombre apenas había vocalizado mecánicamente para maldecir. Se escondió en su habitación y esperó a que amaneciera sin poder dormir. Se levantaba, se lavaba las manos, el rostro, los rasguños de la refriega, se volvía a acostar sin conciliar el sueño. "¿Alguien me habrá visto?" pensaba con las manos en la cabeza, el dolor no se iba y el ojo derecho parecía una calabaza.

En la calle, que muchos años después, exactamente en 1873, sería nombrada *Reichsratsstraße*, amanecieron dos cadáveres jóvenes junto a la cabeza peluda de un Krampus desfigurado y dos patas de cabra con todo y sus pezuñas adheridas a una especie de calzas negras. El revuelo no se hizo esperar. Las fiestas nocturnas habían ido demasiado lejos y alguien tenía que pagar por este crimen. El día de San Nicolás Conrad no salió a la calle.

7

ZÚRICH, SUIZA
ENERO 1522

Los dedos de Conrad estaban empapados jugando con los pliegues de piel, entre las piernas de Bárbara y debajo de un sinnúmero de telas, atavíos y mantas. Lo mismo que la mano de ella, que se movía tortuosamente y a presión por debajo de la calza de Conrad, y aún con el jubón ajustado al torso. Las caricias eran pródigas tanto como silenciosas. Habían aprendido una suerte de estratagema sexual que les permitía quitarse las ganas sin quitarse la ropa. Todo ocurría en casa de Bárbara y sus padres no sospechaban de la existencia de aquellos juegos. Se echaban una manta encima y sus manos iniciaban la exploración furtiva hasta encontrar el lugar correcto y la posición adecuada. Ya se conocían, era como accionar un mecanismo misterioso, como el músico que, de tanto ensayar, ahora puede cerrar los ojos y pulsar la cuerda adecuada en el tono óptimo. Caricias que se aceleraban sin tregua hasta que, como en un prodigio de unión febril, ambos alcanzaban un silencioso clímax y sus cuerpos experimentaban una especie de pequeñas y continuas convulsiones. Entonces descansaban. Apenados. Culpables. Gozosos.

8

París, Francia
Junio 1520

Circulaba entonces, entre eruditos, artistas y estudiantes de la Universidad de París, una serie de bocetos sueltos, que se harían famosos solo unos años después, atribuidos a un tal Giulio Pippi o Giulio Romano. Las imágenes, copiadas y vueltas a copiar, y distribuidas clandestinamente, contenían ilustraciones eróticas y, algunas de ellas, iban acompañadas de textos lujuriosos que las describían. Se rumoraba que, en total, debían ser dieciséis imágenes, correspondientes a las dieciséis posturas sexuales del ser humano. Marco Antonio Raimondi, el mismo que fue encontrado culpable de copiar a Durero, también copió a Giulio Pippi, publicando su obra erótica *De omnibus Veneris Schematibus* en 1527, más popularmente conocida como "I Modi" (las posturas), con tan mala suerte que el Papa Clemente VII lo mandó a prisión y censuró todo el material. Pues Conrad estaba obsesionado con este tema, afanado febrilmente.

Expulsado de la Universidad de Viena luego del altercado de la noche de San Nicolás, en la que dos personas resultaron muertas sin que se pudieran aclarar nunca los hechos, su padre, furioso, había enviado una dura carta a su hijo. El honor de la familia estaba en riesgo y él no toleraría una sola falta más. Había movido sus influencias para que Conrad se trasladara a estudiar a París, era su última oportunidad.

Aquellas imágenes de Giulio Pippi que habían cautivado a Conrad, tenían una particularidad: no aparecían ni sátiros ni seres alados, como era costumbre, sino que se podían ver los cuerpos humanos mostrando su sexualidad sin pudor alguno.

Pero lo que más enfebrecía su imaginación eran las descripciones lujuriosas y lascivas que lo excitaban incontenibleemente, provocándole no menos culpa que pasión.

He aquí un buen carajo largo y grueso
¡Si es tan bueno ese miembro habrá que ver!
¿Quieres?,
¿te sientes capaz de meter en tu coño
este carajo tan enhiesto?

¿Si me siento capaz? ¿Que si yo quiero?
Me gusta más que comer o beber.
¡Yaciendo juntos te lastimaré!
¡No hables como Rosso, yo no bromeo!
Ven pues a la cama o móntate ya sobre mí,
que si Marforio fueras o hasta un gigante,
me darías solaz:
Penetra hasta los huesos y la médula,
con tu picha veneranda y tenaz
Que el resfriado del papo jarabea
Abre bien esas piernas
que podrás ver mujeres bien vestidas,
Pero no las verás tan bien jodidas."[4]

Leía estos textos con morbo. Los leía una y otra vez hasta que perdía el interés y sentía la necesidad de algo más, otro texto excitante que despertara su febril imaginación.

En París, Conrad enfrentó un problema que lo angustiaba mucho. Su padre ahora enviaba menos dinero pensando que si su hijo tenía un estipendio más modesto, sus vicios y excesos se verían controlados.

–¡Yo no soy el problema! –decía con enojo a su tutor–, es mi padre.
–Pero Conrad –le decía su consejero–, tu padre lleva razón. Necesitas centrarte. Pareciera que no te interesara el estudio.
–¡Claro que me interesa! Pero mi padre me tiene muerto de hambre y así no se puede –dijo, sin creerse él mismo lo que decía.

---

4   Soneto de P. Aretino traducido por Mario Merlino.

51

Padre e hijo se enemistaron profundamente. La tensión iba en aumento en cada carta que se intercambiaban culpándose uno al otro. De hecho, en una carta, Conrad arremetió contra su padre culpándolo de sus deudas y le recriminó diciendo que si su padre no le hubiera enseñado a vivir tan holgadamente, habría vivido dentro de sus posibilidades.

No podríamos decir que Conrad era enamoradizo, no había amado a una mujer jamás, pero tampoco podríamos decir que era un derroche de castidad, todo lo contrario. Para él su Suiza natal era una tierra estricta que reprimía todas las experiencias sexuales. Pensaba sinceramente que su gente se pasaba la vida evitando sentir culpa y sintiéndola inevitablemente cada vez que les sobrevenía un pensamiento o se veían atropellados por las urgencias del placer, cualquier placer.

Pero en París, lejos de la religiosidad familiar y del arbitrio de su padre, Conrad descubrió otra vida. Ya en Viena su mundo se había ensanchado infinitamente. Conoció otros refinamientos, menos espirituales diríamos, a los que cedió sin remordimiento.

En París no solo descubrió a Giulio Pippi, también le fue desvelado el prodigioso mundo de una mujer cuyo nombre se pronunciaba en susurros. Aquella mujer ya no vivía, había dejado este mundo mucho tiempo atrás, el 17 de setiembre de 1179, pero su nombre aún producía escalofríos en quienes se adentraban en las entrañas de su vida. Todo fue producto del sino del destino o la mera casualidad. Hurgaba entre algunos pergaminos aparentemente insignificantes en la biblioteca cuando vio una especie de misiva de un hombre a una mujer, escrita en un tono más bien íntimo. Se trataba de Odo de Soissons, antiguo profesor de teología de la Universidad de París, que respondía a una mujer llamada Hildegard von Bingen, con unas palabras que la alababan de una manera especial:

Se dice que, elevada a los cielos, has visto mucho y que mucho lo ofreces por medio de la escritura, y que también compones nuevos modos de canto, cuando nada de esto has estudiado.

Adjunto a ese pergamino estaba una especie de palimpsesto, rasgado y vuelto a escribir en una caligrafía delicada, que correspondía a la misiva de ella:

... Pero yo tiemblo mucho debido a la humilde forma que hay en mí. Oye ahora: un rey estaba sentado en su trono y erigió ante él altas y bellas columnas muy ornamentadas. Los ornamentos eran de marfil y las columnas llevaban con gran honor todos los trajes del rey y allí los mostraban. Entonces al rey le plugo levantar del suelo una pequeña pluma y le ordenó que volara como él quisiera. Pero la pluma no vuela por sí misma, sino que el aire la lleva. Así, yo no estoy impregnada por el conocimiento humano ni por potentes fuerzas, ni tampoco reboso de salud corporal, sino que solo consisto en la ayuda de Dios.[5]

Dios, pero qué hermoso –Se dijo– Y esta caligrafía parece haber sido obra de una mano delicada, imagino

---

5   Carta a Odo de Soissons, (1148-1149), trad. V. Cirlot, Van Acker, L., (Epist. XL)

esos dedos finos y suaves trazando cada letra con sumo cuidado. Conrad imaginó una mujer bellísima, dulce y sensual. Cerró los ojos y se vio junto a ella. Sintió algo completamente nuevo que nació en él.

Hildegard von Bingen, era esa clase de ser humano que parece infinito. Una mujer asombrosa ¡Sí, una mujer que asombró hasta a los dioses! Y Conrad estaba poseído por ella. No era ese tipo de posesión en el que el espíritu del muerto habita dentro del cuerpo del ser vivo que lo venera, sino más bien, del tipo de posesión más similar al enamoramiento, aunque en ambos casos aquel ser domina a este, que parece haber perdido su autonomía y su cordura. Conrad estaba obsesionado con ella. Pasaba horas leyendo y releyendo, como si hablara directamente con ella. En París Conrad amó por primera vez a una mujer, a una que no podía ver ni escuchar, amó a Hildegard von Bingen sin haberla tocado jamás.

Conrad sabía que esa mujer había arriesgado el pellejo con cada palabra que dijo o escribió. Era una revolucionaria, una valiente, una diosa.

Hildegard von Bingen rompió todos los moldes de su época. De todas partes acudían muchedumbres para escuchar sus sermones y disertaciones o simplemente para recibir consejos acerca del remedio de sus achaques corporales. Cristianos, judíos, musulmanes y algún que otro filósofo le planteaban preguntas a las que respondía con audacia. Como tenía don de profecía, podía discernir quiénes se acercaban a ella con falta de sinceridad. También curaba las enfermedades del alma y practicaba exorcismos. Era médica, teóloga, música, herborista, filósofa, escritora y profeta. Pero lo que más amaba Conrad en Hildegard era que en ella encontraba un alma libre, independiente, desbordada de creatividad y originalidad.

De todo lo que hizo Hildegard a lo largo de sus más de ochenta años de vida, lo que más desconcertó a Conrad fueron sus consideraciones sobre el orgasmo femenino, que bien le podrían valer el título de primera sexóloga de la historia. La sexualidad era un tema prohibido y el orgasmo rozaba en la blasfemia. Y esta mujer le permitía adentrarse en ese mundo insólito de una manera íntima y libre a la vez. Una larga noche veraniega en París, Conrad se encontró con un texto que lo llenó de palpitaciones y desasosiegos.

En aquel códice su Hildegard decía que el placer era un asunto de dos. Incluso, si se buscaba en solitario, la mente incluía a una segunda persona, o incluso más. El placer siempre tiene que ver con el otro. Y también decía algo desconcertante: ¡la mujer siente placer y lo merece! Para Conrad esto era algo explosivo. Se trataba de una mujer, ¡una monja!, que había vivido casi cuatrocientos años atrás. Si para la Europa de 1520 en la que vivía Conrad, con todos sus avances científicos y filosóficos, con el humanismo campante que se adueñaba de las grandes universidades, aún las mujeres no eran consideradas libres en su sexualidad, ni siquiera para referirse a ella, Hildegard había desbordado todos los cánones de equidad de género. En ese códice, llamado *Causa et curae,* y para asombro de Conrad, la teóloga escribía lo siguiente: *Cuando la mujer se une al varón, el calor del cerebro*

55

de ésta, que tiene en sí el placer, le hace saborear a
aquél el placer en la unión y eyacular su semen. Y
cuando el semen ha caído en su lugar este fortísimo
calor del cerebro lo atrae y lo retiene consigo, e in-
mediatamente se contrae la riñonada de la mujer, y se
cierran todos los miembros que durante la menstrua-
ción están listos para abrirse, del mismo modo que un
hombre fuerte sostiene una cosa dentro de la mano.

Para Hildegard la culpa de la expulsión del Paraíso no fue de la mujer, como se decía desde tiempos
antediluvianos, sino del diablo, eximiendo así a la
mujer de todo el peso amartiológico que se le había
impuesto. Así, el placer dejaba de ser pecado en sí
mismo y el goce sensual de la mujer se convertía en
una realidad y un derecho. Esto lo decía una mujer en
los oscuros años del siglo XII.

Conrad procuró estudiar música para unirse más al
espíritu de Hildegard interpretando sus composiciones. Predicaba el concepto que dictaba uno de sus
salmos:

> *Caritas abundat in omnia,*
> *de imis excellentissima*
> *super sidera[6]*

Un día, mientras estudiaba una de las composiciones de Hildegard, Conrad advirtió en el himno cinco palabras en un idioma que le era completamente
desconocido. No era una lengua semítica ni germáni-

---

6   Del latin: La ternura amorosa abunda para todos desde lo
    más oscuro hasta lo más eminente más allá de las estrellas.

ca. "Parece estar emparentada con el latín, pero a la vez es totalmente diferente de él", pensó extrañado. El resto de los vocablos eran evidentemente latinos, idioma que dominaba con destreza, pero en medio del latín Hildegard había insertado una especie de enigmas que debían ser descifrados:

O *orzchis* Ecclesia
armis divinis precincta
et iacinto ornata,
tu es *caldemia* stigmatum *loifolum*

et urbs scientiarum.
O, o, tu es etiam *crizanta* in alto sono
et es *chorzta* gemma.[7]

Así fue como descubrió la *Lingua ignota,* una lengua creada por Hildegard y que ella definía como un regalo dado por Dios mismo. Llegó a enloquecer mientras estudiaba esta lengua oculta y maravillosa en la que cada palabra encerraba, según Hildegard, la esencia misma de las cosas que nombraba. Llegó a hacerse experto en las *Littere ignote* o letras creadas por ella especialmente para su lengua espiritual. Enseñaba a sus amigos algunas, como por ejemplo

---

7 ¡O iglesia *sin medida*
ceñida de armas divinas
y ornada con jacinto!
Tú eres *aroma* de las señales de dignidad *de los pueblos*
y ciudad de las sabidurías.
¡Oh, oh, estás además *ungida* con el sonido que viene de lo alto y eres gema *brillante*! (Traducción realizada por Juan Antonio Álvarez-Pedrosa Núñez, Catedrático de Lingüística Indoeuropea, Facultad de Filología, Universidad Complutense de Madrid, 2016).

[Briczinz] (*Briczinz* = cerveza). A su padre le llamaba [Hochziz] (*Hochziz* = ciego) y a la misma Hildegard le llamaba mi [Kanchziol] (*Kanchziol* = compañera). Conrad tenía un talento especial para las lenguas. Dominaba ya el hebreo, el latín y el griego y ahora dedicaba largas horas al estudio de la *Lingua ignota.* Conocía las más de mil palabras creadas por Hildegard, pero él también había ideado un sistema adaptado utilizando las *Littere ignote* para escribir en su propio idioma, de manera codificada. Por lo que, con facilidad, podía construir frases enteras sin que pudieran ser descifradas, excepto que la otra persona también tuviera conocimiento de aquella lengua tan particular. Así, por ejemplo, cuando conoció a Bárbara y sabiendo que su relación era desaprobada por toda su familia, Conrad procuró que ella aprendiera a leer y escribir. Le enseñó latín, griego, hebreo y, sobre todo, le enseñó la misteriosa lengua para intercambiar cartas sin ser descubiertos. Primero le enseñó las vocales:

a	e	i	o	u
ɣ	ϱ	x	ꝯ	ɑ

Ella practicaba la delicada caligrafía repitiendo las vocales infinitamente, perfeccionando el trazo en cada renglón.

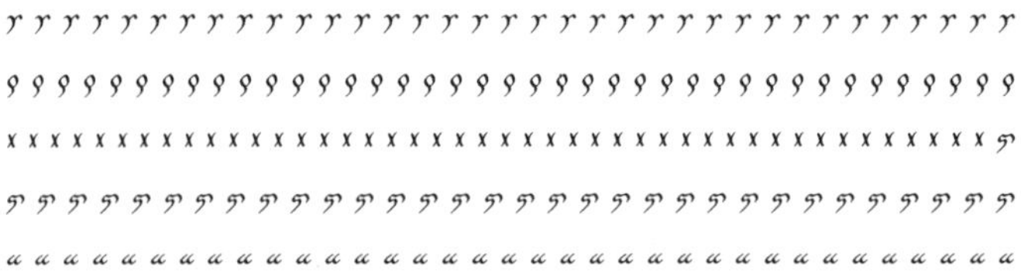

Luego hizo lo mismo con las consonantes juntamente con las vocales ya aprendidas:

a	b	c	d	e	f	g	h	i	k	l	m
ɤ	ɛ	˥	ʮ	ϙ	ℇ	ƨ	ɟ	ʏ	₂	℔	✳

n	o	p	q	r	s	t	u/v	w	x	y	z
φ	ϧ	ꝗ	℥	ꝝ	ʒ	⊤	ʊ	ʊʊ	⊱	ʎ	ʜ

Finalmente memorizó las palabras creadas por Hildegard y que Conrad había ordenado con sus propias notas.

ɤ℔ʏϙƨɤϙʜ (Alieganz) o ángel.

ꝗϧ✳ʜɤʏɤʜ (Pomziaz) o árbol de manzana.

ʒ˥ɤɛʏ⊃ʜʏʜ (Scabiriz) o pescador.

Bárbara pronto dominó la *lingua ignota* e hizo un descubrimiento asombroso: Hildegard no había creado una palabra para el amor. En las más de mil palabras inventadas por ella, no existía ninguna que pudiera ser equivalente a la palabra *amor.* ¡Es inconcebible! –Pensaba dentro de sí. ¿Cómo puede una mujer amante de Dios y de las Escrituras olvidar la palabra amor? –Se decía con secreta indignación. Entonces ella misma jugaba al demiurgo y creaba neologismos *ignotos* para describir las diferentes clases de amor.

–Te tengo una sorpresa –dijo Bárbara con el rostro iluminado.
–¿Qué puede ser mejor que la maravilla de verte sonreír?

—Te aseguro que esto te gustará aún más, incluso.

Entonces le mostró su obra escrita en un papel.

—Hildegard olvidó crear palabras que describan los sentimientos de amor ¿Puedes creerlo? Así que yo misma he creado 5 palabras en *ignota* que describen diferentes tipos de amor. Mira:

ᚱᚣᚱᚷᚷ (ahabiz) del hebreo *ahab*. Esta tiene un sentido espiritual.

ᚳᚥᚣᚱᚷᚷ (filiabiz) del griego *fhilia*, que se refiere a la amistad, a esa profunda relación de camaradería que nace entre hermanos de armas que han luchado uno al lado del otro en el campo de batalla.

ᚥᚣᚱᚷᚷ (erobiz) del griego *eros*, para describir la pasión y el deseo sexual. Ya sabes —bromeó sonriendo sin levantar la vista del papel. Luego está esta:

ᚱᛉᚱᛩᚱᚷᚷ (agapobiz) del griego *agape* o amor desinteresado, como en latín *cáritas*. Y, por último, mi favorita:

ᛩᚣᚱᛉᛉᚱᚷᚷ (pragmabiz) del griego *pragma*, es el amor maduro o firme, el amor que a pesar de todo permanece *de pie*. ᛩᚣᚱᛉᛉᚱᚷᚷ Conrad, esta es una gran palabra.

Conrad sintió que se le inflaba el pecho de orgullo y admiración. Sintió que Bárbara brillaba. Así es como se siente el amor —se dijo emocionado.

Con todo esto Conrad llenaba secretamente ese vacío que le provocaba la ensoñación romántica de

Hildegard, esa imposibilidad de asirla, besarla o escucharla. Bárbara no lo podía intuir, pero se había convertido en un émulo de aquella. Se dejaban mensajes ocultos en la ropa, zapatos o en los dinteles de las puertas citándose para acariciarse secretamente. Aquellos mensajes eran como un juego amoroso que descansaba en la seguridad de su *Lingua ignota*. Pero todo esto sucedería dos años después, en su Suiza natal. Por ahora, en París, soñaba que amaba a esta mujer del pasado, a esta dama pretérita, y dedicaba todo su tiempo a ella, cuando no estaba borracho.

9

HAKIBUTZ HA'ARTZI TOWER 3 DANIEL FRISCH ST. TEL AVIV: PISOS 19, 18, 17 Y 12, 26 DE FEBRERO DEL 2007 7:35 A.M.

En la embajada de Alemania hicieron mucho café. El día pintaba largo y turbio. Se sentaron, cada uno donde pudo, sintiéndose extenuados aún sin haber realizado ninguna actividad física de consideración. Las embajadas son lugares sagrados, inviolables, fortalezas infranqueables, zonas ocultas o pequeños triángulos de las Bermudas apostados en todos los países. Dentro de ellas suceden cosas que jamás salen al mundo exterior. La diplomacia tiene ciertos privilegios. El secreto es uno de ellos. Abandonaron la oficina de Liese no sin antes cerrar la cortina tipo *blackout* de la gran ventana, desde la que ella disfrutaba de una vista espectacular de Tel Aviv a 19 pisos de altura. Antes de salir, el embajador observó la foto de las niñas en el escritorio de su compañera. Cerró la puerta y sintió un hueco en el estómago al abandonar el torso del cadáver que estaba dentro de la bolsa negra, como si el torso tuviera sentimientos y estuviera asustado, como él.

La embajada de Portugal estaba siete pisos por debajo de la alemana y también permanecía en claustro absoluto. Adentro, la embajadora temblaba como un conejo. Experimentaba una crisis de ansiedad, sus manos tiritaban tanto que apenas y logró, con mucha dificultad, tomar las gotas del válium que sacó de su bolso. Colocó una bolsa de papel de reciclaje sobre su nariz y boca y respiró rítmicamente. Lo hizo mecánicamente, como en una especie de ritual repetido innumerables veces. Aún no se recuperaba de la extraña impresión que le causó el funeral del rabino germano israelí Mordechai Breuer, uno de los biblistas más reconocidos de Israel, nacido en 1921 y fallecido el sábado anterior. Mordechai había elaborado una de las versiones modernas del Tanak o "Biblia hebrea" utilizada por los judíos. Era también conocido por desarrollar el *Shitat Habechinot* o "el enfoque de perspectiva", que sugiere que los diferentes estilos y tensiones internas en el texto bíblico representan diferentes voces de Dios. La embajadora había asistido al funeral del rabino y había quedado impresionada. Cada funeral, fuera de quien fuera, la sumía en una honda melancolía que le duraba varios días.

Reunió a todo el personal diplomático y ordenó guardar silencio, apagar los celulares y no salir del lugar. Era un antebrazo completo lo que había encontrado al abrir la bolsa. Un antebrazo pálido, violáceo, como escurrido. La mano estaba abierta, los dedos parecían más largos de lo normal, como si tuvieran una deformidad. Las uñas no tenían color, pero sí un barniz muy brillante, quizás lo único con algo de brillo en todo el brazo, mustio, etéreo. No había rastro de sangre. "Es de una mujer joven, evidentemente", pensó horrorizada.

Pasadas las 7:30 de la mañana, quizás más cerca de las ocho menos cuarto, un torso desmembrado de una mujer había aparecido en la embajada de Alemania, una cabeza femenina y desgreñada en la embajada de España. En la embajada de Portugal un antebrazo izquierdo. Para ser más exactos se trataba del miembro superior toráxico izquierdo pero únicamente desde el codo hasta la mano. Y en la embajada de Irlanda un brazo derecho. Es decir, la parte que va desde la cintura escapular u hombro, hasta el codo. Este miembro está formado por un solo hueso, el húmero, que es el hueso más largo y voluminoso del miembro superior. Todo ocurría en el complejo diplomático de la calle Daniel Frisch, en Tel Aviv. Cada embajada desconocía lo que ocurría en las otras y guardaba absoluto silencio sin que ni una pizca de información saliera de sus recintos sagrados, enclaustrados con el mayor hermetismo del que eran capaces.

El olor a café chamuscado de la embajada alemana impregnaba todo el ambiente. El embajador había pensado, aconsejado en privado por el oficial de seguridad regional, que lo mejor sería solicitar la ayuda del servicio secreto alemán. El militar alto, el más experimentado, que había estado desde el principio se encargó de contactar a la Teniente Anke Schumann, del GSG9, apostada en Israel desde hacía pocos meses. El *GSG9 der Bundespolizei* es una unidad de operaciones especiales contraterrorista de la Policía Federal Alemana. Es considerada una unidad de élite. Anke Schumann llegó media hora después, era una mujer de 30 años, rubia, ojos inexpresivos color marrón y labios diminutos.

Un piso más abajo, la secretaria española apenas se recuperaba del estupor. La macolla de pelo inerte la había impresionado hasta perder el habla por unos minutos. Ahora experimentaba un terrible dolor de estómago, pero no se atrevía a ir al baño. En la embajada sabían que podían ajustarse a lo que indican las convenciones internacionales sobre la extraterritorialidad e inmunidad diplomática. Y por eso no tenían prisa. El encargado de seguridad interna decidió comunicarse con su superior en Madrid y ambos convinieron en la necesidad de realizar una investigación privada antes de comunicar algo a las autoridades israelíes.

Ainhoa Garay, oriunda del País Vasco, tomaría el vuelo de Iberia con destino a Tel Aviv a las 19:40 en el aeropuerto de Barajas, y debía aterrizar en el aeropuerto Ben Gurión a las 20:55. Trabajaba con la Brigada de Homicidios y desaparecidos del Cuerpo Nacional de la Policía. Su experiencia como criminalista era amplia y su afán por el detalle le había granjeado una posición de respeto en el campo de la investigación en toda España. Había obtenido un doctorado en medicina en la Universidad del País Vasco y se había especializado en Medicina legal y forense y en Antropología y biología forense en la Complutense de Madrid. Estaba a favor de la independencia del País Vasco, aunque no por la vía violenta.

—Lo que yo pienso —decía siempre— es que ambas partes han llevado esto demasiado lejos. La ceguera sectaria siempre es perjudicial. No me importa si son dogmas religiosos, ideologías políticas o yo qué sé qué. Nadie debería morir por poner o quitar una frontera que, de todas formas, inventaron los hombres.

Su padre había muerto a manos de la Erxanxa y la Guardia Civil porque pertenecía a una célula de ETA. Sin embargo ella lo recordaba con un amor entrañable, nostálgico. De niña oía Radio Euskadi, que se retransmitía desde selvas venezolanas. Su padre tenía libros escondidos en una caja de herramientas que ella leía, como *El árbol de Gernika de Steer*.

Todo su trabajo giraba en torno a una frase que le había enseñado su propio padre, naturalmente se la había enseñado en euskera, como no podía ser de otra manera. Ainhoa se repetía con salmodiada convicción la máxima moral que su padre le había dejado, como una única herencia que llevaba siempre consigo: *Gezurrak hankak motzak*[8].

---

8   Del euskera: *la mentira tiene las patas cortas.*

De niña, siendo hija única, sus padres la llevaron a la localidad de Ainhoa, en el País Vasco francés. La llevaron ahí para dedicarla a la Virgen de Aránzazu (lugar de espinos en euskera). El Santuario de la Virgen de Aránzazu situado en el lado español era muy venerado y visitado por los pastores y campesinos vascos que iban de ambos lados de la frontera. Pero las guerras y los conflictos políticos obligaron a cerrar durante muchos años la frontera franco-española, impidiendo que los devotos vascofranceses pudieran acudir a venerar a su patrona al lado español. Por eso los labortanos construyeron en la localidad de Ainhoa, en territorio francés, un santuario donde poder venerar la imagen de la Virgen de Aránzazu, que es conocida allá como *Notre Dame d'Aubépine* (Nuestra Señora del Espino Blanco). A Ainhoa Garay la consagraron en el santuario de *Notre Dame d'Aubépine*, en el lado francés.

1. Aïnhoa (B.-P.) — Le Calvaire et la Chapelle Notre-Dame-de-l'Aubépine R.D.

A las diez menos cuarto Anke Schumann y Ainhoa Garay se cruzaron en la calle Daniel Frisch justo cuando una descendía y la otra ascendía por la mole rojiza de amplias escaleras que daba acceso a la plazoleta, a la entrada del edificio de las embajadas. Anke salía, quería hacer acopio de algunos insumos que presumía necesarios para lo que restaba de la noche. Ainhoa recién llegaba, sin información alguna de lo que acontecía dentro de la embajada española.

Cuando Anke llegó a la embajada de Alemania la estaban esperando ansiosamente. Por seguridad no se le había indicado la razón de la convocatoria ni el motivo de la premura. El militar, eso sí, le dijo que debía venir *ipso facto* y añadió que el "*Tiempo que pasa es la verdad que huye*". Anke comprendió de inmediato, reconociendo en la frase la máxima de Locard[9] e intuyó lo peor.

—Es en la oficina de Liese —señaló el militar alto. Anke sabía el camino. Entró a la oficina. Miró unos instantes el conjunto de la escena sin detenerse aún en ningún detalle. Todo parecía estar en su sitio. Ese olor dulzón que iba y venía continuaba en el aire, ahora con más acentuación dado que la oficina había permanecido cerrada durante poco más de media hora. Estaba sola en la habitación, el resto observaban como podían aglutinados en la puerta. Caminó despacio, como queriendo no hacer ruido ni levantar una sola viruta de polvo con su movimiento. Al ver la bolsa negra supo a lo que se estaba enfrentando. Se detuvo un instante sin acercarse a la bolsa.

---

9   Edmond Locard -Manual de Técnica Policíaca (1935)

–¿Saben si hay alguien más en la embajada? –preguntó sin girar la cabeza, y continuó–Es necesario verificar que nosotros somos las únicas personas en este lugar.

Sus palabras cayeron con frialdad. Nadie había pensado que podrían estar corriendo peligro justo en ese instante y que alguien (¿una persona?, ¿dos personas?) podría estar oculto muy cerca de ellos. Anke salió de la oficina de la misma forma en que había ingresado, casi levitando. Dijo que necesitaría algunas cosas para poder trabajar. Acto seguido solicitó permiso para abandonar la embajada. Eran las diez de la noche.

Llevaba dos años en el GSG9. El año pasado había ganado, junto a su equipo, el *SWAT World Challenge* en Little Rock, Arkansas. Formaba parte de la división de antiterrorismo convencional. Lo forense no era su fuerte y sabía que, en determinado momento, sería necesario contar con especialistas en ese campo. De momento, dadas las urgencias de la embajada, haría una inspección ocular formal de la escena. Salió del edificio, determinada a conseguir la indumentaria y equipo necesario para la inspección. Sabía que tenía que ser discreta, así que improvisó un poco. Pasó a la farmacia *hakirya* en el número 19 de la calle Shlomo ibn Gabirol, compró guantes de látex y solicitó gorras para pelo, que utilizaría tanto para cubrirse la cabeza como para envolver sus zapatos. Como no tenían, entonces compró dos pares de pantimedias, que sí tenían en la farmacia. También llevó mascarillas quirúrgicas. El resto del equipo de investigación lo tenía en casa, en su maletín B-1000, modelo SO 101 marca Samsonite, que contenía los

instrumentos para recuperar huellas digitales laten-
tes, así como los instrumentos y materiales para el
bastidor de marcas de herramientas y rastros similares. Además de varios artículos para la protección y
el almacenaje de materiales de pruebas. Era un equipo discreto, 48 x 36 x 13 centímetros y relativamente
liviano, 9,5 kilogramos, que nunca había utilizado.

Observó el torso desnudo iluminándolo dentro de la
bolsa con una linterna. "Parece respirar por la piel"
pensó, procurando mantener los pensamientos en su
lugar. "Todo contacto deja rastro" musitó, recordando una vez más a Locard. Estaba concentrada y parecía rezar mientras trabajaba, pero en realidad recitaba
textos enteros de sus lecturas. Tenía una capacidad
asombrosa para memorizar listas de cosas, nombres,
lugares y textos. Como el *Funes el Memorioso* de
Borges que sufre de hipermnesia. Y se dice que *sufre*
porque esta extraordinaria capacidad de memorizar
cosas puede también causar muchos tormentos.

*"Cuando dos objetos (criminal y víctima) entran en
contacto, siempre hay una transferencia de materiales del uno al otro. No hay crimen perfecto y cualquier malhechor deja tras sí involuntarias señales
de su paso. Estos indicios son los únicos totalmente
objetivos, no mienten nunca y, si se les sabe interro-
gar acusarán al criminal."*

–Esto lo dijo Locard –les dijo en voz alta, habién-
dose incorporado sin dejar de observar a su alrededor, y continuó–. Cuando dos vehículos colisionan
se produce una transferencia de pintura. Y ese contacto, violento o no, entre los dos vehículos, también

genera una serie de elementos únicos, vidrios rotos, marcas de ruedas, suciedad, barro, incluso esporas, por poner un ejemplo. La víctima de un homicidio es probable que posea muestras del cabello, piel, sangre, fibras de tela pertenecientes al homicida. Y este, a su vez, se llevará en sus zapatos, ropa o manos rastros del lugar donde estuvo. El trabajo del investigador es el del perro que olfatea a otro perro para determinar dónde estuvo, con quién estuvo, qué comió, qué hizo y por qué lo hizo. En un acto sexual el sospechoso dejará en la víctima el semen, fibras de ropa y cabellos y a su vez él se llevará probablemente, sangre, fibras de ropa y cabellos de la víctima.

En la embajada de España, Ainhoa observó el contenido de la bolsa plástica. Primero la macolla de pelo mustio, luego la cara demacrada que, por primera vez, asomaba fuera del plástico negro. Ainhoa no sacó la cabeza de la bolsa, pero sí la giró de tal manera que pudiera verse por completo el rostro. Lo hizo con el mayor de los cuidados y con un respeto litúrgico. Entonces hizo venir al resto de personas.

–¿La reconocen? –las expresiones de espanto respondieron a su pregunta sin necesidad de proferir palabras.
–Es Liese, trabaja…, eh…, trabajaba arriba, en la embajada alemana –dijo Eduardo, el embajador, tartamudeando y blanco como un papel. Hubo un silencio, como un espasmo, como si nadie pudiese respirar en ese recinto mientras observaban el rostro de Liese dentro de la bolsa.
–Veamos –continuó Ainhoa sin inmutarse–. Es una cabeza femenina, con un rango de edad de entre 35 a 40 años. Presenta pérdida de la transparencia de

la córnea. Como los ojos permanecieron abiertos, la córnea se vuelve turbia a los 45 minutos de la muerte. Presenta leve hundimiento del globo ocular. Carece de mancha esclerótica de Sommer-Larcher. La piel facial no evidencia livideces ni rigidez cadavérica, sin fenómenos tardíos destructores y sin presencia de fauna cadavérica. Evidentemente no murió aquí, en este lugar. ¿Dónde está el resto del cuerpo?

–Esto es todo, no hay cuerpo –respondió apresurado el embajador.

–¿Seguro?

–Bueno…

–¿Ya hicieron una revisión exhaustiva de todo el recinto de la embajada?

–Sí –se adelantó el encargado de seguridad interno–. Toda el área está *limpia* –explicó, subrayando la palabra.

–Bueno -reflexionó Ainhoa–, si la fallecida es funcionaria de la embajada de Alemania, lo más probable es que todo haya iniciado allá arriba y, por alguna razón, quien haya hecho esto nos quiere decir algo tanto a españoles como a alemanes. ¿Han hablado con alguien de allá arriba hoy? ¿Han visto algún movimiento extraño?

–No hemos visto nada fuera de lo común oficial –intervino la secretaria ya recompuesta.

–Comprendo. Nosotros sabemos algo que ellos ignoran –predicó Ainhoa mientras se quitaba los guantes–. Nosotros sabemos que el cadáver está en dos embajadas, pero ellos, que habrán descubierto el cuerpo, no saben que justo debajo de sus pies está la cabeza de su compañera de trabajo. Seguramente, al igual que nosotros, ellos estén haciendo mutis para evitar un escándalo y, seguramente, estarán investigando, de forma muy limitada, al igual que nosotros.

–¿Y si no? –interrumpió el encargado de seguridad interno, poniendo en duda la tesis de Ainhoa.– ¿Y si arriba no ha pasado nada y el cuerpo de esta chica no está en la embajada de Alemania? ¿Y si nos aventuramos erróneamente y cometemos una imprudencia? ¡Sería una indiscreción que nos costaría muy caro! Primero necesitamos constatar por nuestra cuenta que el cuerpo de Liese está allá arriba.

–Sea lo que sea que hagamos, tenemos que hacerlo pronto. El proceso de descomposición está en curso –presionó Ainhoa mirándolos a todos con gravedad–. Según lo que podemos ver hasta ahora, es muy probable que Liese haya fallecido hace menos de veinticuatro horas y, con toda seguridad, hace más de diez. Eso quiere decir que la putrescina y la cadaverina hace varias horas que han empezado a segregarse. Ambos derivados químicos corporales son los responsables del mal olor que empezará a notarse muy pronto. Y si arriba está el cuerpo, ellos estarán tan urgidos como nosotros. Lo que quiere decir que habrá algún comportamiento inusual que los delate.

Eran las once menos cuarto y nadie había pensado en la comida. Tenían hambre pero no ganas de comer. Pidieron comida israelí *express* del restaurante *Shakshukia,* que estaba a unos doce minutos de distancia en automóvil, en el 94 de la calle Ben Yehuda, donde ya los conocían. El restaurante estaba cerrado, puesto que el horario correspondiente para los lunes indicaba que cerraba a las diez y media. Pero había comensales aún en el salón y les indicaron que de seguro les enviarían el pedido. Ainhoa observó las bolsas de papel cartón del restaurante cuando llegaron. En ellas una leyenda en letras negras decía:

Welcome to the home of the real Israeli shakshuka.
Our recipe has been handed down the family to bring
you the unique blend of fresh tomatoes, sweet pe-
ppers, onions, eggs, our secret spices & lots of love.

Pidieron ensalada de tabouleh y hummus con tahini y
pita como entrada. Las shakshukas son básicamente
huevos escalfados en una salsa de tomate con cebolla,
guindilla, comino, berenjena, calabacín y champiñones.

Ainhoa había salido del edificio, junto a la secretaria
del embajador, para recoger la comida *express* justo
cuando la Teniente Anke Schumann regresaba a la
embajada de Alemania. Era la segunda vez que Ainhoa veía a esa mujer alta y de labios casi invisibles.
Anke, que poseía una memoria excepcional, también
recordó que había visto a Ainhoa ingresar al edificio
de las embajadas cuando ella salía hacia la farmacia,
hace exactamente una hora y treinta minutos.

–¿La conoces? –preguntó Ainhoa en un susurro.
–Nunca la he visto –dijo la secretaria del embajador,
frunciendo el ceño.
–¿Es normal que alguien desconocido entre al edificio
a estas horas de la noche? –eran las once y cuarto y la
alemana ingresó sin mayor complicación. El guardia
de seguridad israelí, apostado en la entrada principal
del edificio, la dejó pasar como si la conociera.
–No, nada normal. A estas horas quienes ingresan
son, sobre todo, personal de seguridad de cada embajada y, en la nuestra, excepcionalmente, podrían
salir las personas que hacen la limpieza, porque últimamente, no sé por qué, se tardan medio siglo en
terminar de mala manera su trabajo.

–Vamos, de prisa. Tenemos que conocerla –Ainhoa dijo esto mientras salía disparada hacia la entrada principal. La secretaria tuvo que hacer un esfuerzo por seguirle el ritmo.

Cuando estaban a punto de llegar a la puerta principal, notaron que la mujer alta y de labios diminutos había regresado a hablar con el agente israelí. Anke era el tipo de persona que camina sin hacer ruido, midiendo sus pasos. Estaba preguntando por Liese. El agente israelí respondió que no la había visto en todo el día. Ainhoa pellizcó el brazo de la secretaria y ésta captó el mensaje.

–Hola, soy Irma Simino, secretaria del excelentísimo señor embajador de España –dijo extendiendo su mano hacia Anke.
–Anke Schumann, trabajo para la seguridad de la embajada de Alemania desde hace poco.
–No la había visto venir por aquí –dijo Irma intentando ser simpática. Anke no respondió. Se giró hacia Ainhoa, le sonrió y le tendió su mano.
–Ainhoa Garay, seguridad de la embajada de España. ¿Ha preguntado usted por Liese?
–Sí, ¿sabe algo de ella? –inquirió Anke procurando permanecer inexpresiva, como cuando se juega al póker.
–Teníamos una reunión con ella esta tarde, pero no se presentó ni tuvimos suerte al teléfono. También llamamos a su embajada, sin suerte –mintió haciendo su propia jugada de póker.
–Subamos al ascensor –ordenó Anke.

Las tres mujeres entraron al ascensor. Cuando se cerró la puerta Anke miró las bolsas del *Shakshukia.*

–Huele muy bien.

–Tenemos hambre –atinó a decir Irma.

–¿Tienen una reunión ahora en la embajada? – Irma no supo qué responder e hizo silencio.

–Creo que ambas sabemos que tenemos que hablar –atajó Ainhoa mirándola fijamente a los ojos.

–Afirmativo.

–Si no me equivoco en nuestra embajada tenemos algo que les falta a ustedes y en su embajada hay algo que nos falta a nosotros...

Hubo un silencio sepulcral.

–¿Me podrían seguir hasta el piso 19? Solo tengo que hacer un pequeño llamado a mi superior y listo.

Otro silencio que pareció eterno.

–Al 19 entonces –decidió Ainhoa y oprimió el botón.

Anke hizo una llamada fugaz y habló en un alemán obtuso, girando la cabeza para evitar que Irma y Ainhoa vieran sus diminutos labios mientras hablaba.

–Vamos.

En la embajada de Portugal, siete pisos por debajo de la alemana y seis por debajo de la española, habían gestionado la llegada de personal de inteligencia portuguesa. Itzel Ferreira tomaría un vuelo de TAP Air Portugal en el aeropuerto Humberto Delgado de Lisboa a las 7:05, es decir por la mañana del martes. Haría una escala en el aeropuerto de Tegel, en Berlín y de ahí tomaría, a las 13:05, el vuelo de Ryanair con destino a Tel Aviv, que aterrizaría a las 18:05. De padre lusitano, Itzel había nacido en México luego de un largo parto de una abnegada mujer maya. Su padre le dio su apellido, pero desapareció de sus vidas asumiendo la paternidad a control remoto. Desde Lisboa Itzel recibía primero cartas por correo ordinario, luego correos electrónicos y, finalmente, breves contactos por medio de las redes sociales. Se especializó en medicina forense y trabajó durante años en México, sobre todo descifrando los crímenes del narcotráfico. Posteriormente quiso huir de todo aquello, y del hombre con el que convivió durante años y que la agredía constantemente hasta que un día casi la mata. Su madre y su abuela habían vivido sendas experiencias similares, como si se tratara de una maldición familiar, un círculo del que no sabían escapar. La golpiza le dejó dos largas cicatrices en la espalda, producto de una profunda cortadura que se hizo al ser empujada sobre una mesa de vidrio que se rompió. Itzel se confesaba feminista. Huyó directamente a Portugal, donde su padre, por primera vez en su vida dejó el mando a distancia y la apoyó brindándole los contactos necesarios para que empezara de nuevo su vida profesional en Portugal.

–¡Mierda, mierda, mierda! –fue lo único que atinó a decir Ainhoa al entrar en la oficina de Liese en la embajada de Alemania.
–¿Qué sucede? –preguntó Anke inquisitivamente.
–¿Dónde está el resto del cuerpo? –Anke la miró sin comprender.
–Creí que me lo habías dicho en el ascensor.
–No, no, no. ¿Estás segura de que esto es todo lo que hay aquí?

–Afirmativo.

A Ainhoa empezaba a incomodarle la expresión *afirmativo* de Anke, sin saber muy bien por qué.

–¡Mierda, mierda, mierda!
–Vas a tener que explicármelo, porque no entiendo nada.

Salieron de la oficina y se unieron al resto de personas que permanecían, digamos, atrincheradas en el edificio. Irma estaba de pie, con las bolsas del *Shakshukia* en las manos, exhibiendo el rezo:

Welcome to the home of the real Israeli shakshuka. Our recipe has been handed down the family to bring you the unique blend of fresh tomatoes, sweet peppers, onions, eggs, our secret spices & lots of love.

–Liese no está únicamente en Alemania y en España. Abajo solo encontramos la cabeza que presenta múltiples secciones postmortem realizadas con instrumento cortante. Si aquí solo está su torso, que evidencia lesiones postmortem similares a las de la cabeza, realizadas probablemente con un cuchillo grande y no hemos encontrado el resto de su cuerpo, entonces estamos ante algo mucho más grande de lo que hasta ahora habíamos imaginado.

Anke se acercó a ella, pensativa.

–Pobre chica… ¿Sabes que la última búsqueda que hizo Liese en su computadora fue un video de Uchida Mitsuko interpretando las sonatas 545, 570, 576,

533/494 de Mozart en 432 Hertz?[10] Es decir, continuó Anke conferenciando, escuchaba música en una frecuencia diferente a la habitual, que es de 440 Hertz.

—Mis conocimientos de música son limitados —se disculpó la vasca—. Confieso que soy más de rock, como mucho algo de jazz ¿Qué tiene de especial escuchar música en 432 Hertz?

—La inusual frecuencia de 432 Hertz está asociada con la paz, la espiritualidad, la eternidad, ¡el más allá! —dijo Anke entusiasmada—. Cuando el sonido encuentra una membrana como la piel crea un patrón invisible de energía. Cuando las ondas se imprimen en el agua podemos ver bellísimas formas misteriosas, patrones geométricos constantes. Las ondas correspondientes a 432 Hertz son como un triángulo, luego muchos triángulos que se repiten rítmica y sincrónicamente.

—¿Se asocia a las Pirámides de Egipto? —conjeturó Ainhoa.

—El número 3 de alguna manera está universalmente conectado a la frecuencia 432 Hertz —explicó Anke con ese acento alemán, como si mordiera todas las erres—. Y por eso también asociado a la divinidad cristiana, que es una triada de dioses o Trinidad.

—¿Estás pensando que todo esto tiene un sentido ceremonial o religioso?

—No necesariamente. Pero sí que creo que ella estaba en un estado psicológico, digamos, extraordinario o inusual.

---

10   https://www.youtube.com/
watch?v=OydFO53iSzk&feature=youtu.
be&fbclid=IwAR02pp4DYp_
d6ztoyPghriHPt8vTwr1dSbvLSZ9P90VH2u9hDpdq7yyPn6g

–No me jodas… ¿Qué tienes en mente?

–No sé, hipnosis, o enajenación. Inducida o no. Hay algo de misterioso en esto. 432 es un número místico importante. Es la raíz cuadrada de la velocidad de la luz. Bueno, en realidad, la raíz cuadrada de la velocidad de la luz es de 431,6, pero es bastante cercana. El diámetro del Sol es cerca de 864 mil millas, o sea 2 x 432.000. El diámetro de la Luna es de aproximadamente 2.160, es decir 4.320 dividido entre 2. Es evidente la conexión de Stonehenge con la procesión orbital de equinoccio de 25.920 años y hay cierta conexión con el número 432. Podemos dividir 360 entre el número de piedras en cada anillo y luego al dividir 25.920, que son los años de la procesión orbital del equinoccio, entre ese número. Al realizar estas divisiones encontramos que el anillo de 60 piedras se relaciona con 432. ¿Cómo? Se dividen las 60 piedras del segundo círculo de 360° entre 60 y se obtiene un 6. 25.920 dividido entre 6 es igual a 4.320.

–Bueno Anke, creo que ahora estás haciendo cábalas.

–Esto me ha mantenido pensando desde que revisamos sus búsquedas esta mañana.

Liese estaba escuchando música en 432 Hertz antes de morir. Creo que esto es importante.

–Mantengamos esto en mente mientras también pensamos dónde podrían estar las extremidades de Liese –dijo Ainhoa procurando no cortarle el rollo demasiado abruptamente. Estaba honestamente sorprendida por la memoria de Anke. Sin embargo pensaba que la situación estaba alterando en demasía las emociones de la oficial del GSG9–. Nosotras tenemos que llevar esta comida a nuestros compañeros. Creo que mue-

ren de hambre –sintió una pesadez bochornosa al escucharse pronunciar la palabra *mueren*–. Deberíamos volver a encontrarnos en 50 minutos ¿les parece?
–Afirmativo.
–*Asko egini bai, guchi agin bai*[11], musitó en euskera antes de partir de prisa.

Itzel llegaría mañana procedente de Portugal. Era el tipo de mujer de alma curtida, que carga con su rosario dondequiera que va, una mujer creyente, dura y positiva. Asumía retos con determinación. Acostumbrada al abandono y la soledad. Sin conocer las razones de su convocatoria a Tel Aviv, presentía que su vida, por fin, iba a girar hacia algo verdaderamente importante. Al llegar a Lisboa su padre y su currículum le abrieron las puertas en el LPC (Laboratorio de Policía Científica). El LPC dispone de dos áreas de actividad: La genética y la toxicología forenses. Es decir, el examen pericial de los vestigios orgánicos obtenidos de las víctimas y el examen de los vestigios o muestras recogidas en el lugar de los hechos. En el vuelo largo se puso los audífonos, cerró los ojos y escuchó a Julieta Venegas. Era una mala fan. Nunca terminaba las canciones. Pero esta la escuchaba en bucle, sin parar. *Algo está cambiando*. Amaba esa canción porque se sentía encarcelada en la imposibilidad de volver a amar.

Mientras tanto en la embajada lusitana cometieron una imprudencia. A sabiendas de que no debían manipular la escena, la bolsa o cualquier indicio de evidencia circundante, quisieron realizar una observa-

---

11 Del euskera: *Mucho hablar y poco hacer.*

ción más detallada del antebrazo. Sabían que ese cadáver, si se le podía llamar así a lo que había dentro de la bolsa, no pertenecía a nadie que trabajara en la embajada y, quizás por eso, no sentían mayor afectación emocional. A diferencia de lo que sucedía en la embajada de Alemania, donde el estupor se había ido transformando en luto, dolor y tristeza profunda.

Por las ventanas se veía el cielo típicamente nublado de febrero en Tel Aviv. De hecho, el día más despejado del mes había sido el pasado domingo 18, justo el día del funeral del rabino Mordechai Breuer al que había asistido la embajadora. Pero ahora el cielo se había echado el chal encima y estaba espesamente nublado. El nudo de la bolsa había quedado casi suelto después de la primera observación realizada en la mañana. Al volverla a abrir completamente, constataron que era un antebrazo completo. Un antebrazo pálido, violáceo, como escurrido. La mano estaba abierta, aunque parecía haberse cerrado un poco, como queriendo apretar el puño sin llegar a lograrlo. Los dedos parecían más largos de lo normal, como si tuvieran una deformidad. Era un antebrazo, mustio, etéreo. Esta vez la linterna iluminó con más calma, lentamente. ¿Qué querían encontrar? Ni siquiera ellos lo sabían, no tenían método, no sabían qué cosas hay que observar y, si las vieran, no se percatarían de su sentido o significado. La curiosidad y el morbo los empujaba. La linterna iluminó algo nuevo.

Al principio parecía una mancha que estaba a la altura de la muñeca. Pero no era una mancha. Parecía más bien un tatuaje. Sí, era un diminuto tatuaje, realmente pequeño. Nadie pudo leer lo que decía dadas las dimensiones de las letras. Parecía una palabra, pero no estaban seguros. Lo fotografiaron para analizarlo con calma. Cerraron la bolsa de nuevo y observaron el tatuaje en la pantalla del celular ampliándolo:

ɓɣɔˊ‾ɑˀ※

PALIMPSESTO
SEGUNDO

MYSTERIUM SALUTIS

Cervantes quiso olvidar un lugar de La Mancha y
yo he querido olvidar rostros, calles y fechas. No
porque me cueste traer a la memoria
aquellos momentos, sino porque deliberadamente
quiero echarlos a la basura, aunque en el fondo
sepa que están ahí, como un tatuaje descolorido
en mi piel de anciano. Pero no quiero ni puedo
olvidar las voces de aquellos que se han ido para
siempre o los momentos más intensos
que han determinado quién soy.
Un cadáver, si se le puede llamar así a los trozos
mutilados de lo que fue una vida, una mujer
desmembrada en 2007 en Tel Aviv.
Luego, en 1745, Ester, Adam, Isaac y Jacob
Brandt, esa familia judía que se encontró
con el cristiano de Johann Baptist Pastorius
y su familia menonita en Neckargartach, Stuttgart.

Y antes que todos ellos, entre 1517 y 1522, el
descarriado Conrad Grebel, con sus obsesiones,
vicios, agravios familiares y su amor idílico
por una mujer pretérita llamada
Hildegard von Bingen en Viena y París.
Ahora un coetáneo de Grebel, un pastor,
un revolucionario, un lunático más bien,
llamado Thomas Müntzer. Esto es lo que sucede
cuando un loco, sea de la religión que sea,
pierde el raciocinio
y se obsesiona con el fin del mundo.
En el caso de un pastor protestante,
la obsesión con el Apocalipsis puede impulsarlo
a un estado de enajenación tal,
que sus desvaríos febriles son capaces
de engatusar a cientos y hasta miles a actuar
como una masa desquiciada
en el nombre del Señor.

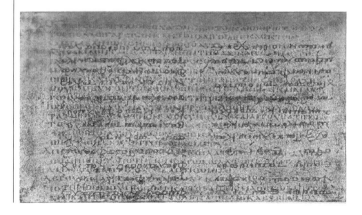

10

Frankenhausen, Alemania
15 de mayo de 1525

La batalla de Frankenhausen
Autor: Werner Tübke
Datación de la obra: 1982
Material: Óleo sobre lienzo.
Medidas:
Localización: Colección particular

Thomas Müntzer era ese tipo de religioso. Adherido inicialmente a la causa de Lutero, muy pronto emancipado de él y del mundo común para liderar su propio Armagedón personal. Sus sermones eran oscuros e incendiarios. Sus arrebatados discursos proféticos pretendían poseer inspiraciones directas del Espíritu Santo. En marzo de 1524 formó una organización llamada *La Alianza,* que era casi equivalente a un partido político de hoy.

Aquella mañana del 15 de Mayo de 1525 en Franken-hausen, desfiló con ínfulas mesiánicas delante de más de 8 000 seguidores campesinos. Como uno de esos pastores modernos de las megaiglesias que pululan hoy en día. Llevaba una enorme bandera con los colores del arcoíris, ese era su emblema, esos eran sus colores. Los campesinos estaban hartos del hambre y de la tiranía de los poderosos y los príncipes. Solo así un loco como el teólogo Thomas Müntzer podría haber logrado semejante levantamiento revolucionario. Sus predicaciones daban justo en el clavo de la desesperación, tocaban la roncha de la furia y hacían estallar las fábulas apocalípticas más ilusas. Todo un discurso populista. Como las ínfulas populistas de algunos pastores de hoy que aprovechan la desesperación de la gente para procurarse el poder político.

–¡*Omnia sunt communia!*[12] –avanzaba desgañitado con su grito de batalla– ¡*Om-nia sunt com-mu-nia!* –y continuó con una voz encendida como carbón y electrificada como un rayo en una tormenta.

–Pueblo de Frankenhausen ¡La batalla final está aquí! Nada es imposible para aquellos que tienen fe. Pero a aquel que no la tiene, le será arrebatado hasta aquello que posee ¡El Señor hoy nos dará la victoria!

Los anabaptistas se habían distanciado del loco de Thomas Müntzer. Primero por razones meramente teológicas, pero después por el espanto de lo que estaba haciendo el "profeta" desquiciado, ese "mesías" alemán que quería traer a la fuerza, con derramamiento de

---

12   Del latín: *Todo es de todos.*

sangre, la nueva Jerusalén a este mundo caído. Como si se sintiera en la capacidad de arrebatarle este mundo a las garras de Satán y el cielo a las manos del Señor.

También Lutero y Calvino lo habían abandonado a su suerte. Lutero abogaba por una Iglesia aliada de los príncipes y reyes, iglesias y confesiones territoriales y territorios entregados a las iglesias. Calvino se había aliado a la burguesía. Thomas Müntzer, por su parte, estaba convencido de que el Reino de Dios se instauraría a punta de batallas apocalípticas en las que se impondría la Palabra de Dios para gobernar sobre todos. Pero los anabaptistas ni querían iglesias aliadas a los poderes terrenales, ni derramamiento de sangre. Para ellos la separación entre Iglesia y Estado era un imperativo dogmático. Además, se consideraban pacifistas radicales.

Les llamaron *anabaptistas* en alusión a su negativa de bautizar infantes. Para ellos, el único motivo que tenían de bautizar infantes, tanto católicos como el resto de protestantes, a excepción de Thomas Müntzer, era político. No había duda. Al bautizar a un bebé éste quedaba ligado a una determinada iglesia y esta, a su vez, respondía a cierta lógica territorial. Así, los pueblos católicos seguirían teniendo mayoría católica y los pueblos protestantes seguirían conservando su mayoría protestante. Y ese era el principio de todas las guerras.

11

ZÚRICH, SUIZA
FEBRERO 1522

Cuando Conrad regresó de París a su tierra natal en
Suiza, se sintió perdido y solitario a sus 23 años. Había regresado sin grado académico. "No sirvo para
nada" pensaba constantemente. Pasó un tiempo en
medio de una especie de depresión, sin salir prácticamente de su casa. La relación con su padre seguía
un derrotero sinuoso y decadente. Con su madre y
hermanos la relación era cordial pero distante. Sentía
que había fracasado.

Entonces conoció a Bárbara. Fue una absoluta casualidad, como casi todo en su vida. Nadie los presentó,
nadie organizó un encuentro formal. De hecho, hubiera sido imposible que se conocieran de una manera menos fortuita. Sus familias eran muy diferentes
entre sí. Conrad pertenecía a una de las familias más
ricas de Suiza, mientras que Bárbara había nacido en
una familia pobre. Fue en la calle, cuando un perro
rabioso por poco muerde a Bárbara que procuraba
ahuyentarlo con gritos y maldiciones. Conrad propinó una patada endiablada al perro y le salvó literalmente la vida a Bárbara. Se conocieron en una
especie de lucha vital, como un preludio siniestro
de lo que sería su futuro juntos. El amor vino casi
enseguida. Conrad, con su ropa de noble y Bárbara

con sus atuendos ajados aunque siempre atractiva y vivaz. A pesar de toda una vida de carencias, Bárbara no creció resentida con el mundo ni con quienes poseían más que ella. Sus padres le habían enseñado una forma diferente de ver el mundo. Ni ella ni sus padres habían aprendido a leer, pero tenían una sabiduría innata que les valió para que muchas puertas se les abrieran casi milagrosamente.

Una de las primeras cosas que unió a la pareja fue el deseo de Bárbara de aprender a leer y la pasión de Conrad por enseñar. Disfrutaban largas horas de conversación y estudio. A Bárbara le fascinaban las historias, reales o ficticias, que Conrad le contaba sobre sus aventuras en Viena y en París. No era celosa, pero de vez en cuando recelaba de ese mundo lejano que Conrad le contaba. Él disfrutaba esos pequeños arrebatos porque la enternecían y porque, en el fondo, no eran más que instantes que se iban con la misma inocencia con que llegaban. Como pequeños fueguitos que con frecuencia acababan en derroches de caricias, besos aleluyáticos y palabras de un amor furtivo que crecía a empellones, entre el anonimato y la aventura. Así fue como se empezaron a descubrir mutuamente, en medio de la clandestinidad de su amor y la fogosidad de sus incursiones carnales.

La primera vez que se vieron en la terrible disyuntiva entre la castidad y la libertad de sus sentimientos, el día que por primera vez supieron que habían ido demasiado lejos con sus besos y caricias sin poder detenerse ante el embiste del placer, aquella primera vez que sus cuerpos se humedecieron y se rindieron a sus deseos, se sintieron abatidos y vacíos.

—Me siento pecadora —dijo Bárbara de forma directa y sin tapujos.

—¿Por qué? —preguntó Conrad mirándola complaciente— yo no sé si esto es pecado o no. Me hace sentir pecador si pienso en mis padres o en lo que dice la Iglesia. Pero no me siento pecador si pienso en ti y en lo que siento—.

Los años en las universidades de Viena y París no habían pasado en vano. La educación humanista de Conrad se manifestaba en todo su esplendor. Bárbara no se quedaba atrás, aunque conservaba cierto resquicio de respeto ante las enseñanzas de la Iglesia.

—En Oriente —continuó Conrad— creían que la castidad lograba la longevidad. Pensaban que con cada eyaculación se iba parte de la vida. Es decir, ahorrar semen era ahorrar vida.

—Ahora entiendo por qué los hombres viven menos que las mujeres —bromeó Bárbara sonriendo.

—Bueno, no cantes victoria tan rápido. Lo mismo sucedía con los efluvios sexuales de las mujeres. Cada orgasmo, tanto femenino como masculino, era considerado un escape de vida, como si el sexo fuera una válvula por donde se nos escapa la vida.

—Pero claro que no tiene ningún sentido.

—Por supuesto. No lo tiene. Pero ellos lo creían y predicaban con convicción. Poco a poco esa idea fue mutando en algo más complejo. Primero decían que la castidad era el camino a lo sobrenatural. Pero luego la castidad se redujo a un ejercicio, a una especie de gimnasio mental, como un atleta que se ejercita en el dominio de sus sentidos para fortificar su espíritu y su carácter.

–La castidad le pone límites a nuestras relaciones. Eso debe ser bueno. Nos ayuda a diferenciar entre lo que es solo una amistad o el amor verdadero.

–Aristóteles dice que hay solo tres clases de amistad. La primera clase es la amistad por interés, una amistad mezquina que abunda en nuestros tiempos. La segunda es la amistad por placer, que no deja de ser mezquina por ser egoísta y la última, la llama "perfecta" porque dice Aristóteles, se desean igualmente el bien. El mismo Aristóteles dice que de las tres solo la última está destinada a perdurar. Aunque, para él, las mujeres no pueden ofrecer ese tipo de amistad. Las considera seres inferiores e incapaces, pero se equivoca.

–Como dice el pastor.

–¿Cuál pastor?

–Zwinglio, Ulrico Zwinglio. Creo que él también estudió en Viena.

–He escuchado de él. ¿Qué dice?

–Dice que las mujeres somos iguales a los hombres.

–¿Eso dice él?

–Rechaza la dependencia de la iglesia de Roma. Condena el culto a las imágenes y las reliquias, dice que la misa debe hacerse en alemán y no en latín, habla de eliminar los sacramentos de la eucaristía, la confirmación y la extremaunción, quiere quitar de los templos los órganos y los altares.

–Pues parece algo que no había escuchado nunca antes.

–Dicen que se reúne con un grupo selecto de discípulos para discutir cuestiones filosóficas y teológicas.

Bárbara estaba preocupada por la espiritualidad de Conrad. Lo amaba pero él no parecía estar muy interesado en Dios. Sus años en Viena y París habían socavado su idea acerca de la religión y de la Iglesia.

Pero sabía que el pastor Zwinglio podría hacer buenas migas con él. En cierto modo se parecían.

El padre de Conrad, al enterarse de la relación de su hijo con Bárbara, se encendió en furia. "Solo eso me faltaba", farfulló colérico. "Mi hijo, el hijo de un Grebel, revolcándose con una *bárbara"*, jugó usando el nombre de pila de Bárbara como una alusión a los pueblos considerados ignorantes y rudos. "¡Es una vergüenza!".

Se veían en la calle, a escondidas, con algunos pocos amigos y, sobre todo, en casa de Bárbara. Donde sentían cierta libertad y aceptación. En una ocasión Conrad le dijo a uno de sus amigos: "Ella dice que es mía, y yo soy suyo tan absolutamente, tan completamente, que no podría serlo más".

Se casaron contra viento y marea. Con el corazón inflado de ilusión y con el riesgo de desinflarse producto de las heridas de rechazo por parte de la familia Grebel. A ella le aterrorizaba la idea de un futuro en aislamiento y en el rechazo. Pero les podía el amor.

Aquella boda parecía un mal chiste. Aprovecharon que el padre de Conrad, Junker Jakob Grebel, estaba de viaje de negocios para realizar la fiesta sin su consentimiento. Fue algo pequeño, una reunión sin gloria. La madre de Conrad lloró amargamente durante todo el evento. Más parecía estar en un funeral que en una boda. Pero ellos estaban pletóricos de felicidad.

Se fueron a vivir a la casa de los padres de Conrad. Esa decisión constituía un monumento al martirio familiar. No tenían nada. Ni casa, ni trabajo, ni dinero, ni apoyos. Se alojaron en casa de los Grebel para evitar que el honor de la familia se viera aún más golpeado ¿Qué dirían si uno de los hijos del flamante comerciante Junker Jakob Grebel moría de frío y hambre junto a su joven y andrajosa esposa?

Las humillaciones se sucedían una tras otra. El ambiente era prácticamente insoportable y la casa se había convertido en una zona de guerra. En esa casa eran más felices los árboles que los seres humanos. Cada vez que ella llegaba al cuarto sollozando o la encontraba llorando en un rincón, él la intentaba consolar, con una voz dolida.

—Pronto, pronto. ꝩꝩ-ꝛxꝙꞛꝿꞗxꝫ (Archindolis).[13] —y ella sonreía forzadamente. En junio pretendían irse a otra ciudad. Largarse. Ser libres de todo y de todos. Ese era su plan y su ilusión. A Conrad le habían ofrecido un trabajo de revisor en una imprenta y eso vendría a solucionarles la vida.

Mientras tanto Conrad se incorporó al grupo de seguidores de las enseñanzas de Zwinglio. A Conrad le convenció lo que hacían. Estudiaban los clásicos griegos. Para cuando él se incorporó iniciaban la lectura de Platón. Zwinglio llevó al grupo a que también estudiaran porciones bíblicas. Primero leían un pasaje en latín, lo comparaban con el respectivo pasaje en hebreo o griego y lo traducían al alemán. Muy pronto, Conrad Grebel destacó como discípulo aventajado. Su habilidad para el estudio de las lenguas era

---

13 Lingua ignota, *junio.*

impresionante. Estaba especialmente dotado de una capacidad analítica. Era brillante.

Conrad se emborrachaba, peleaba con sus padres, vociferaba y lloriqueaba mientras vomitaba las borracheras en la puerta de casa. Bárbara ya no sabía qué hacer. Peleaban, discutían, se dejaban de hablar durante varios días. Hasta que un día ella, recordando los tiempos de amor furtivo, le dejó un papel en un zapato. Hacía meses que eso no ocurría y, como de costumbre, utilizó la *lingua ignota* de Hildegard von Bingen para que nadie supiera lo que decía.

Cuando Conrad encontró el papel con la palabra *ignota* sintió cómo renacían emociones que parecían estar decayendo por el peso de las dificultades. *Scirizin* en ignota, Conrad lo sabía bien, significa *hijo*. Ella lo estaba observando mientras él leía el papel. Lo vio dudar, fruncir el ceño, llevarse la mano derecha a la boca apretándose las mejillas en señal de reflexión. Pero luego el rictus dubitativo se transformó en sonrisa iluminada. Se giró. La vio, ella sonreía ilusionada. Se abrazaron. Temieron. Se abrazaron más fuerte. Confiaron.

12

FRANKENHAUSEN, ALEMANIA
15 DE MAYO DE 1525

El olor a mierda era insoportable. Mierda mezclada con barro, sangre, orina, sudor. La mierda de caballo y la mierda humana huelen muy diferente, pero cuando se mezclan producen una especie de sopa hedionda cuya pestilencia no se quita en años. Las personas no son conscientes de la cantidad de mierda que llevan por dentro. Pero cuando un cuchillo corta el vientre y expone las vísceras, lo que sale no es solamente sangre sino un torrente enorme de heces y bilis. Un día Frankenhausen era un valle maravilloso y al otro era el infierno mismo, el cumplimiento apocalíptico de la batalla final del Armagedón. 8 000 campesinos, sobre todo mineros. Todos masacrados, había brazos, cabezas, piernas, orejas, dedos, sangre, caca, barro, tripas. Miles y miles en la más horripilante escena jamás vista en Frankenhausen. Aquellos 8 000 campesinos habían ido a la batalla instigados por el pastor, el teólogo, el profeta, el loco Thomas Müntzer.

Menos de un año antes, el 13 de junio de 1524, Müntzer había amenazado en su *Sermón ante los príncipes* a los infames Juan y a su sobrino, el duque del mismo nombre. Lo que solicitaba era justicia para los pobres. Los campesinos no tenían derechos y pagaban diezmos y tasas de todo tipo, impuestos de guerra, aduanas y obligaciones injustas a las que eran sometidos por los príncipes y poderosos.

Müntzer envió una severa carta al conde de Mansfield. En esa carta el autoproclamado profeta escribía de manera desquiciada, en un arrebato de ira *santa* que mezclaba el lenguaje apocalíptico de los libros de Daniel y Apocalipsis, con un severo lenguaje revolucionario tomado del *Magnificat* que decía:

...que sepas que tenemos órdenes terminantes, que el Dios de la vida eterna nos ha encomendado te expulsemos de tu silla con el poder de Él conferido, pues eres totalmente superfluo para la Cristiandad.

Thomas Müntzer,
Con la espada de Gedeón.[14]

Lutero y Calvino criticaban con dureza los métodos de Müntzer y su gente de la *era profética*, como se autodenominaban. Lutero los llamaba *schwärmer* o *fanáticos*. Lo más alarmante era que esos *fanáticos* crecían como la espuma y su fanatismo se inflaba cada vez más con las manifestaciones del Espíritu y las múltiples profecías que les vaticinaban grandes y poderosos triunfos. Lutero dijo una vez de Müntzer:

... no le creería ni una palabra aunque se hubiera tragado al Espíritu con todo y plumas.

---

14 Bloch, Ernst, Thomas Müntzer: teólogo de la revolución (Madrid: Editorial Ciencia Nueva, 1968) pp. 88ss

A lo que Müntzer respondía que

... no le creería a Lutero ni aunque se tragara cien mil Biblias enteras con todo y pasta.

Las intenciones de Thomas Müntzer eran buenas, pero sus métodos impregnados de rabia escatológica y sus ínfulas mesiánicas se salían de todo orden y amenazaban con prenderle fuego a todo y a todos para hacer surgir la nueva era del Espíritu en la Tierra, la nueva Jerusalén celestial apostada, por fin, ante los ojos de sus fieles.

Ante el levantamiento de los campesinos, liderados por Thomas Müntzer, el Landgrave Felipe I de Hesse y el duque Jorge de Sajonia reunieron un ejército de mercenarios en su mayoría, y marcharon a Frankenhausen. Eran dos ejércitos perfectamente apertrechados frente a campesinos sin entrenamiento, cuyas armas consistían en picos, palas, palos y algunos cuchillos. Cañones contra palas, soldados contra campesinos.

–¡Dios nos dará la victoria, no teman. Es más fuerte el que está con nosotros que todos los ejércitos unidos del mundo entero!, les decía, convencido de la victoria.

Los campesinos habían hecho un círculo de carros y llevaban consigo un buen cañón. El único. Los ejércitos enemigos se apostaron en el campo abierto al otro lado. Entonces los campesinos, llenos de fervor, cantando a Dios y recitando la Biblia, dispararon entusiasmados un primer cañonazo, con su único cañón.

−¡Fuego! −se escuchó una voz como un graznido de pato.

Pero no alcanzaron nada. La bala cayó sobre el campo sin hacer daño alguno. A lo sumo asustó a los pájaros, que salieron volando hasta perderse en el horizonte. Las risas del ejército imperial se escuchaban hasta el campamento de los campesinos.

13

ZÚRICH, SUIZA
NOVIEMBRE 1522

En noviembre de 1522, justo nueve meses después de su boda, nació el primer hijo de Conrad y Bárbara. Lo llamaron Theófilo. La paternidad se clavó en el alma de Conrad de una forma absolutamente imprevisible. Bárbara decía que incluso parecía que su esposo hubiera crecido un palmo desde entonces. Ahora no se emborrachaba. Parecía ser más paciente con ella y hasta había emprendido una especie de camino de reconciliación con su padre. La relación de los Grebel con los Zwinglio era creciente. Habían logrado estrechar una amistad madura. Ulrico Zwinglio consideraba a Conrad uno de sus discípulos más aventajados y le confiaba asuntos delicados, como ser intermediario con distintos personajes que en otros cantones suizos trabajaban a favor de la Reforma. Para Conrad ahora esa era la meta de su vida. Había comprendido que Suiza necesitaba una reforma y esa reforma debía empezar por la Iglesia. "¿Cómo serían entonces verdaderamente libres las personas?" Pensaba. "Si la Iglesia toma todas sus decisiones y las manipula metiéndoles miedos y culpas creados por ella misma. La gente está cautiva y no se ha dado cuenta".

Bárbara y Anna se hicieron como hermanas. Se lo contaban todo con absoluta confianza y con la seguridad de que su intimidad no iba a ser defraudada. Anna Reinhard se había casado antes con un hombre llamado John Meyer von Knonau, que procedía de una familia aristocrática, al contrario que ella. Cuando el padre de él descubrió el matrimonio, lo desheredó, dejándolos que se las apañaran solos. En 1511, John tuvo que unirse al ejército suizo y viajar a Italia para luchar en la guerra contra Francia. Regresó a casa gravemente enfermo y murió poco después, dejando a Anna con tres niños.

–Primero sufrí el desprecio de la familia de John. Sufrimos mucho cuando su familia rompió con él por haberse casado conmigo. Pero salimos adelante.
–Comprendo lo que estás diciendo. Como sabes, la familia de Conrad rechaza nuestro matrimonio. El nacimiento de Theófilo ha suavizado un poco las cosas, pero no demasiado.
–No sé qué es peor Bárbara. Si sufrir los desplantes de la familia de tu esposo o enviudar y enfrentarte sola a una nueva realidad. Dar de comer y educar a tres hijos exigió toda mi energía y toda mi fe. Sobre todo eso, yo necesitaba una fe realmente fuerte para no romperme en mil pedazos.
–Comprendo –dijo Bárbara sintiéndose aleccionada.
–Por eso conocí a Ulrico. Yo no faltaba cada vez que él predicaba en la parroquia. No lo buscaba a él sino su fe, su fervor, su fuerza. Yo lo necesitaba. Mis hijos lo necesitaban.
–Y luego te enamoraste del pastor –bromeó Bárbara en su típico tono de falsa malicia.
–Sí –dijo Anna sonriendo–, admito que no pasó mucho tiempo antes de que me sintiera atraída por él. Sus tratos eran suaves, era atento con mis hijos, sobre todo

con Gerold, mi hijo menor. Tan débil y pequeño. Él le enseñó griego y latín y le brindó un amor genuino. Ahora Gerold, que es un hombre próspero, le devuelve todo ese cariño desde lejos, ayudándonos con generosidad. Bueno, sin alargar demasiado la historia…

–No, no, me encanta escucharte.

–Nos casamos. Pero vino la otra parte difícil. El rechazo de la familia de la fe. La gente decía que él se había casado conmigo por dinero o solo porque yo era muy atractiva, dijo ruborizándose.

–Lo eres, eres hermosa y creo que Ulrico tomó eso muy en cuenta –volvió a usar ese tono tan característico de ella cuando bromeaba.

–Entonces dejé de usar mis joyas. La mayoría las guardé en un cajón, otras las di a personas necesitadas. Yo sabía que debía hacerlo. Además, era necesario que me ganara la confianza de la gente. Y aquí estamos. Bárbara, escúchame –añadió como recordando algo importante–, ser esposa de un reformador conlleva una exigencia muy grande. No somos mujeres débiles, aunque parezcamos frágiles. Quiero que sepas que siempre podrás confiar en mí y apoyarte en mí–.

–Gracias Anna…

Bárbara lloró unos instantes, mirando a su Theo, su bebé recién nacido, que fijaba en ella esos ojos grandes y cristalinos.

Tan solo un año después las cosas empezaron a cambiar. En la misma medida en que las dos mujeres estrechaban su lealtad, Conrad y Ulrico empezaban a distanciarse. Primero de forma secreta, pero luego públicamente. Cuando tras varias audiencias y debates públicos y privados, no lograron conciliar posiciones en lo que consideraban que debería ser el futuro de la reforma religiosa en la ciudad. Conrad era un hombre tozudo, pero realmente pensaba que esta vez tenía razón y no temía porfiar sus posturas. "He estudiado esto con pasión", se decía a sí mismo. "De hecho, lo que sé lo he aprendido de él, él es mi maestro. ¿Por qué ahora duda y teme?" Se sentía decepcionado. Las discusiones eran agrias y pronto se formaron bandos que antagonizaban con cierta agresividad. Debatían sobre la misa, las imágenes religiosas, el purgatorio, la Santa Cena o la música en el templo. Al bando de Grebel se unieron Félix Manz y Simón Stumpf. Ellos consideraban que las autoridades de la ciudad no debían seguir decidiendo sobre lo que tenía hacer o enseñar la Iglesia. El estudio detallado del Nuevo Testamento en griego llevó a Grebel, Manz, Stumpf, Cajacob y los otros a descubrir que el bautismo era una consecuencia del entendimiento de la obra de Jesús y de lo que significa la Iglesia. De tal manera que se oponían radicalmente al bautismo de infantes. Esta fue la gota que derramó el vaso. La separación entre la Iglesia y las autoridades del Estado debía ser radical, estaban seguros de eso. El divorcio entre Zwinglio y sus antiguos discípulos fue irremediable. Conrad lo dijo así:

Éramos oidores de los sermones de Zwinglio y lectores de sus escritos, pero un día tomamos la Biblia en nuestras manos y fuimos instruidos de una mejor manera.

Entre tanto Anna y Bárbara sufrían el distanciamiento y las peleas de sus esposos y amigos. Era sumamente doloroso. Pero la amistad resistía las presiones. De hecho, entre más conflictiva era la relación entre los dos grupos, más fuerte se hacía su amistad. Un día Anna le confió a Bárbara que estaban pasando un tiempo muy angustiante de persecución por parte personas poderosas que se oponían a la Reforma.

–Destrozaron nuestra casa. Quemaron muchos libros y escritos. Estamos asustados.

–¡Dios mío Anna! –dijo Bárbara tomándola de las dos manos.

–Las cosas se están poniendo muy complicadas. La persecución viene de todas partes. Los católicos, Lutero, Calvino y los poderosos aliados a ellos.

–También sabemos que los campesinos están rebelándose contra los príncipes, empujados por un tal Thomas Müntzer en Alemania. Y tal parece que pequeñas revueltas estallan por todas partes. ¿Y nosotros? ¿Qué va a pasar con nosotros?

–Dios nos proteja –dijo Anna transformando la conversación en un largo abrazo. Ellas no lo sabían, pero ese sería el último abrazo que se darían en entera libertad.

Durante todo el año de 1524 el grupo de Conrad se fue fortaleciendo. Crecía sin parar. Las autoridades de Zúrich les habían prohibido implantar los cambios que proponían. Así que decidieron hacer reuniones secretas en la casa de Félix Manz. Se habían convertido en un grupo rebelde que actuaba en la clandestinidad. Debían reunirse con mucha cautela.

–A partir de hoy deberemos reunirnos en casa del hermano Manz –advirtió Conrad gravemente–.

Nadie debe invitar a otras personas excepto que esté absolutamente seguro de sus intenciones.
–¿Qué somos? –preguntó Stumpf con curiosidad.
–Hermanos –replicó Conrad secamente–. Somos hermanos suizos, ni más ni menos que eso.

Desde ese día se empezaron a llamar *Los Hermanos Suizos*. Llegaban de forma individual, tomaban rutas diferentes, nunca caminaban en grupo ni se saludaban en la calle. Evitaban todo tipo de discusiones públicas y procuraban simular una fe legal, acorde con las leyes de la ciudad, cuando no estaban juntos. Algunos de ellos incluso debían disimular frente a sus esposas e hijos. Pese a todo, y esto era lo más destacable, el grupo seguía creciendo. Empezaron reuniones clandestinas en otros pueblos y ciudades. Delegaban autoridad a líderes locales. Uno de ellos, Wilhelm Reublin, fue descubierto predicando en contra del bautismo de infantes, alguien lo delató, o al menos eso era lo que sospechaban. Lo encarcelaron y posteriormente le exigieron abandonar la ciudad para siempre.

–Zwinglio es un Μαλάκας[15] –susurró Cajacob insultándolo en griego– ¿Cómo puede permitir que todo esto se salga de las manos?
–Es indignante –dijo Stumpf colérico–. Y ya que estamos practicando el griego que él mismo nos enseñó, pues yo digo que es un Γαμιόλη![16]
–El griego no es bueno para los insultos –intervino Conrad con voz queda–, es demasiado tosco y gro-

---

15 Griego, Malákas, *idiota o estúpido*.
16 Griego, Gamioli, *hijo de puta*.

sero. Yo prefiero el latín con esa elegancia tan aristocrática. Yo calificaría a nuestro amigo de *ructabun-
de*[17] y diría que su cabeza es un *sterculinum*[18]. Pero
tenemos que permanecer con la cabeza fría hermanos. Hay mucho en juego, pidámosle al Señor la se-
renidad necesaria para afrontar nuestro llamado.

Anna y Bárbara se podían ver cada vez menos y
las escasas veces que lo hacían ya no podían hablar
con libertad. Bárbara estaba a punto de dar a luz y
realmente echaba en falta los cuidos de su amiga. El
mundo del siglo XVI no conocía la neutralidad. Por
eso, la alianza entre la religión y el poder no podía
ser simplemente negociada, pactada o tolerada. Sino
que, por el contrario, se recurrió a la persecución.

El 5 de diciembre de 1524 helaba la noche. Todos llegaron como fugitivos. Afuera la temperatura rondaba
los cero grados. Dentro de la casa de Félix Manz hacía calor. Había cerveza, pan y salchichas.

–Hay un hombre que quizás nos pueda ayudar, Thomas Müntzer –les dijo Conrad–. Hans Huiuff, nuestro hermano que viene de Alemania, dice que la pre-
dicación de Müntzer rechaza el bautismo de infantes,
las imágenes religiosas y que defiende a los pobres
frente a los abusos de los príncipes. Deberíamos
enviarle una carta para unirnos a su movimiento.
–Pero… –interrumpió Félix Manz con una salchicha
en la mano–, Huiuff debería contarnos sobre los métodos que está utilizando Müntzer. Tengo entendido

---

17   Lat. *Bolsa de pedos.*
18   Lat. *Letrina.*

que se ha unido a los *profetas de Zwickau* ¿No es así hermano Hans?

El pobre Hans sentía que estaba en un interrogatorio del que dependía el futuro del grupo. Era tímido y ya había bebido suficiente cerveza como para que su cara rubicunda no se encendiera aún más al sentir todas las miradas sobre él.

–A los *profetas de Zwickau* no se les puede tomar en serio –continuó Manz–. Desprecian las Escrituras y dan rienda suelta a sus emociones con supuestas profecías. Van predicando prodigios y sanidades entre los pobres. Son una panda de curanderos que usan a Cristo para ganar dinero.

Redactaron la carta:

Amado hermano Thomas:
Por amor a Dios, no te admires de que nos dirijamos a ti sin título y te roguemos como a un hermano que sigas manteniendo correspondencia con nosotros, y de que —sin tú proponerlo ni conocernos— hayamos iniciado el diálogo. El hijo de Dios, Jesucristo —quien se presenta como el único maestro y la única cabeza de todos aquellos que han de ser salvos y que nos ordena ser hermanos por la palabra única y común para todos los hermanos y creyentes— nos ha inducido y compelido a establecer amistad y hermandad [contigo] y a exponerte los puntos que siguen. También nos ha movido a hacerlo, el hecho de que tú hayas escrito dos folletos acerca de la fe espuria. Por eso, interprétalo bien, por Cristo nuestro Salvador. Si Dios lo quiere, será útil y beneficioso para nosotros. Amén.

A continuación enumeraron una serie de críticas a Lutero, a los católicos y al mismísimo Zwinglio, tachándolos de apartarse de las Escrituras y del Evangelio. Y luego se lanzaron a criticarlo a él, ingenuamente y sin contemplaciones.

Tampoco hay que proteger con la espada al Evangelio y a sus adherentes, y éstos tampoco deben hacerlo por sí mismos como, —según sabemos por nuestro hermano— tú opinas y sostienes.

Esa era una estocada en el hígado de Müntzer. Su chamuscado cerebro apocalíptico no admitiría jamás un método diferente de alcanzar sus objetivos.

Los verdaderos fieles cristianos son ovejas entre los lobos, ovejas para el sacrificio. Deben ser bautizados en la angustia y en el peligro, en la aflicción, la persecución, el dolor y la muerte. Deben pasar la prueba de fuego y alcanzar la patria del eterno descanso no destruyendo a los enemigos físicos, sino inmolando a los enemigos espirituales. Ellos no recurren a la espada temporal ni a la guerra, puesto que renuncian por completo a matar... a menos que estuviéramos sujetos aún a la ley antigua. Pero también allí la guerra es (si no recordamos mal) sólo una plaga, después de conquistada la tierra prometida. Sobre esto, no diremos nada más.[19]

Lo que no sabía Conrad, ni ninguno de los *Hermanos Suizos,* es que Müntzer no toleraba ninguna crítica ni

---

19 Howard, John, *Textos escogidos de la Reforma radical*, pp. 125ss. Todas las cartas escritas a Thomas Müntzer han sido tomadas de aquí.

oposición. Mucho menos en cuanto a sus ideas del fin de los tiempos y de sus métodos bélicos para alcanzar la llegada del Reino de Dios por la fuerza.

Ese mismo día, un poco más tarde y en la calma de su casa, Conrad escribió otra carta a Müntzer. Esta vez en un tono más personal y no en nombre de todo el grupo.

Veo que [Lutero] desea hacerte decapitar entregándote al Príncipe, a quien él ha ligado su Evangelio, así como Aarón debió tener a Moisés por su dios (Ex. 4, 16).

El hermano de Huiuff escribe que tú has predicado contra el príncipe, [que has dicho] que se le debería atacar con los puños. Si eso es verdad o si has querido defender la guerra, las tablas, el canto u otras cosas que no encuentras expresamente mencionadas [en las Escrituras] —como no encontrarás los puntos antes mencianados— te exhorto en nombre de la común salvación de todos nosotros a que desistas de todo ello y de toda idea propia, ahora y en adelante.

Si caes en manos de Lutero y del príncipe desdícete de los puntos mencionados y en los demás mantente como un héroe y un paladín de Dios. ¡Sé fuerte! Tienes la Biblia (de la cual Lutero ha hecho «Bibel Bubel Babel»)[20].

Dobló el pliego y sopló sobre la vela.

---

20 Juego de palabras. Una interpretación demasiado literal de la Biblia (Bibel) significa una confusión de lenguas (Babel) y de sonoridades sin sentido (Bubel).

Las cartas nunca fueron respondidas. Pero pronto los *Hermanos Suizos* supieron que hubiera sido un error unirse a Müntzer. Ellos eran diferentes. Eran diferentes de Lutero, puesto que separaban totalmente a la Iglesia del poder político. Eran diferentes de Calvino puesto que luchaban por los pobres. Eran diferentes de Zwinglio y del resto porque rechazaban el bautismo de infantes, y eran radicalmente diferentes de Müntzer porque consideraban que la guerra no era una opción. Se definían como pacifistas.

Un mes después, el 18 de enero de 1525, el Concejo de Zúrich decretó que los niños y las niñas del grupo de Grebel debían ser bautizados en el plazo de una semana. ¡Una semana!, pensó Conrad, sabía que la soga estaba sobre sus cabezas. El cerco se estrechaba demasiado. El decreto amenazaba con cárcel y destierro.

–No vamos a bautizar a nuestros bebés. ¡No lo haremos! –dijo Cajacob enfadado.
–Entiendo tu enojo, pero ¿qué podemos hacer? –inquirió Conrad dubitativo.
–Lo que debemos hacer es desobedecer.
–No lo sé, es muy peligroso.

Tres días después sucedió algo extraordinario. Después de esa fría noche nada volvería a ser igual. La nieve caía agresivamente, todos estaban reunidos en casa de Manz. No cabía un alma más.

–¡Bautízame! –gritó Jorge Cajacob visiblemente emocionado. Tomó de las manos a Conrad y le repitió la súplica mirándolo a los ojos: "Bautízame con el verdadero bautismo cristiano". Conrad lo bautizó en un acto revolucionario de absoluta disidencia.

Sabían que esto les podía costar la vida. Esa noche todos se bautizaron. Así iniciaron un movimiento que se extendió por la geografía suiza y más allá.

Era el nacimiento de los Anabaptistas.

14

FRANKENHAUSEN, ALEMANIA
15 DE MAYO DE 1525

Permanecieron allí hasta el mediodía. Los muchachos comieron pan de centeno y bebieron cerveza. Müntzer observaba con el ceño fruncido. Las fuerzas del ejército imperial llevaron sus armas cuesta arriba para poder tener una mejor perspectiva a fin de poder disparar con más precisión sobre los campesinos sublevados. La gente estaba cansada, cada uno con un palo, un pico, un hacha, una alabarda y hasta herraduras afiladas. Miraban hacia arriba y temblaban de miedo. Algunos de ellos mojaron sus pantalones al ver los caballos montados por sus enemigos. Parece mentira el terror que puede infundir el sonido trepidante de cientos de cascos moviéndose al unísono. Parecía que habían decidido marchar alrededor del campamento desde ambos lados hacia los campesinos. Al ver que algunos campesinos temían y murmuraban urdiendo planes de retirada, Müntzer empezó una de sus arengas apocalípticas:

Avanzad, avanzad mientras arda el fuego, Dios os guiará, seguid, seguid [21]...

La bandera con los colores del arcoíris ondeaba iluminada por los rayos del sol. En ella se podía leer una inscripción en latín que decía: *Verbum domini maneat in aeternum* (La palabra de Dios permanece eternamente).

Dios quiere con vuestra ayuda limpiar el mundo, ¡combatid con valentía!

Pasadas algunas horas, ya por la tarde, Felipe I de Hesse conminó a los sublevados a rendirse y a entregar a Müntzer. Pero Müntzer rechazó de cuajo tales pretensiones y, temiendo ser entregado, procedió a pronunciar su sermón más famoso, el *sermón del arcoíris.*

Dios mismo en persona nos dará la victoria. Sois el ejército de Dios. La batalla final está en vuestras manos. Ya veréis cómo yo mismo detendré todos los cañonazos con solo las mangas de mi capa.

En ese instante el cielo pareció gastar una macabra broma que fue tomada por Müntzer como una señal confirmatoria. Una especie de halo de colores se asomaba por entre las nubes aquella tarde.

---

21 Juego de palabras en alemán que, posiblemente, alude al sonido de los cascos de los caballos enemigos: *Dran, dran, derweil das Feuer heiss ist. Gott euch voran, folget, folget.*

Ved que Dios combate a nuestro lado, puesto que ahora, ahí mismo, nos da una señal: ¿no veis acaso el arcoíris en el cielo? Eso significa que Dios nos ayudará a nosotros, que llevamos el arcoíris en el estandarte. Con él, Dios amenaza de juicio y castigo a los príncipes asesinos. ¡No temáis y confiad, que Dios nos asistirá y defenderá! La voluntad divina se opone a que sellemos la paz con los príncipes sin Dios!

Seguidamente el mismo Müntzer empezó a entonar a voz en cuello un cánto espiritual que pronto las más de 8 000 almas entonaron con las manos extendidas al cielo como una sola voz.

Veni, Sancte Spiritus,
Et emitte caelitus
Lucis tuae radium.
Veni, pater pauperum,
Veni, dator munerum,
Veni, lumen cordium.
Consolator optime,
Dulcis hospes animae [22]

---

22 Del latín:
Ven, Espíritu Santo,
y desde el cielo
envía un rayo de tu luz.
Ven padre de los pobres,
ven dador de las gracias,
ven luz de los corazones.
Consolador óptimo,
dulce huésped del alma

Aquel coro de miles de hombres sonaba tan poderoso que algunos lloraban, otros temblaban con arrebatos espirituales sintiendo una especie de fuerza divina que se apoderaba de ellos. Una lluvia de cañonazos retumbó como una antifonía. Los campesinos cantaban y sus enemigos cañoneaban.

15

ZÚRICH, SUIZA
1525-1531

Conrad y sus *Hermanos Suizos* experimentaron un crecimiento y expansión que iba mucho más allá que todas sus más ambiciosas pretensiones. Fueron perseguidos tanto por católicos como por luteranos y calvinistas. También las autoridades civiles los perseguían pues actuaban fuera de la ley. Eran radicalmente pacifistas, pero su afrenta más grande al sistema consistía en quitarle el botín de las manos a los nobles y a la Iglesia plegada a ellos. La idea más radical y contagiosa era la de separar a la Iglesia del poder político. El signo externo de esa separación era el bautismo de adultos. De hecho, Conrad y su gente llamaban a su movimiento *La Iglesia Libre.*

–Leemos en el *Sermón de la Montaña* que debemos poner nuestra otra mejilla cuando alguien nos humilla, –predicaba Conrad en uno de sus más memorables momentos de intimidad, cuando sintieron que la persecución se intensificaba–. ¿Pero qué quiere decir esto? Para Müntzer y los sublevados esta parte de las Escrituras no existe. ¡Infames! Ellos quieren volver a los tiempos de la venganza: ojo por ojo, diente por diente, moretón por moretón.

Los *Hermanos* de *La Iglesia Libre* escuchaban las palabras de Conrad con atención. Temerosos, atentos. ¡Cuánto había cambiado este joven muchacho! No hacía demasiado tiempo que su fama de borracho y pendenciero, de orgulloso hijo de ricachón y vago corría por las calles de Zúrich y ahora estaba ahí, liderando con gallardía la Reforma radical en la clandestinidad.

–¡Pero nosotros no cerramos los ojos ante el *Sermón de la Montaña*! El Maestro nos dice que si recibimos una bofetada en la mejilla derecha…
–¿Debemos permitirlo? –interrumpió un joven canijo de ojos saltones que se había unido al grupo hacía no mucho tiempo.
–Una bofetada en la mejilla derecha simboliza la peor humillación pública. Jesús está hablando con un símbolo.
–No entiendo maestro –reclamó el muchacho.
–Para poder abofetear a alguien en la mejilla derecha, el agresor debía dar el golpe con el dorso de la mano. La mano derecha es la que golpea. En el tiempo de Jesús, la mano derecha era la mano limpia. Y golpear con la parte externa de la mano equivalía a decir algo así como que la otra persona es tan indigna que sería asqueroso tocarle la mejilla con la parte interna de la mano. Nadie se atrevería a usar su mano izquierda, no había otra manera que abanicar el brazo de izquierda a derecha para golpear con la parte externa. Así.

Grebel mostró el movimiento abanicando su brazo derecho.

–Aun no entiendo lo que quiere decir maestro.

—Cuando Jesús nos dice que giremos la cara para exponer la otra mejilla, lo que nos está diciendo es que escondamos la mejilla derecha, la correcta, la única donde el agresor puede utilizar para humillarnos. Girar la cabeza es ofrecer algo diferente, cambiarlo todo. El agresor no quiere golpear la mejilla izquierda, no le sirve. Es un agravio para él. Tampoco utilizará su mano izquierda, la incorrecta. Además, la única forma en la que la mejilla izquierda queda servida en bandeja para que una mano derecha la abofetee es dándole la espalda al agresor. Y, como todos sabemos, ningún agresor se podría sentir orgulloso de golpear por la espalda. ¡Es un deshonor!

—Girarnos, darles la espalda. ¿Huir?

—Jesús no nos pide venganza, como predican Müntzer y los locos que lo siguen. Tampoco es aliarnos con el agresor, como hacen Lutero y los suyos. Ni venganza ni capitulación. Huir si es necesario, sí. Pero también luchar. Hay otras formas de lucha, lucha pacífica, lucha no violenta.

Parecía mentira que su antiguo maestro, el bueno de Zwinglio, se hubiera transformado en el peor enemigo de Conrad y los demás discípulos.

Fueron cazados como conejos.

—Malditos revolucionarios de mierda, les gritaba uno de los guardias de la ciudad. Se van a podrir en la mazmorra.

—¿De qué se nos acusa? —preguntó Conrad mientras era reducido por dos gorilas.

—Ustedes son unas bestias desestabilizadoras. Y tú Conrad Grebel, un cagalindes. Ya te hiciste mierda encima. ¡No suelten a esos mangurrianes! Ya van a tener su merecido.

Manz corrió como desquiciado, jadeando como un loco, escondiéndose por entre las calles y luego por el bosque. Sentía el corazón latir en las sienes y sudaba temblorosamente un sudor frío, consciente de que quizás no volvería a ver con vida a sus dos amigos. Eso ocurrió el 8 de octubre de 1525. Félix Manz se internó en el bosque esperando resistir mientras pasaba todo. Quería pensar que todo era un sueño, una pesadilla o que, en realidad, la cordura iba a prevalecer. Pero en el fondo sabía que todo estaba llegando a su fin. No había vuelta de hoja. Si era atrapado lo más probable es que muriera torturado o de hambre en una celda. Pero si no, su destino sería otro tipo de muerte, más lenta y dolorosa quizás. Cambiaría de nombre, de vida, de ciudad e iniciaría en soledad una existencia lejos de todos los que amaba. Temía por él, por su gente y por Conrad y Cajacob que ahora mismo seguramente estarían siendo torturados por esas bestias. Cuando lo encontraron unos días después en un bosque de Groningen, parecía un pordiosero demacrado y sucio. Fueron condenados a cadena perpetua y recluidos en la *Torre de la Bruja* en Zúrich. Cinco meses después, un nuevo decreto ordenaba castigar a quienes bautizaran adultos con la pena de muerte. Parecía que todo estaba dicho.

La sentencia contra Félix Manz fue dictada el 5 de enero de 1527:

...porque contrario a la ley y las costumbres cristianas se ha involucrado en el anabaptismo [...] debe

ser entregado al verdugo quien amarrará sus manos, lo pondrá en un bote y lo llevará a la cabaña más abajo; allí el verdugo meterá sus rodillas entre las manos atadas, pasará un palo entre sus rodillas y brazos y en esta posición lo lanzará al agua para que perezca en el agua. Con eso se habrá apaciguado la ley y la justicia [...] Sus propiedades también deberán ser confiscadas por sus señorías.

La siniestra creatividad de sus verdugos hacía que el ahogamiento simbolizara un bautismo del que jamás regresaría. Justo antes de ser lanzado al río Limmat, Félix Manz gritó: *manus tuas, Domine, commendo spiritum meum* (En tus manos, Señor, encomiendo mi espíritu). Tenía 29 años.

Reproducción de la ejecución de Félix Manz

125

16

FRANKENHAUSEN, ALEMANIA
15 DE MAYO DE 1525

Los oídos se revientan por los cañones. El canto espiritual cesa y se transforma en alaridos, gritos, súplicas, llantos y plegarias en todo tipo de lenguas y dialectos. Las balas de los cañones llueven despiadadamente. No luchan, sino que corren a buscar la seguridad de la ciudad. Los persiguen y a la mayoría los matan mientras huyen, entre la colina y la ciudad.

¿Dónde está Dios? Grita uno que va corriendo con la cara bañada de sangre y sin un brazo. La sangre brota de su cuerpo a borbotones pringando a todos a su lado y sigue gritando ¿Dónde está Dios? Otro se arrastra mientras intenta recoger sus entrañas ¡A la ciudad! ¡Entren a las casas! Dice vomitando bilis y clava la cara en el barro. Corren como gallinas sin cabeza, pisándose y empujándose unos a otros. La mayoría caen en el camino. Chorros de sangre saltan a presión por doquier. El olor a mierda es insoportable. Mierda mezclada con barro, sangre, orina, sudor. El ejército imperial asalta la ciudad de inmediato y la conquista rápidamente. Mata a todos los atrapados allí. Muchos de ellos son encontrados en el canal de drenaje de la salina o en las casas. La cacería continúa toda la tarde y parte de la noche.

Müntzer también es capturado. Va pegando gritos ininteligibles. Lo desnudan parcialmente y lo golpean. Saben quién es y no lo matan enseguida, sino que lo torturan mientras lo llevan quién sabe dónde. Los demás están escondidos, unos debajo de los muertos, otros en los tejados, en los espacios diminutos donde solo viven los pájaros. Otros agonizan y se hacen los que no respiran. Lo ven irse derrotado, torturado, desnudo y humillado. ¿Dónde está Dios? ¿Dónde está Dios?

Uno sale de la nada con un cuchillo e intenta salvar al maestro, al profeta, a Müntzer. Thomas levanta los ojos, lo ve y también ve como lo derriban antes de que pueda si quiera gritar. Le cortan la garganta, lo patean y lo dejan sangrar mientras vomita sangre y su mano ya sin vida suelta el cuchillo.

17

ZÚRICH, SUIZA
1525-1531

Conrad Grebel llegó furtivamente a su casa, casi de madrugada. Flaco, sucio y hambriento. Bárbara lloró desarmada, ya sin fuerzas a puro sollozo. Ambos lloraron. No sabían cómo despedirse. No habían pensado jamás en esa posibilidad. Nunca creyeron que llegaría ese momento. Como tampoco hubieran pensado que se conocerían aquel día en que Conrad pateó al perro rabioso que amenazaba a Bárbara. Se besaron en silencio. Se acariciaron las mejillas. Parecían envejecidos, más de la cuenta. Conrad lloró, sonó como si algo se rompiera en su interior. Se olieron una y otra vez, Bárbara aspiró fuerte en el cuello de Conrad. ¿Cómo se había ido tan rápido la vida juntos? Aquellas tardes de largas conversaciones en la casa de los padres de Bárbara, la manta que cubría sus deseos secretos, la música, los largos paseos por el lago, las historias de Viena y de París, los chistes de Bárbara que rompían la monótona seriedad de Conrad..., el día de su boda, aquella boda. La furia del padre de Conrad y las lágrimas de la madre. Los dos embarazos, las largas noches de llantos, los mocos y los pañales. Los primeros días del grupo con Anna y Ulrico…, qué dolor, qué dolor.

–Dios sabe que te amo.

–Lo sé –dijo ella con la voz empapada.

–Dios lo sabe bien.

–Y yo te amo Conrad. Te amo.

Bárbara tomó un trozo de papel y lo partió en dos. Escribió la misma palabra en cada trozo. Era la palabra más importante de todas las que había creado en aquellos tiempos fogosos en los que Conrad le enseñaba *Lingua ignota*. De las 4 palabras más importantes, esta era la que más amó. Conrad tomó el trozo de papel, lo leyó emocionado, quebrantado, lo oprimió contra su pecho y lo guardó lentamente.

ꝗ𐌲𐌲ᴢ𐌲𐌲ᛒᛣ

Esa madrugada Conrad besó a sus dos hijos mientras dormían y partió para jamás regresar. Huyó como un criminal. Disfrazado, aterrorizado…, con el alma a cuestas porque no quería irse con él.

–Irme, huir, es mejor que quedarme y darles el placer de matarme. Irme y huir es dar la mejilla izquierda. No hay venganza, no les deseo el mal. Sé que Ulrico lo sabe, no lo odio. No sabrán dónde estoy y ¡quiera Dios! La Palabra de libertad siga expandiéndose. Que los *Hermanos Libres* sean fuertes y sigan y sigan y sigan.

Murió escondido como una rata, víctima de la peste, en el verano de 1526.

Para la preservación del orden público, con esas palabras tanto Lutero como Zwinglio promovieron la eliminación total de los anabaptistas a través de la pena capital como un asunto de urgencia suprema. Ulrico y Martín, con todo su poder y en connivencia con los católicos y los príncipes. Los anabaptistas estaban solos en este mundo. Los perseguían propios y ajenos y tuvieron que huir lejos, a países donde su existencia no corriera peligro. Grebel y Cajacob habían sido liberados bajo amenaza. Si continuaban con sus prácticas revolucionarias, correrían la misma suerte que Manz.

Cajacob fue capturado por las autoridades católicas en Innsbruck, Austria. Predicaba contra el bautismo de infantes y promovía la idea de que la Iglesia debía ser libre de los poderes de los monarcas. El 6 de septiembre de 1529 fue quemado en la hoguera, cerca de Klausen. Tenía 38 años.

Por su parte Ulrico Zwinglio recibió la orden urgente de incorporarse al ejército suizo como capellán para apoyar a las tropas protestantes que luchaban contra el eje católico en Kappel. Esto sucedió en octubre de 1531. Era como una broma del destino. Muy pocos regresaban de esa maldita guerra. Sabía que esta era la última vez que vería a su esposa y a sus hijos.

–Nos veremos de nuevo si el Señor lo quiere –dijo Anna envejecida de golpe–. ¿Y qué me traerás cuando vuelvas?
–Bendiciones después de una noche oscura.

Y con estas palabras partió. Anna las atesoró durante el resto de su vida.

18

MÜLHAUSEN, ALEMANIA
27 DE MAYO DE 1525

En silencio, irreconocible y ensangrentado. Thomas Müntzer jadea tembloroso ante el cadalso en Mülhausen. Sube descalzo y con dificultades los 5 escalones de madera. El cuarto escalón cruje y el sonido recorre toda la plaza y se cuela por entre los espacios vacíos de la multitud que observa enmudecida. Niños, ancianos, hombres y mujeres. Saben quién es y saben también por qué morirá el profeta, el pastor, el teólogo.

Lo siguiente que se escucha es la voz del confesor o alguien parecido a un confesor. Le exige que se retracte, que se disculpe y que se arrepienta. Primero le grita, luego le susurra algo al oído, luego vuelve a gritar. Müntzer aguanta de pie. Es el rictus del terror en su cara, son los puños cerrados que tiemblan sucios y ensangrentados. Pero aguanta, no dice nada. Guarda silencio. Un momento. Parece que va a decir algo. No, no dice nada. Levanta la vista y mueve sus labios. Nadie escucha. Ni siquiera el confesor. Llegaron a decir que sus labios pronunciaban débilmente

Omnia Sunt Comunia

Coloca la cabeza sobre la madera. La mueve como si quisiera encontrar la mejor posición. Sonaron 3 golpes secos. El primero cuando el fierro cortó su cuello. El segundo cuando la cabeza cayó al suelo y rodó. El tercero fue su pie derecho que golpeó violentamente el suelo de madera en su última convulsión.

19

MÚNICH
1980

–Me voy –dijo Liese mirándola a los ojos–. Lo has oído bien, tengo 18 años. Me voy.

Pronunciaba cada palabra detenidamente para que su madre pudiera leerle los labios y, al mismo tiempo, hablaba con las manos en lengua de señas. Desde niña aprendió a hablar con la voz y con las manos a la vez, porque su madre, llamada Gerda, era sorda de nacimiento.

–(Lengua de señas. Signo de pregunta) –Liese observaba a su mamá con paciencia.
–No mamá, no estoy bromeando –lo dijo en voz alta y con las manos a la vez.
–(Lengua de señas. Signo de negación con expresión de enojo).
–Lo tengo decidido y no me quiero sentir culpable.
–(Lengua de señas expresando que aún no estaba lista).
–Dices eso porque estás enfadada. Me tratas como una niña incapaz de tomar mis propias decisiones. No estoy escapando, solo que ya no soy una niña mamá.
–(Lengua de señas. Signo de peligro).

–No mamá, el mundo es peligroso siempre. No lo será más si vivo sola. Solo quiero intentarlo. Te prometo que vendré a visitarte a menudo. Y a ti, Egon, claro, no me riñas, a ti también, dijo, mientras acariciaba al perro salchicha.

–(Lengua de señas) –esta vez las manos de ambas se apresuraban y atropellaban hasta que Liese tomó a su mamá por las muñecas y le impidió continuar.

–No hay marcha atrás.

Liese se había enamorado de Bruno, un muchacho dos años mayor que ella. Vivían en Múnich y querían irse a vivir juntos. No era inusual entre sus amigos, pero sus padres, divorciados, eran bastante conservadores como para tragarlo así de golpe. Su padre era un diplomático. Nadie sabía a ciencia cierta qué hacía, pero era parte del selecto grupo de confianza del excanciller de Alemania occidental Herbert Ernst Karl Frahm, o sea: Willy Brandt, Presidente del Partido Socialdemócrata Alemán. Herbert se había cambiado el nombre para poder huir de los Nazis durante la Segunda Guerra Mundial, amenazado por ser comunista. Ahora todos lo conocían como Willy Brandt. Brandt había sido Canciller de la Alemania occidental hasta que en 1973 se descubrió que su amigo y colaborador cercano, Günter Guillaume, era en realidad un espía de los servicios de inteligencia de la Alemania oriental. Las acusaciones contra Willy Brandt fueron feroces. Lo señalaban de haber introducido a un espía comunista en el círculo más íntimo de su gobierno. Brandt no soportó y el 6 de mayo de 1974 renunció. Ahora era al Presidente del Partido, y el padre de Liese trabajaba para él.

Uno de los momentos cumbre de la gestión de Willy Brandt sucedió en diciembre de 1970, hacía ya diez años. Liese lo recordaba con profundo orgullo. Su padre había estado ahí, justo en el momento en que se hacía la Historia. En ese entonces Brandt era Canciller y viajó a Polonia con ocasión de la firma del Tratado de Varsovia. La firma del Tratado fue noticia pero lo que realmente dio la vuelta al mundo fue ese acto de profunda significancia reconciliadora. Frente a periodistas y autoridades Willy Brandt se arrodilló durante varios minutos ante el monumento a las víctimas del Levantamiento del Gueto de Varsovia. Las que habían sido masacradas y las que fueron llevadas a diferentes campos de concentración. Su padre había estado ahí y Liese no podía sentirse más orgullosa de ese pequeño hombre de gestos nimios y pocas palabras. Nadie lo nombraba, de hecho, su nombre nunca apareció en listas oficiales, en libros, actas o en las noticias. Pero ella lo veía como un héroe. Su reproche más hondo tenía que ver con el divorcio. Esa distancia que se creó entre padre e hija le seguía doliendo, incluso ahora que se sentía toda una mujer libre a sus18 años. Se iría a vivir con Bruno y el mundo se abría delante de ella en todo su esplendor, pero la herida de su padre seguía intacta.

Hasta entonces Liese había vivido con su mamá. Gerda tenía uno de esos corazones bondadosos que contrarían por su generosidad. Le encantaba invitar a la gente a su casa. Cocinaba con una pasión entrañable. Sus *Frikadellen* [23] eran famosos

---

23 Fritos de carne picada, cebolla, huevo, pan rallado, sal y

entre los amigos de Liese. Pese a todo, Gerda era una mujer frágil que le tenía terror a quedarse sola. El día que Liese le anunció que se iría a vivir sola, Gerda lloró desconsolada durante toda la noche abrazada a Egon. Era como si su bebé hubiera crecido de golpe. "Si solo ayer estaba aprendiendo a caminar" pensó.

Aquel año marcó la vida de Liese. En 1980 descubrió la vida, el mundo, el amor, el sexo, la libertad, los sueños y la utopía de un mundo mejor.

El 5 de julio salieron eufóricos de su pequeño apartamento. Pasaron por *Marienplatz*. Había mucha gente caminando. Los vendedores callejeros pululaban mientras que un par de bailarines de ballet hacían un acto al lado de un joven que lanzaba fuego por la boca. Bruno y Liese les pasaron al lado, llevaban prisa. Iban vestidos con jeans y sendas camisetas de Led Zeppelin. Un par de muchachos los rebasaron sonriendo y saludando con ademanes de aprobación: ¡Led Zeppelin! ¡Led Zeppelin!

Abajo, en el *U-Bahn* [24], una gran variedad de fanáticos se dirigía al gigantesco *Olympia Halle* para el concierto de la noche. Bruno caminaba casi corriendo. Liese, que era ligeramente más alta que él, lo perseguía en silencio. La banda apareció a las 9:00 p.m. El lugar estaba absolutamente abarrotado. De hecho los puestillos de souvenirs y refrescos habían agota-

---

pimienta. Tienen una forma redonda y un poco aplanada. Dependiendo del gusto se puede servir con salsa tártara, salsa blanca, con ketchup, fríos o calientes.
24 Sistema de tren subterráneo.

do existencias mucho antes de que iniciara la música. Estaban en un punto estratégico desde donde podían ver todo con facilidad. Bueno, como no había butacas, tuvieron que correr al frente para encontrar un buen lugar. Y lo habían conseguido. Por un momento todo pareció muy confuso. La gente se apretaba cada vez más, una chica se desmayó justo en frente de ellos. Entonces el buen Harvey Goldsmith tuvo que salir a escena para solicitarle a la multitud que retrocediera. Su petición no tuvo mucho efecto. La gente continuaba empujando hasta que la voz de Jimmy Page realizó el prodigio con *Train Kept A Rollin* y todos comenzaron a cantar y saltar.

—Vamos por salchichas y cervezas —dijo Bruno exhausto después del concierto.
—¡Vamos, estoy deshidratada!
—¡Estuvo increíble!
—Aunque me quedo con Bob Marley.
—¡Estás completamente loca!

Justo 4 días antes habían ido al *Open Air Festival,* donde escucharon a Bob Marley. Bruno odió aquel concierto, pero Liese no paraba de corear:

Get up, stand up, stand up for your rights!
Get up, stand up, stand up for your rights!
Get up, stand up, stand up for your rights!
Get up, stand up, don't give up the fight!
Preacher man, don't tell me
Heaven is under the earth
I know you don't know
What life is really worth
It's not all that glitters is gold

'Alf the story has never been told
So now you see the light, eh!
Stand up for your rights. Come on![25]

–Es una hermosa canción de lucha, ¿no crees?
–Liese, son jamaiquinos libres, ya no son esclavos. Se están forrando con ese cuento de la libertad. No entiendo por qué vienen a Alemania a meter ideas sobre asuntos que no existen.

–Bruno, aún hay muchas personas que deben luchar por sus derechos. El mundo es muy grande y las malas costumbres de la humanidad nunca terminan de irse. Hay gente que sufre.

Cuando salían del Metro y llegando de nuevo a *Marienplatz*, un joven de aspecto más bien bonachón, vestido con jeans azul y un sweater marrón del que sobresalían las solapas de una camisa a cuadros azules y blancos, saludó a Bruno propinándole un abrazo de palmada en la espalda. Bruno se alegró de verlo.

–Köhler, Gundolf Köhler –saludó a Liese.
–Ah, bueno. Ella es la chica de la que te hablé –titubeó Bruno abrazándola de medio lado.

Köhler era un tipo normal. Liese pensó que no era ni guapo ni feo. Era más bien introvertido y parecía muy formal, "En exceso para ser amigo de Bruno" pensó bromeando para sus adentros. Dibujó una sonrisa casi imperceptible.

---

25 Letra de la canción *Get Up, Stand Up* de Bob Marley.

–¿Quién es? –preguntó Liese cuando Gundolf Köhler desaparecía por delante de ellos, al final de la calle.
–Un amigo de la facultad. Estudia geología. Es brillante.
–Parece que se conocen bien, pero nunca lo mencionas. Bueno, no es que tienes que darme una lista de todos tus amigos y actividades, no soy de la *Gestapo.*

A Bruno no le hizo nada de gracia la broma de la *Gestapo* y se limitó a guardar silencio. Esa noche comieron salchichas y bebieron cerveza en *Hofbräuhaus.* Hicieron el amor medio borrachos y durmieron felices como si el mundo hubiera dejado de girar y nada pudiera romper la despreocupación en la que vivían.

El 26 de setiembre todo Múnich hervía de turistas. Era la fiesta anual de *Oktoberfest.* El campo de *Theresienwiese,* muy cerca del *Hauptbahnhof,* estaba en pleno festejo y miles de personas bebían cerveza al son de música bávara. Muchos vestían trajes típicos y una mujer rubia surcaba las mesas llevando diez jarras de espumosa cerveza que iba entregando mientras todos cantaban:

Ein Prosit, ein Prosit
Der Gemütlichkeit
Ein Prosit, ein Prosit
Der Gemütlichkeit[26]

---

26 Canción típica de la celebración muniqués:
Un brindis, un brindis
Para alegrar y buenos momentos.

¡Boom!

Sordera repentina, polvo y caras de pánico. Un interminable pito agudo y penetrante. La gente gritaba pero no se escuchaban las voces. A las 10:20 de la noche una gigantesca explosión tuvo lugar en la entrada del *Theresienwiese*. Se detuvo paulatinamente la fiesta. Las sirenas sonaban entre los gritos y el desconcierto. En la memoria colectiva aún estaban los atentados ocurridos en Múnich durante las Olimpiadas de 1972. La gente prefirió retirarse de prisa e irse a sus casas para poner las noticias y enterarse de todo en un lugar seguro. Esa noche Liese iba a tener que quedarse sola en el apartamento porque Bruno se quedaría estudiando hasta tarde. Ella prefirió dormir en casa de su madre. Así que a esa hora ambas mujeres se disponían a comer en pijamas y Egon roncaba con los ronquidos típicos de un perro viejo. Acababan de sentarse a la mesa para comer luego de pasar un buen rato en el salón del piano. Liese siempre tocaba la sonata 545 de Mozart. Gerda normalmente ponía sus manos sobre el piano para sentir las vibraciones, a veces ponía su mejilla y entonces sentía la música como cosquillas y como voces lejanas. El piano estaba afinado a 432 Hertz porque así Gerda percibía en su cuerpo las ondas de una manera más diáfana. Gerda escuchaba con toda su piel. Liese siempre decía que su mamá tenía un excelente oído: "Puede reconocer cuando la afinación está en 440 Hertz o en 432 Hertz con solo poner la mejilla sobre la madera del piano". Una vez sentadas en la mesa Liese encendió la televisión y pronto empezó a observar el desarrollo de la noticia. Se estremeció y olvidó describirle a Gerda lo que escuchaba horrorizada en la televisión. Gerda se plantó frente a Liese y le suplicó que le hablara.

–¡Han detonado una bomba! –le dijo gesticulando con movimientos y expresiones enfáticas.

–(Lengua de señas. Signo de pregunta. Signo de enfado. Signo de perplejidad).

–No sé mamá. No dicen demasiado.

Gerda seguía de pie entre la mesa y el televisor.

–(Lengua de señas. Signo de escucha. Signo de hablar).

–Dicen que hay 13 personas muertas y cientos de heridos graves. Hay niños muertos ¡Qué horror!

–(Lengua de señas. Signo de pánico).

No pudieron comer. Observaban las noticias repitiendo el ritual de la conversación y explicación. Estaban asustadas y Liese pensaba en Bruno. Por un momento se le pasó por la cabeza que le había mentido y que había ido más bien a *Theresienwiese* con sus amigos. La idea le volcaba el corazón.

Liese no esperó a que el día terminara de amanecer. Recorrió las calles, ahora llenas de ecos y vahos, hasta llegar al apartamento. Hizo café, se sentó en el sofá que usaba para leer y observó a Bruno. Sorbió el café humeante. Estaba orgullosa de él. Era un hombre bueno y disciplinado. El flequillo de pelo negro lacio de Bruno caía desordenado sobre uno de sus ojos. Sintió ganas de abrazarlo y besarlo. Lo dejó dormir.

Era sábado y habían reservado una habitación en un hotel de montaña en *Sankt Johann im Pongau*, en los Alpes austriacos. A las 9:00 a.m. tomaron el tren que tardaría casi seis horas en llegar al pueblo de *Sankt Johann*. Hasta Salzburgo harían 15 paradas: *München Ost, Grafing Bahnhof, Aßling Bahnhof, Ostermünchen, Großkarolinenfeld, Rosenheim, Bad Endorf, Prien am Chiemsee, Bernau a Chiemsee, Übersee, Bergen, Traunstein Station, Teisendorf, Freilassing y Salzburg.* Y desde Salzburgo hasta *Sankt Johann* serían diez paradas más. El ritmo soñoliento del tren, con el traqueteo de los rieles era casi hipnótico. Bruno volvió a dormirse. Liese veía por la ventana los amplios pastizales de un verde tierno. Al fondo, las montañas de piedra. Decenas de pequeñas iglesias de madera se sucedían como en esos dibujos animados en los que un mismo paisaje pasa de forma reiterativa detrás de la escena principal.

Salzburgo era una ciudad de ensueño. La ciudad natal de Mozart. Si tenían tiempo, Bruno le había prometido que visitarían la casa donde vivió los primeros años el genio de *Wolfgang Amadeus Mozart*, como Bruno solía nombrarlo, en contraste con Liese que le llamaba *Wolferl* que era en realidad su nombre de pila, en la calle *Getreidegaase*. La sexta parada desde Salzburgo era la más importante para Bruno. *Hohenwerfen* era un pequeño pueblo enclavado en los Alpes que tenía un hermoso castillo en lo alto de una colina. La fortaleza de *Werfen*, que visitarían al día siguiente. El tren avanzaba con monotonía, aún faltaban cuatro paradas y Liese, arrellanada en su asiento, disfrutaba del trayecto.

Sankt Johann es un pueblito pequeño perdido en los Alpes. Un pueblo silencioso y tranquilo que tiene su pico alto de visitas entre enero y marzo debido al turismo de invierno. Por ahora Bruno y Liese eran visitas casi excepcionales. El *Alpenland Sport Hotel* estaba casi vacío. Al llegar tenían mucha hambre. Subieron a su habitación, cuyos muebles de madera evocaban el *folklore* alpino, y su suelo estaba cubierto por una gruesa y desteñida alfombra verde. Liese hizo una especie de gira express dentro de la habitación. Visitó el cuarto de baño, abrió la cortina de la ventana, oteó el horizonte montañoso, abrió los armarios y se lanzó a la cama. Dejaron sus cosas y regresaron a la planta baja para ir a uno de los dos restaurantes del hotel. De camino al restaurante, cerca de la entrada principal y al lado del *lobby* había un piano de cola color negro sobre una elegante alfombra de motivos florales en tonalidades marrón y terracota. Liese pensó en Gerda. El restaurante era acogedor. Por las ventanas se podían ver las imponentes montañas que, pese a estar en pleno otoño, tenían nieve en las zonas más altas. Se sentían plenos. Liese comió crema de queso y Bruno disfrutó un buen *Tafelspitz*, filete de ternera cocido lentamente en salsa. En una mesa cercana había un periódico cuya portada daba cuenta de la tragedia del día anterior en el *Oktoberfest* de Múnich. Bruno no lo pensó dos veces y tomó el periódico con avidez.

–Vuelta a la realidad –dijo Liese observando la macabra fotografía de la portada. Bruno abrió la página y respiró profundamente exhalando con fuerza.

–Toda la *República Federal* está en peligro Liese.

–¿Cómo? ¿Por qué dices eso? ¿Qué dice el periódico? ¿Quiénes hicieron esto?

–Los comunistas de la *RDA*, es evidente –aseguró.

–¿Eso dice el periódico? –preguntó Liese frunciendo el ceño.

–No aún, pero tiene toda la pinta. Los soviéticos quieren sembrar el pánico justo antes de las elecciones de la próxima semana. Es un buen negocio para ellos. Ahora propagarán rumores que inculpen a inocentes y hablarán de nazis y neoazis. Lo sé. Pero lo más alarmante de todo, y tu padre y su gente deben tenerlo claro, es que la *Stasi* [27] tiene muchos agentes trabajando para la desestabilización de la República Federal. Fueron ellos, ya lo verás.

–Hablas como si tuvieras seguridad de lo que estás diciendo Bruno. No lo sabemos. También pudieron ser, efectivamente, los neonazis, que están igualmente interesados en desestabilizar y sacar provecho del terror con miras a las elecciones de la semana que viene. No soportarían la idea de… –hizo una pausa como dudando de lo que iba a decir.

–¿De qué? –interrumpió Bruno en un sobresalto, mientras tragaba apresurado un bocado de ternera.

–Dejemos a los que saben hacer su trabajo.

–Los que saben… –murmuró Bruno apurando la cerveza.

---

27 El Ministerio para la Seguridad del Estado de la República Democrática Alemana (RDA). La RDA era el territorio de Alemania que se encontraba bajo ocupación soviética tras el final de la Segunda Guerra Mundial.

Bruno había nacido en 1960, en una familia de inmigrantes. Su padre había sido un mecánico nacido en Suiza cuyos padres, los abuelos de Bruno, habían emigrado a Alemania cuando aún era un niño. Su madre, una mujer austriaca, frágil y pequeña, con unos ojos grandes de un marrón inusual. Hacían una pareja muy peculiar. Ella tocaba el *cello* y cuidaba sus manos con cremas hidratantes. Él tenía las manos maltrechas, llenas de cicatrices y siempre grasientas. Bruno padre trabajaba en la BMW. Era un apasionado de los motores, sobre todo de los motores a propulsión para los aviones. Tenía una motocicleta R32 de 8,5 caballos de fuerza que le habría costado unos dos mil *Reichmark,* de no haber sido porque la compró como chatarra. La había reparado con repuestos de otras motos inservibles. "Es una belleza" decía acariciándola. En 1941el ejército alemán necesitaba una moto todoterreno con sidecar y marcha atrás. Bruno padre vivió esta etapa con entusiasmo. Vio las propuestas, los ensayos, las discusiones, todo el proceso de ingeniería, mecánica y estética. Estaba fascinado. Además, sentía que su patriotismo se inflamaba al pensar en el aporte que hacía al ejército. La respuesta de la BMW fue la famosa R75. Solo 3 años después, en 1944, las bombas destruyeron la planta de Múnich y todo se vino abajo. Bruno padre se vio obligado a trabajar en chapuzas, arreglos en casas, techos, fontanería, pintura y, de vez en cuando, un motor. Así fue como conoció a la mujer de su vida. Ella tocaba el *cello* en una casa grande con amplios jardines en la que Bruno padre hacía de *reparatodo.* Viktoria fue su redención. La familia lo acogió, primero a regañadientes, pero luego todo comenzó a cambiar. Se casaron en 1954 y luego de varias pérdidas, Viktoria dio a luz a un bebé diminuto un miércoles, 13 de abril de 1960.

El domingo desayunaron muy temprano. El restaurante lucía espléndido con un *buffet* verdaderamente exquisito. Lo que más llamó la atención de Liese fueron los enormes jarrones de yogurt hecho en el pueblo. Parecían peceras llenas de yogurt rosa, blanco o morado. Se había hecho una cola en el pelo permitiendo que sobresalieran sus ojos azules y una sonrisa fresca llena de optimismo. Tomaron el tren en la pequeña estación de *Sankt Johann* rumbo a *Werfen*. Cuatro paradas y estarían ahí. Desde la silenciosa estación de *Werfen* había que caminar cerca de dos kilómetros hasta el castillo. Debían ascender a pie, bordeando la colina, a través de un sendero estrecho. *Werfen* era una verdadera fortaleza medieval construida entre 1075 y 1078 por orden del arzobispo Gebhard de Salzburgo.

–¿Sabías que el castillo fue escenario de una gran película? –dijo Liese mientras avanzaban por el sinuoso sendero.

–No, ¿cuál? –respondió Bruno indiferente.

–*Where Eagles Dare*. Fue rodada en 1968 y protagonizada por Richard Burton y Clint Eastwood.

–¿Ah sí? Suena bien. ¿De qué se trata? –preguntó Bruno, que empezaba a cobrar interés.

–Un general americano, clave para el inminente desembarco a Normandía, es apresado en una fortaleza alemana llamada *Schloss Adler*, que era en realidad nuestro castillo de *Wefen*. Un comando formado por seis militares británicos y uno norteamericano tiene la misión de rescatarlo antes de que los nazis le hagan hablar.

–Y, como siempre, los americanos son los héroes y los nazis los villanos ¡Como debe ser! –dijo Bruno con evidente sarcasmo–. Pues, efectivamente, sé que en 1938 el gobierno regional nacionalsocialista adquirió el castillo y lo transformó en un centro educativo del partido Nazi que funcionó durante toda la Segunda Guerra Mundial. Hasta que la propiedad del castillo se transfirió a la provincia de Salzburgo y desde entonces es un centro de capacitación para la policía rural.

–No me gusta que bromees con chistes simpáticos sobre los nazis –dijo Liese queriendo terminar la conversación.

Cuando llegaron, casi sin aliento, los guardias del lugar les hicieron algunas preguntas. No era usual recibir visitas. Pero Bruno estaba determinado. Finalmente accedieron a que entrasen para conocer el lugar. A uno de los guardias se le ordenó hacer de guía de la pareja. Era casi un niño, de cara redonda y mejillas rojizas. Poco a poco fueron descubriendo las diversas estancias y habitaciones de las que consta el castillo. Imaginaban cómo habría sido la vida en ese lugar hacía casi mil años. Era como los castillos de las películas medievales. Soplaba un viento gélido. Subieron a una torre desde la que hay unas espectaculares vistas del pueblo de *Werfen* y las montañas. El simpático guía de cara rubicunda hizo sonar la campana central. Cuando descendían de la torre Bruno divisó una especie de foso estrecho y profundo dentro de una habitación más bien pequeña y descuidada. Se detuvo sin decir palabra, como suplicando que el guía les permitiera ingresar.

—Es un pozo seco —les dijo.
—¿Y para qué sirve un pozo seco? —preguntó Bruno curioseando por entre el agujero redondo que caía unos diez o quince metros.
—Bueno, es posible que en algún tiempo no fuera un pozo seco sino que contuviera agua durante el invierno, conservándola líquida, mientras que probablemente el pozo externo se cubriera por las intensas nevadas o su agua se congelara continuamente. Pero luego, hubo un tiempo en que este pozo sirvió como un lugar de tortura.

Bruno sacó la cabeza del pozo, ahora con la mirada iluminada por la curiosidad.

—¿Tortura?
—Sí, sucedió en torno al año 1525, cuando estalló la Guerra de los Campesinos Alemanes. Estos campesinos habían abrazado la fe Protestante y se volvieron muy violentos. No quiero decir que los protestantes sean bélicos, pero en esa época había un pastor que los instigaba. Se llamaba Thomas Müller.

–Müntzer –corrigió Liese recordando al siniestro profeta que había provocado la masacre de miles de campesinos en *Frankenhausen*–. De algo sirven las clases de Historia –pensó.

–Sí, eso, Müntzer. Los agricultores se sublevaron y lucharon contra el príncipe arzobispo y *Hohenwerfen* fue saqueado y quemado por los amotinados. Pero no pasó mucho tiempo antes de que tuvieran que rendirse. En este pozo fueron colocados sus cabecillas, no sin antes haberlos torturado en esta misma sala.

–¿Aquí mismo? –preguntó Bruno ojeándolo todo.

–Los dejaron morir de inanición ahí abajo –concluyó el guardia cuya voz había impostado para darle misterio al relato-. A veces, por las noches, parecen escucharse lamentos que provienen del fondo de este pozo.

–Los gritos, estoy segura que son una broma –dijo Liese queriendo salir de ahí cuanto antes.

–Bien merecido se lo tenían, si hubiera sido 1941 no habrían llegado vivos hasta aquí –dijo Bruno emocionado.

–¡Bruno!

–Un chiste: Hitler no encuentra su cartera y le pide al ministro de Gobernación que investigue a sus compañeros de gabinete. Al día siguiente la encuentra bajo un montón de papeles. Llama al ministro y le pide que suspenda la investigación. Mi *Führer*, pero si la mitad ha confesado y la otra mitad murió durante el interrogatorio.[28]

–¡Los odio!

–Otro… –dijo Bruno calentándose las manos con el aliento.

---

28 Tomás Varnágy, *Proletarios de todos los países.*

–No, ¡no quiero escuchar! –gritó Liese tapándose los oídos.

–Dos judíos esperan que llegue el pelotón de fusilamiento, pero les dicen que les van a ahorcar. ¿Lo ves?, le dice uno a otro: ¡No les queda munición!

–¡Ahora te estoy odiando a ti Bruno!

–El último –insistió Bruno disfrutando el momento–. Hitler preside un Consejo de Ministros. Preocupado por la situación económica, ha pedido un informe sobre las reservas al ministro de Industria y Comercio. Tenemos gasolina para 15 años, carbón para 30, divisas para otros 30 y trigo para 70. –Bueno, pues, la situación no es tan mala, dice el *Führer*. Los alemanes cuentan con reservas para dos décadas como mínimo. Perdón, mi *Führer*, creí que Su Excelencia había preguntado qué reservas había para nosotros.[29]

Bruno soltó una carcajada que fue acompañada de las risas, un poco más discretas, del guardia que hacía de guía improvisado.

---

29   Ana María Vigara Tauste, *Sexo, política y subversión. El chiste popular en la época franquista*. Adaptado por el autor.

Liese odiaba el nazismo. Su padre era un férreo opositor político e ideológico. Durante innumerables noches le había contado las atrocidades de la Segunda Guerra Mundial y le había inculcado un sentido de responsabilidad. La nueva Alemania tenía la responsabilidad moral de rechazar el nazismo con contundencia. Gerda había sufrido mucho por su sordera. Al principio, cuando aún no sabían que era sorda, pensaban que tenía alguna especie de retraso mental. Esto es más significativo si pensamos que nació en 1940, en media guerra y en pleno apogeo del *Tercer Reich*. Sus padres la escondieron hasta el final del conflicto temiendo que terminara en uno de esos hospitales para niños con discapacidad de los que no regresaban jamás. Durante sus primeros años de vida Gerda solo conoció a sus padres y tíos. Y no salió de casa hasta los cinco años. Uno de los crímenes más ocultos del nazismo consistió en el asesinato de miles de personas discapacitadas.

Bruno y Liese empezaron el camino de regreso. Hacía un frio inclemente y amenazaba con llover o nevar. Las montañas, ahora en medio del frío y la bruma, parecían aún más hermosas e imponentes.

–Vainas humanas vacías, seres del escalafón animal más bajo, intelectualmente muertos. Son solo algunas de las maneras en que se calificaba a las personas con discapacidades, como mi mamá –iba narrando Liese con voz de maestra en el descenso hacia la estación de trenes de Werfen–. Los órganos especializados que se dedicaban a esta labor, objetaban que estas personas no eran lo suficientemente productivas, generaban gastos y acaparaban recursos y mano de obra. Y por esa razón tenían que morir.

–¡Patrañas Liese! –replicó Bruno desacreditándola– Todo eso es un invento de los comunistas. No existen evidencias.

–Claro que las hay.

–Sí claro y Stalin era todo un demócrata –se burló Bruno con sarcasmo.

–Te digo que mi madre tuvo que ser escondida. Y no solo ella estaba en peligro, mi abuela corría el riesgo de ser esterilizada. Durante los primeros siete años del periodo nacionalsocialista, se realizaron cerca de 350 000 esterilizaciones forzadas. La idea de esta práctica era la de evitar el nacimiento de personas con discapacidades hereditarias.

–¿Y para qué harían eso Liese? ¿Te das cuenta del disparate que estás diciendo?

–No es ningún disparate Bruno. Escucha. Para el *Reich* esas personas, incapaces de trabajar o incapaces de vivir sin ayuda suponían un gasto innecesario. Vamos, que lo veían como un lujo. Los peritos del *Reich* habían calculado la cantidad de personas que debían morir basados en un modelo estadístico. La cifra era el resultado de la relación 1000:10:5:1.

–A ver ahora con qué sales.

–De cada mil personas, diez necesitarían asistencia psiquiátrica, médica, hospitalaria o de alguna otra índole. De esas diez, cinco se encontrarían en tratamiento hospitalario, y de esas cinco una debía ser incluida en el programa de "redención". Hitler lo llamó *Acción muerte de gracia*. La relación 1000:10:5:1 se traducía en unas 70 000 personas. Los cálculos de ahorro, al aplicar toda esta filosofía, ascendían a más de 880 millones de marcos del Reich. Todo aquel plan se llegó a denominar *Acción T4* [30]. Los bebés que nacían

---

30   Aly, Roth, *Restlose Erfassung,* 1984, p. 93

con malformaciones, los niños con discapacidades, problemas de aprendizaje, retrasos motores o intelectuales, eran recluidos en centros pediátricos para ser analizados y, posteriormente, enviados a otros centros donde serían asesinados, ya sea por medio de gaseamientos o mediante inyecciones letales.

–¿Existe realmente evidencia de todo esto? –objetó Bruno con incredulidad.

–Elvira Hempel, de nueve años, pudo sobrevivir a la cámara de gas, aunque su hermana murió producto de la *Acción T4*. Ella cuenta lo que le ocurrió el 3 de septiembre de 1940, lo escuché en la radio y lo aprendí:

Tomo una bolsa, la abro y veo dentro mi precioso vestido de flores. Ya no me queda. Voy con la enfermera y le digo que ya no me queda. Ella toma otro del armario y me lo da. Un vestido feísimo, de color rojo. Tiene demasiados botones. Preferiría no ponérmelo, pero si no lo hago me darán una paliza.

Nos llevaron a todas a otro pabellón donde hay muchas mujeres y también muchos niños. Al fondo hay un escenario. Sobre el escenario hay una mesa con muchos expedientes. A los niños nos llevan a otra habitación donde hay una montaña de ropa y zapatos. Hay una mesa en la que hay personas sentadas con batas blancas. Una mujer dice muy bruscamente "¡Desvístanse, y rapidito!". Ella ayuda a los niños más pequeños a quitarse la ropa. Se da prisa en hacerlo. A cada niño lo colocan en una fila junto a la mesa donde está la gente con batas blancas. Yo llevo un vestido rojo feísimo con muchos botones y me regañan por tardarme tanto en desvestirme. Cuando estoy desnuda me agarran del brazo y me arrastran a la mesa. Allí un hombre me pregunta el nombre y la edad. El hombre hojea el expediente y me da permiso de vestirme. Somos solo tres los niños que hemos regresado.[31]

La *Acción T4* contaba también con un registro de "recién nacidos contrahechos". Mediante un decreto confidencial, emitido el 18 de julio de 1939, se obligaba a inscribir en un registro a los niños que nacían con malformaciones. Los médicos, instituciones, enfermeros y padres, tenían la obligación de informar de la existencia de niños con alguna discapacidad. Por eso mis abuelos escondieron a mi madre.

–Entiendo Liese. Lo respeto. Respeto la historia de tu mamá. Aunque realmente no estoy tan seguro de todo lo que me estás contando.

---

31 Elvira Manthey. *Die Hempelche. Das Schicksal eines deutschen Kindes, das vor der Gaskammer umkehren durfte,* 1994, pp. 67-71.

–Según los datos oficiales, a finales del *Tercer Reich* fueron inscritos alrededor de 100, 000 niños con discapacidades, de los cuales unos 5 200 fueron asesinados por medio de la *Acción T4*, sobre todo por medio de sobredosis de tranquilizantes, principalmente Luminal.[32] Pero a eso habría que sumarle un número indeterminado de bebés, niños y adolescentes que fueron llevados a cámaras de gas.

Subieron al tren. Afuera hacía un frío que pelaba, pero el tren estaba caliente. La conversación había sido tensa. El tren arrancó puntual con su traqueteo monótono y empezó a recorrer el camino de regreso a *Sankt Johann*.

–¿Conoces la *Cinta de Moebius*? –dijo Bruno rompiendo el silencio.
–Me suena. Pero ahora mismo no recuerdo de qué se trata.
–August Moebius construyó un puente hacia otra realidad –explicó con tono de predicador mientras se arrellanaba en su asiento para continuar–. Parece un círculo infinito normal, pero no lo es. Moebius dice que imaginemos una hormiga caminando sobre la superficie exterior de un círculo sin llegar nunca al final. La *Cinta de Moebius* va aún más allá del círculo infinito, imagina a esa misma hormiga que en cada vuelta pasa por su superficie exterior y por la interior, y además, sin cruzar por ninguno de sus bordes. Moebius pensó esto en 1850 o algo así. Es justamente así, mira.

Bruno tomó una hoja de papel de un mapa abandonado en el tren. La partió en una franja delgada y

---

32 (Fiscalía de Schwerin, en el escrito de acusación contra Richard von Hegener, 9 de septiembre de 1949).

uniforme y unió sus extremos, como haciendo un círculo, pero girando una de sus puntas media vuelta antes de pegarlos. Sostuvo su improvisada *Cinta de Moebius* entre sus dedos y la mostró a Liese.

—Esto posee una curiosa propiedad matemática: es inorientable. Si dibujamos una flecha sobre ella es imposible concluir si esa flecha apunta hacia arriba o hacia abajo. Es exactamente como una cinta de las que se usan para grabar música, que no tienen que cambiarse de cara, o sea que pueden usarse sin interrupción y reproducir música en un *loop* infinito.
—Me encanta, es realmente interesante.
Este era el Bruno que amaba Liese. El Bruno filósofo y no el charlatán que aparecía de vez en cuando para contar malos chistes y gastar bromas de mal gusto. De pronto todo regresaba a su cauce y el flequillo lacio y negro volvía a parecerle sensual.
—El mundo es como esta cinta —concluyó Bruno girándose hacia la ventana para ver cómo pasaban las montañas de piedra a una velocidad más bien lenta y sin soltar su improvisada *Cinta de Moebius*–.. Es

un mundo inorientable, como si girara infinitamente entre el bien y el mal, como si la Historia fuera esa cinta magnética que reproduce la misma música en un *loop* infinito. A veces sentimos que somos los buenos, pero en el fondo también podemos ser los malos y viceversa… ¿Quién sabe?

–Es un tema filosófico. El bien y el mal, la moral, la religión. ¿Se vale matar para hacer el bien? ¿Es justo lo injusto? Las Cruzadas, la Inquisición, Thomas Müntzer, todas las guerras ¿Puede ser injusto lo justo? Yo creo que no, creo que la línea puede ser más clara de lo que muchos quisieran. Para mí el mal siempre es el mal, aunque los malos no siempre crean que son malos y los buenos no siempre sepan ver el mal cuando lo tienen delante. Por eso gente buena vota por gente mala.

Silencio. Traqueteo. Llegada a *Sankt Johann.*

Todo el día había sido una verdadera montaña rusa. Entre la alegría del paseo y el aire fresco de las montañas y la genuina preocupación por lo que realmente pensaba Bruno. ¿Serían esos chistes una radiografía de sus verdaderas ideas? ¿Era ese desagradable charlatán un Bruno real o ficticio? Era un hombre bueno, ordenado, bondadoso y paciente. Liese intentaba ahuyentar todo atisbo de pensamiento prejuicioso con respecto a Bruno. Se aleccionaba a sí misma, se predicaba recordando los buenos momentos, las sonrisas, las caricias y las buenas conversaciones.

Cenaban en el hotel. Mañana a primera hora regresarían a Múnich. Liese estaba deseando ver a Gerda. "Algún día inventarán algún aparato que permita comunicarse a distancia con las personas sordas, alguien tiene que inventar un teléfono especial", pensaba Liese. De momento tocaba esperar.

Una mujer de pelo blanco, de unos 60 años, se acercó a la mesa. Les preguntó si eran alemanes. Dijo haberlo descubierto por el acento. –Yo también, de Berlín, les dijo. Tan pronto como se presentó les ofreció pagar la cena. –Siempre es una alegría encontrar compatriotas, dijo, y les extendió un periódico enrollado que llevaba en la mano. Luego desapareció. Bruno tomó el periódico con cierta premura. No pudo intuir esa portada. Esa fotografía. Abrió el periódico y Liese saltó de su silla como un resorte, con la cara desencajada y dejando caer sin querer el tenedor.

–¡Dios mío! –gritó Liese poniéndose de pie. –¡Cállate! –dijo Bruno hablando entre dientes y tomándola del brazo para que dejara de moverse–. Te callas, te sientas y te quedas quieta –le ordenó, abriendo los ojos exageradamente al tiempo que cerraba el periódico y lo ponía entre sus piernas, debajo del mantel.

–Pero este es. El día del concierto de Led Zeppelin –intentaba articular las frases temblando de la impresión. No lograba pronunciar el nombre, aunque lo tenía en la punta de la lengua. Estaba segura que era él–. Es Köhler, Bruno, Gundolf Köhler. Es él, es tu amigo. Míralo.
–Te digo que te calmes. Vamos, bebe un poco vino.

Liese lo miraba incrédula, dubitativa, aterrorizada. Temblando hasta las comisuras de los labios. Hizo caso instintivamente, tomó la copa y esta temblaba, amenazando derramarse. Liese intentó tomar el periódico. Forcejearon un poco por debajo de la mesa.

–¿Qué te pasa Bruno? –preguntó Liese en tono suplicante– ¡Dámelo!
–¡Que–te–cal–mes! –le repitió sílaba por sílaba y entre dientes. La volvió a tomar por las muñecas, simulando una escena de romance, se acercó y ella giró la cara sintiéndose indefensa. La besó en el cuello, en una continuación de la pretendida escena de amor–. Sube al cuarto y espérame ahí –le dijo al oído–, cuando llegue te contaré todo.

Liese subió sollozando. Se sentó en la cama. La cabeza le daba vueltas. El corazón le latía en las sienes. Tenía miedo. Intentaba convencerse de que todo tenía una explicación lógica, que al final todo estaría bien y que abrazaría a Bruno sintiéndose segura.

En cuanto escuchó que se abría la puerta, se incorporó y le arrebató el periódico con ira. Efectivamente, leyó que el joven de 21 años llamado Gundolf Köhler era el autor de la masacre del pasado *Oktoberfest* en el que habían muerto 13 personas, incluido el mismo asesino. Köhler era calificado como un extremista de la ultraderecha alemana y miembro de un grupo neonazi. En el titular se podía leer: "Quería impresionar al líder"[33]. Al parecer había actuado en solitario.

–¡Me mentiste! –gritó Liese lanzando el periódico a la cama–. Me dijiste que lo conocías de la universidad. Ahí dice que ni siquiera vivía en Múnich. Estudiaba en Tubinga y era miembro de grupos neonazis.
–Yo no sabía nada de eso.
–¡No me mientas Bruno! Si ni siquiera pareces sorprendido de que tu amigo esté muerto. Es como si lo hubieras sabido. Siempre lo supiste. El día del concierto lo sabías. Köhler estaba ahí para el atentado. ¿Quién eres Bruno? ¿Dónde estuviste esa noche? ¿En serio fuiste a estudiar? ¿Por qué planeaste salir de Múnich justo al día siguiente del atentado? Lo tenías todo calculado ¡Tú lo sabías maldito nazi de mierda!

Liese lo empujó con todas sus fuerzas y Bruno le propinó una bofetada tan fuerte que la hizo caer tendida en la cama. Liese quedó arrodillada en el suelo y apoyada en la cama. Se tocó la mejilla y sus ojos irradiaban pánico.

–¡Mierda tu papá y su panda de inútiles, que dejaron que un espía comunista se les colara en el gobierno!
–¡Se acabó!
–Está bien –dijo Bruno con severidad–. Te voy a contar lo que yo sé. A Gundolf lo conocí en la *We-*

---

33 Aleman, *Er wollte dem Führer imponieren.*

hrsportgruppe Hoffmann[34]. Tenemos tiempo ahí. También Raymund Hörnle y Sibylle Vorderbrügge a quienes apresaron e interrogaron ayer. Pero esto va mucho más allá de una simple organización que simpatiza con las ideas Nazis. Hay algo más Liese.

–¿Qué puede haber peor que esta mierda Bruno? – preguntó Liese pálida y furiosa mientras las lágrimas desfilaban por sus mejillas.

–La palabra es *Gladio*. Está en toda Europa. Hace un mes en la estación de tren de Bolonia, ahora en el *Oktoberfest* de Múnich. Liese, los comunistas no pueden tomar el poder. No podemos permitirlo. Tienes que comprenderlo. Alemania está en peligro.

–Se acabó Bruno. Me voy.

Liese empezó a empacar lo más rápido que podía. Lloraba y temblaba. "¿Con qué tipo de persona he estado viviendo?" Pensaba. "¡Era obvio, todo estaba a la vista!".

–No te vas a ir –amenazó Bruno mirándola a los ojos–. No puedes irte así sin más ahora que te he confiado todo. Te lo he dicho porque confío en ti. Te amo.

–¡Vete a la mierda Bruno!

–No te irás, te lo estoy diciendo.

Bruno intentó abrazarla y Liese lo apartó con todas sus fuerzas. Forcejearon durante unos segundos. Bruno quería abrazarla, le decía que no tuviera miedo. Pero Liese estaba dominada por el pánico e intentó salir corriendo. Bruno entonces se abalanzó sobre

---

34 *Grupo Militar y Deportivo Hoffmann*, un grupo dedicado a los deportes de combate y a la supervivencia dirigido por el activista neonazi, Karl-Heinz Hoffman

ella y la derribó. Ya en el suelo ella intentó gritar pero Bruno le tapó la boca y le propinó un rodillazo en el estómago. Estaba aterrorizada.

–¡No me mates por favor!

Se quedó quieta, en posición fetal mientras recuperaba el aliento. Eran casi las 11 de la noche. Se levantó, tomó lo que pudo de su equipaje y salió como una loca. Bruno se limitó a amenazarla con un gesto. Un solo gesto terrible.

En el lobby llamó a su papá pero saltó el contestador. Esperó la señal y grabó un mensaje escueto:

–Papá, sé quién lo hizo.

20

Hakibutz Ha'artzi Tower 3 Daniel Frisch St. Tel Aviv: 27 de febrero del 2007

MISTERIOSO CRIMEN EN EMBAJADAS DE TEL AVIV. La *bajadilla* de la noticia decía:

El cuerpo desmembrado de una mujer fue hallado en las Embajadas de Alemania y España dentro del complejo diplomático Hakibutz Ha'artzi de la calle Daniel Frisch en Tel Aviv. De alguna manera la noticia siempre se había filtrado y ahora empezaba a inundar la prensa internacional. ¿Habrá sido algún funcionario de las embajadas? ¿Habrá sido el mismo asesino quien dio parte anónimo a los medios de comunicación? La filtración podría significar que el o los asesinos estuvieran actuando para crear el pánico que deseaban. O, por el contrario, estas noticias le estarían dando las pistas sobre el pobre progreso de la investigación. En ambos casos la cosa estaba mal. Lo cierto es que la mañana del martes la situación se había convertido en un asunto público. Los corresponsales españoles y alemanes empezaron a llegar al edificio de la calle *Daniel Frisch* en busca de información. Las autoridades israelíes habían ofrecido colaboración. Era urgente averiguar dónde se encontraba el resto del cuerpo.

Había amanecido nublado, típico clima de la época en Tel Aviv. Las cancillerías y la Inteligencia de Alemania y España accedieron a recibir colaboración de Israel. El asunto le fue asignado a Mordechai Rovinski del *Shabak,* acrónimo del hebreo *Sherut haBitaẖon haKlali* o Servicio de Seguridad General. Al *Shabak* le competía todo lo concerniente a la criminalidad y el terrorismo en Israel y su lema era *Defensor Invisible.* "¿Invisible?" Pensó Ainhoa cuando recibió la información acerca de la colaboración israelí. Mordechai se presentaba siempre presumiendo confianza en sí mismo: "Llámame Modi" decía cada vez que conocía a alguien. A sus 34 años era una de las mentes más brillantes que habían pasado por el *Shabak*, fundada en 1948 junto al Estado de Israel. Modi era un hombre extrovertido, de ademanes rápidos que lo hacían parecer nervioso. Poseía ojos seductores y modales refinados. Provenía de una familia acomodada, comía solamente *Kosher* y era especialista en Ciberseguridad.

Modi se reunió con Anke y Ainhoa en la embajada de Alemania. Habían pasado 25 horas desde el hallazgo del torso. La oficina, como si estuviera maldita, permanecía cerrada, las ventanas con las cortinas *blackout* echadas y la computadora encendida. La luz del monitor era lo único que rompía la oscuridad de la habitación. Se reunieron en una pequeña sala adjunta, equipada con pantalla y una amplia mesa de madera caoba. Se sentaron alrededor de la mesa y Anke les ofreció café. Todo el lugar olía a café.

—Señoritas —dijo Modi en tono displicente—. Tenemos que sacar todo esto de aquí y llevarlo a un lugar adecuado para su análisis forense. Por cierto, tengo noticias acerca del resto del cuerpo. No sé si son buenas o malas, depende de cómo se mire.

–¿Ya sabes dónde está el resto del cuerpo? –preguntó Ainhoa con asombro.

–No creas que ha sido mi agudo sentido intuitivo. En realidad no ha hecho falta ninguna investigación.

–¿Entonces? –inquirió Ainhoa con intriga.

–En cuanto la noticia se hizo internacional hemos empezado a recibir llamadas de otras embajadas.

–¿Embajadas ubicadas en Tel Aviv? –preguntó Anke con esa peculiar forma que tenía de pronunciar el nombre de la ciudad con acento alemán.

–Sí, en todas ellas han encontrado restos humanos dentro de bolsas plásticas.

–¿Ah sí? –Anke frunció el ceño– ¿Podría amplianos la información si es tan amable?

–Por supuesto.

Modi extendió una especie de informe sencillo y leyó junto a ellas:

Alemania: Torso.

España: Cabeza.

Portugal: Antebrazo izquierdo, con todo y mano. Este antebrazo tiene un tatuaje indescifrable a la altura de la muñeca.

Irlanda: Brazo derecho.

Inglaterra: Muslo derecho

Suiza: Antebrazo derecho sin mano.

Rusia: Brazo izquierdo.

Estados Unidos: Muslo izquierdo.

Costa Rica: Pierna derecha.

Unión Europea: Pierna izquierda.

Turquía: Mano derecha. Tiene un tatuaje a la altura de la muñeca.

Hice esto para poder verlo más claramente. Extendió una imagen anatómica con la bandera correspondiente en cada parte del cuerpo.

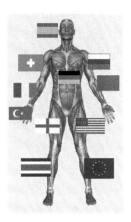

–¡Dios mío! –exclamó Ainhoa.
–En total, el cuerpo fue seccionado en 11 partes. Esto si constatamos que todas esas partes pertenecen a la misma persona. Tenemos que tomar en cuenta que no todas las embajadas están en este edificio, como es obvio. Hice un pequeño mapa para ver la distribución geográfica con perspectiva.

La zona #1 es donde nos encontramos ahora mismo, la calle *Daniel Frish*. Aquí están las embajadas de Alemania, España, Irlanda y Portugal. La zona #2 corresponde a la calle *Hayarkon* donde podemos encontrar las embajadas de Rusia, Suiza, Turquía, Estados Unidos e Inglaterra. Estas están dispuestas a lo largo de toda la calle *Hayarkon,* 71, 120, 192, 202 y 228 respectivamente, muy cerca de la playa. La zona #3, la más alejada de todas, corresponde a la calle *Shoshan*, en *Raman Gan* 25221, Unión Europea y Costa Rica.

A primera vista no parece haber alguna lógica en la distribución. Intentar deducirlo ahora sería hacer cábalas sin fundamento científico alguno. Decir, por por ejemplo, que cada país simboliza algo o que cada parte del cuerpo tiene un mensaje para el país donde fue depositada. No lo descarto, pero necesitamos más información. De momento hice un análisis de las grabaciones de las cámaras de seguridad correspondientes a cada una de las 11 embajadas. Nada. Solo sabemos que Liese ingresó a este edificio la noche del domingo, exactamente a las 23:55. Pero luego no tenemos nada. Las cámaras dejaron de funcionar. Pero no todas a la vez, tuvieron un orden planificado. Es evidente que fueron *hackeadas.* Lo mismo sucedió en las otras embajadas. Hice una lista de esos *hackeos* en el orden en que fueron sucediendo para obtener una cronología.

A las 11:55, como dije, dejaron de funcionar, de forma ordenada, las cámaras de la zona #1. Entre las 3:05 y las 3:22 dejaron de funcionar las de la zona #3 y entre las 4:13 y las 5:08 dejaron de funcionar las cámaras de la zona #2 a manera de un dominó. Pero aquí hay algo que no encaja. Si, como presumo, se utilizó un solo vehículo para transportar todas las partes del cuerpo desde una embajada a otra, ese vehículo se detuvo o se retrasó en el camino que va desde la zona #3 hasta la zona #2. Porque desde *Raman Gan* hasta *Yafo*, concretamente hasta la calle *Hayarkon,* a esas horas de la madrugada, no se tardan ni 20 minutos. Pero el lapso de desconexión de las cámaras es de 91 minutos.

–¿Y si no fue un solo vehículo? –preguntó Anke con seriedad.

–Bueno, es una posibilidad menos que probable – aseguró Modi taxativamente. Imaginemos que hubo dos vehículos. El vehículo A y el vehículo B. Como hay una zona que está mucho más alejada del resto, el vehículo A tendría la misión de ir hasta allá, a la zona #3, es decir a la calle *Shoshan* en *Raman Gan.* El vehículo B entonces hubiera tenido que realizar el recorrido entre las zonas #1 y #2, lo que nos deja con una intriga aún mayor ya que entre las zonas #1 y #2 hay menos distancia que entre la #3 y la #2, por lo que el intervalo de desconexión debería haber sido incluso menor a 20 minutos. Y seguimos teniendo largos 91 minutos. Ni qué decir si decimos que hubo tres vehículos. En conclusión y observando los intervalos de desconexión: un solo vehículo hizo el recorrido. Y entre las zonas #3 y #2 tuvo que tomar la calle *Havatselet* dirección *Haroe*, y luego debió dirigirse por *Derech Yitshak Rabin*, pasando por la calle *HaShalom* para, finalmente, acceder a *Dizengoff*, desembocando directamente en la calle *Hayarkon.* Pero algo sucedió en ese trayecto que debió tardar no más de 20 minutos y se prolongó por 1,5 horas. Solo algo muy importante o muy grave tuvo que haber sucedido en ese trayecto si consideramos que quien conducía el vehículo necesitaba deshacerse del cuerpo descuartizado lo antes posible.

–Buen trabajo señorito Modi –dijo Ainhoa utilizando la misma expresión con la que Modi se había referido a ellas.

–Ahora –concluyó Modi levantándose–, mi sugerencia es que nos enfrentemos cuanto antes al *chop suey* diplomático y llevemos todas las partes del cuerpo de esta chica al Instituto de Medicina Legal para realizar la autopsia en un lugar adecuado.

–Estoy de acuerdo –secundó Ainhoa.

–Afirmativo –terció Anke.

21

STUTTGART, ALEMANIA
1745

–Pero Menno Simons fue el que llevó el pacifismo anabaptista a la imitación de miles y miles de creyentes. Somos anabaptistas, herederos de Conrad Grebel sí, pero seguidores de Menno Simons. Somos menonitas –terminó Johann Baptist Pastorius con tono optimista mientras arreaba al caballo.

La carreta traqueaba con vaivenes que amenazaban con arruinarla. Jacob Brandt, el menor de los hermanos, abrazaba un jubón y su hermano Isaac, que era el del medio, observaba los pastizales nevados que iban quedando atrás. Atrás también quedaba el pueblo de *Neckargartach*, la casita donde habían pasado toda su vida, el recuerdo de su fallecido padre y la sonrisa esperanzada de su madre junto a Adam, el hermano mayor. La despedida había sido dura. Los días 24 y 25 de enero de 1742 Johann Baptist Pastorius y su familia habían permanecido en casa de los Brandt debido a las intensas nevadas. Tiempo suficiente para que Jacob tomara la decisión de partir. En Stuttgart no tenían mucho futuro, al menos por el momento. Y, según aseguraba Johann, en su comunidad menonita de *Krefeld* habría trabajo y sustento. Ester quiso quedarse en *Neckargartach*, a pesar de todo era judía y quería permanecer junto a su gente.

Adam pensó lo mismo. Irse con los cristianos sería una traición. La comunidad menonita de *Krefeld* estaba a unos 300 kilómetros al norte, pero para los Brandt daba igual si fueran 20 o 1 000. La imposibilidad de volverse a comunicar era absoluta. Ni Ester ni Adam sabían leer y, por lo tanto, sería en vano enviarles cartas o esperar alguna de ellos. Por eso, despedirse suponía dejar morir a su madre y hermano por un tiempo. La cabellera de Ester olía a limpio y estaba mojada. La abrazó mientras ambos lloraban, volvió a oler el peculiar perfume de su mamá al que Jacob estaba acostumbrado, guardándolo en sus pulmones para llevarlo consigo, como si presintiera que sería la última vez. Adam lo culpaba de todo y no quiso despedirse de sus hermanos. Jacob pensaba que uno o dos años serían suficientes para asegurarse un futuro, entonces regresaría a *Neckargartach* con las manos llenas de algo, algo que ayudara a su familia. Llevaba tiempo sintiéndose apremiado por la situación y pensaba que, de alguna forma, él tendría que ser el responsable de encontrar una solución para su familia. Sobre todo le preocupaba su mamá. Ester parecía envejecer un poco cada día y Jacob no podía dormir pensando en hacerla feliz "al menos los últimos años de su vida", pensaba.

A lo lejos quedaba todo lo que Jacob conocía. Todo su pequeño mundo ahora se veía como una incierta silueta blancuzca. La carreta avanzaba trabajosamente y el cielo amenazaba con unas nubes cargadas de agua o nieve. Sintió un agujero hondo en el pecho que no supo llenar con coraje. Le dio la mano a su hermano y le clavó los ojos conteniendo las ganas de llorar.

—Estuve pensando –dijo Johann rompiendo el silencio–. Tomaremos una ruta un poco más larga. Quiero hacer una parada más antes de llegar a *Krefeld*.
—¿Dónde iremos Johann? –preguntó Katharina con genuina preocupación–. El camino es más peligroso en invierno.
—Iremos a Münster. Quiero mostrarles algo importante –dijo, girando su cabeza hacia Jacob e Isaac.

Katharina respiró profundo e hizo un ademán de resignación abrazando al pequeño Jacobo. Pero ella tenía razón. Sabía que el frío y las intensas nevadas eran una amenaza, peor que cualquier ejército. –De los bandidos podemos huir, podemos escondernos de un ejército, pero nada podemos hacer si quedamos a merced de una tormenta de nieve, sentenciaba.

Cuatro días habían pasado desde que partieron, cuatro largas jornadas con sus apremios y bendiciones. Atrás habían quedado Stuttgart, Ester y Adam. Hacía tres días que habían pasado por la gran ciudad de *Frankfurt del Meno* y ahora tenían a la hermosísima *Münster* justo delante de ellos.

—Esta es una ciudad católica –advirtió Johann seriamente–. No podemos decir que somos anabaptistas. Tampoco judíos por supuesto. Esto evitará contratiempos.

Sacudió al caballo para que se apresurara porque la tarde amenazaba con nevar y aún podrían tardar un buen rato en llegar. Apretó el paso y se ajustó la capa, procurando que no se le colara el frío por entre las calzas. Lo malo es que, efectivamente, empezó a nevar. Era una de esas típicas tardes decembrinas en las que el sol puede mezclarse grácilmente con el frío y la nieve. Al llegar, se dirigieron al mercado de *Münster,* justo en la plaza de la Iglesia de San Lamberto. Ahí se apearon del carro y dejaron descansar al caballo.

—Ahora tenemos que abastecernos de viandas en este mercado —indicó Johann—. Mañana partiremos hacia *Krefeld* y ese trayecto nos tomará entre uno y dos días, dependiendo del clima.

El mercado, frente a la iglesia, estaba abarrotado de gente de todo tipo. El ruido era alegre y los panes, frutas y verduras se veían espectaculares. Decenas de niños corrían alegres por entre los puestos de madera, cestos de panes y toneles de vino y cerveza.

—Parece que no son de aquí —preguntó un campesino alegre.
—Estamos de paso, camino a *Frankfurt* —dijo Johann mintiendo—. Necesitamos provisiones. Pan, fruta, queso, un poco de todo.

El tipo alegre le ofreció todo eso y mucho más con el carisma típico de un buen vendedor.

—¡Pero es imposible de pagar! —se quejó Johann.
—Quizá tardes mucho tiempo en encontrar algo más barato, en los tiempos que corren, nadie tiene suficiente cosecha ni hay buena pesca y los animales se mueren en el campo, siguió hablando después de hacer un silencio. Ahora que por fin tenemos paz en esta ciudad, parece que la naturaleza conspira para oprimirnos. Las grandes tormentas de verano y de invierno nos asedian. Las cosechas han fracasado dos años seguidos.

Los molineros no muelen el grano, las aves se han ido y los cerdos se mueren. Nadie construye y los artesanos están ociosos. Son tiempos difíciles, pero te prometo que no encontrarás mejor pan ni fruta que la que yo te ofrezco. También les puedo buscar alojamiento.

–Muchas gracias, caballero.

Los ojos de Johann denotaban preocupación.

Mientras cargaban la carreta con la fruta, el pan, queso y algunas salchichas, para tormento de Isaac y Jacob Brandt que, al ser judíos, no comían carne de cerdo, Johann quiso detenerse un momento para contemplar la gran iglesia. Hizo una pausa y arreó al caballo dirigiéndose a la posada donde el alegre campesino les había conseguido lugar para pernoctar. "El más barato que encontrarán, les dijo". No era un granero, estaba, más bien, a medio camino entre un establo y una estancia para seres humanos. "Será una sola noche", dijo Katharina para consuelo de todos. Johann invitó a dar un paseo andando. Isaac estaba cansado y quiso recostarse un rato. Katharina cortó una manzana para el pequeño Jacobo, mientras que Jacob Brandt y Sonia decidieron acompañarlo.

–Les voy a contar una historia –dijo Johann mientras se acercaban al centro de la ciudad–. Es una historia que tiene que ver con nosotros. Aquí en Münster sucedieron cosas terribles que no debemos olvidar.
–Espero que no sea demasiado larga esa historia porque, de lo contrario, podríamos congelarnos bajo la nieve que está empezando a caer –dijo Jacob haciendo reír a los demás.

–Sucedió hace 200 años. Muchas cosas separaban a las cuatro Iglesias en las que se acababa de dividir la cristiandad.

–¿Cuáles eran esas cuatro Iglesias papá? –preguntó Sonia.

–Eran los católicos, los calvinistas, los luteranos y los anglicanos. Las guerras entre ellos habían sido encarnizadas. Pero, por encima de todas sus diferencias, había algo en lo que coincidían: católicos, calvinistas, luteranos y anglicanos odiaban a muerte a los anabaptistas. Y una y otra vez se habían puesto de acuerdo para aniquilarlos.

–Bueno, un poco comprensible si todos eran como el loco de Thomas Müntzer –objetó Jacob.

–Müntzer nunca fue considerado realmente un anabaptista. Pero algunos tomaron nota de sus ideas y no les importó cómo terminaron esos pobres campesinos y el mismo Thomas, torturado y decapitado. Algunos anabaptistas quisieron tomar la revolución apocalíptica de Müntzer para llevarla hasta las últimas consecuencias. Querían transformar completamente la sociedad reintroduciendo lo que creían que era el cristianismo primitivo. Su revolución religiosa era una revolución social y política, por lo que todas las autoridades civiles o religiosas, los consideraba enemigos acérrimos.

–Papá, pero yo no termino de comprender ese odio. Si la gente quiere vivir de una manera u otra, ¿por qué no tiene permiso de hacerlo?

–Por miedo hija –prosiguió Johann con tono paternal–. La gente tenía mucho miedo del diablo, del apocalipsis y de Dios mismo. No es muy diferente ahora. No debemos olvidar que hace 200 años morían muchísimos más niños que hoy en día, por lo que la mayoría de la población interpretaba que, al negarles el sacramento del bautismo a los niños, los anabaptistas, con una crueldad infinita, estaban condenando a miles de bebés inocentes a las llamas eternas del Infierno. Los consideraban inmorales, asesinos de infantes, poseídos por el demonio. Y por eso en 1529 la Dieta de Spira hizo coincidir a católicos y protestantes en la necesidad de matar a todos los anabaptistas.

–¡Pero eso era una contradicción! –gritó Jacob notablemente consternado–. Si decían que los anabaptistas asesinaban niños o los condenaban al infierno, ¿querían solucionarlo asesinando adultos y condenándolos al infierno?

–Los religiosos siempre quieren borrar del camino a todos aquellos que consideran aliados de Satán.

Habían llegado al mercado, frente a la imponente iglesia de San Lamberto. Johann señaló disimuladamente hacia arriba, en dirección a la torre más alta. Y dijo casi en un susurro: –¿Ven esas tres jaulas colgadas en la torre? Aquí es donde quiero que me presten más atención. Había un panadero de Haarlem llamado Jan Matthys. Se hizo famoso como predicador anabaptista.

Se sentaron en el suelo frío, justo en frente de la torre.

–¿De los radicales o de los pacifistas? –preguntó Sonia con interés.

–De los más radicales. En noviembre de 1533 consiguió ganar para la nueva fe a un neerlandés llamado Jan van Leiden, un sastre que había trabajado en Flandes e Inglaterra y que, como mercader, había recorrido Europa desde Lisboa a Lübeck. Los dos Jan hicieron una pareja formidable. Eran tal para cual, predicaban del fin del mundo. Enviaban a la gente a ganar adeptos, convencidos de que el mundo estaba en sus últimos días y el Apocalipsis se desataría en cualquier momento.

—Y dale con el fin del mundo —se quejó Jacob.

—Pero era aún peor. Matthys estaba convencido del inminente regreso de Cristo a la Tierra, hasta tal punto que había profetizado que tan glorioso acontecimiento acaecería ni más ni menos que durante la Pascua de 1534.

—¿Lo profetizó un año antes? —preguntó Sonia.

—Sí, el tipo también se creía profeta.

—Como Müntzer. No entiendo por qué la gente les cree —objetó Jacob.

—Al menos hemos de reconocerles su valentía. Este panadero devenido en profeta apocalíptico sabía del triste final del otro.

—¿Otro? —inquirió Jacob con aire cansino.

—Otro. Se llamaba Melchor Hoffman. Bueno él se presentaba como Elías, el profeta. Había profetizado el fin del mundo para el año 1533. Pero el año se pasó sin que el fin del mundo llegara. Así que, viendo el alboroto que estaba armando Hoffman y que a Cristo seguía sin vérsele el pelo por estos rumbos, las autoridades de Estrasburgo decidieron tachar al elocuente peletero de peligroso charlatán y encerrarle en un calabozo donde moriría 10 años después.

—Todos son iguales —dijo Sonia apesadumbrada.

—No, claro que no todos. Pero bastan unos cuantos idiotas para podrirlo todo.

—Johann, cuéntanos lo que pasó con esas jaulas allá arriba o nos vamos a congelar.

—Paciencia muchacho. Las historias importantes no se pueden contar de prisa.

Jacob dejó escapar una carcajada y, sin querer, rozó con su mano el muslo de Sonia. Ambos se ruborizaron. A Jacob le pareció que Sonia estaba más cálida que él y sintió una tentación casi irreprimible de abrazarla. Se contuvo.

—Ahora bien —continuó Johann frotándose las manos—, Matthys creyó que el error de cálculo apocalíptico de Hoffman venía a confirmar su propia elucubración. Es decir, el mismísimo caballo bermejo del Apocalipsis ya estaba en la estacada de salida, listo para aparecer en el cielo. Había que ponerse manos a la obra y fundar la Nueva Jerusalén. Y no solo eso, sino que el evento escatológico debía ser celebrado por todo lo alto, como se merecía Cristo, que llevaba ya 1 500 años esperando regresar. Entonces los discípulos dijeron que la ciudad ideal para eso sería Münster, vete tú saber por qué misteriosos caminos del pensamiento llegaron a semejante conclusión. Claro, el protestantismo estaba bien arraigado y la ciudad-estado era independiente. Lo justo para transformarla en un diminuto reino de Dios en la Tierra. Por algo había que empezar, ¿no?

Sonia miraba de reojo a Jacob, quien estaba interesado tanto en la historia que contaba Johann como en Sonia. "Parece irradiar calor", pensó absorto.

—Pues se vinieron para acá, para Münster. Nada más llegar, Jan van Leiden se puso a predicar anunciando el inminente juicio final vaticinado por el profeta Enoc.
—Un momento ¿quién es Enoc? —preguntó Sonia, a quien no se le escapaba ningún detalle.

–Era el mismo Matthys, que ahora había pasado de ser Elías a ser Enoc. No tardaron en convencer a unos 1 500 lugareños. Sobrevino una especie de fervor espiritual en la ciudad. Algunos decían haber visto un caballero con una larga espada galopando entre las nubes. El apocalipsis estaba servido en bandeja. Tanto católicos como luteranos ya habían puesto pies en polvorosa para detener al tal Enoc y su cohorte de apocalípticos. Pero todo esfuerzo para hacerles entrar en razón parecía ser en vano. Procedieron entonces a purificar la ciudad. La recorrieron saqueando iglesias, profanando tumbas de obispos, destruyendo imágenes y reliquias y yendo casa por casa advirtiendo que Dios no tendría piedad con los que le rechazaran. "De Dios nadie se burla" decían a su paso. Bastantes personas huyeron de la ciudad. Pero, sorprendentemente, más de 2 000 personas aceptaron ser bautizados, o más bien rebautizados, en la plaza de la ciudad ¿Se imaginan?

–¿Aquí? ¿En esta misma plaza? –preguntó Sonia.

–Sí, un bautismo colectivo que solo vino a atizar el fervor escatológico. Ese bautismo lo cambió todo. Ahora todos los ciudadanos debían llevar un símbolo colgado de su cuello con las letras DWWF.

–¿DWWF? –repitió Jacob, a modo de pregunta.

–Son las iniciales de *Das Wort ward Fleisch* [35], la famosa frase del Evangelio de Juan. También quedó rotundamente prohibido cerrar las puertas de las casas, claro, porque el Apocalipsis dice que en la Nueva Jerusalén estarán abiertas día y noche. Se perdonaron todas las deudas, se quemaron sentencias judiciales. La gente estaba fascinada. Era un verdadero paraíso.

---

35 Alemán, *El Verbo se hizo carne*.

Nadie podía negar que el mismísimo Cristo estaba detrás de todo esto y que su venida estaba a la vuelta de la esquina.

El mercado frente a la iglesia de san Lamberto empezaba a vaciarse de gente. La tarde había avanzado y, de hecho, se acercaba la hora de la cena.

–El Viernes Santo hubo procesiones multitudinarias. Recorrían las calles cantando y celebrando el inminente regreso de Cristo. Ya quedaban solo dos días y Dios vendría a instaurar su Reino. Ya no habría hambre, ni enfermedad, ni odio ni tristeza. Y esta sería la única ciudad verdaderamente libre de todo pecado en toda la faz de la Tierra.

Jacob tenía ganas de orinar, el frío arreciaba y el hambre también.

–Entonces llegó el esperado domingo de Resurrección. El día de la venida de Cristo. Desde las primeras luces de la mañana los pobladores se apostaron en las calles procurando ver cómo aparecía el Mesías surcando los cielos. Matthys reunió a todos y predicó que él era el nuevo Gedeón.
–¡Pero bueno! –dijo Sonia, primero era Elías, luego Enoc y, ¿ahora era Gedeón?
–¡Sí claro!, oportunamente se había transformado en el juez del Antiguo Testamento que también había dirigido al ejército para derrotar a los enemigos de Dios. Acto seguido salió campante de la ciudad junto a un grupo de sus seguidores más cercanos. Los católicos lo atraparon sin ninguna dificultad.
–Pero ¿por qué salió de la ciudad? –preguntó Sonia.

–No sé. Tal vez sabía que todo era una farsa.

–O tal vez todo lo contrario –objetó Jacob moviendo el pie para contener las ganas de orinar–. Creía que todo era cierto y se dirigió directo a sus enemigos para, según él, demostrárselo.

–No lo sabremos nunca–. Desde la ciudad todos pudieron ver cómo una lanza atravesaba a Gedeón, a Enoc, a Elías o a Mathys, como quieran llamarle. Un soldado le cortó la cabeza, la clavó en una pica y juntos la llevaron dentro de la ciudad. Punto final.

Jacob se puso de pie como un resorte.

–Punto final para Matthys, pero no para el otro Jan.

–¿Hay más?– preguntó Sonia tiritando de frío.

–La mejor parte –concluyó Johann–. Casi a la media noche de ese mismo trágico día, Jan van Leiden se presentó ante los devastados y decepcionados ciudadanos y les dijo algo que no deja de sorprender a cualquiera. Les dijo que él ya lo sabía todo.

–¿Qué sabía qué? –inquirió Sonia.

–Que Matthys iba a morir. Pero que esa era la voluntad de Dios. Ahora el profeta era él mismo. La venida de Cristo seguía en ciernes. Pero no se aventuró a ponerle fecha al evento final.

–Y claro, supongo que todos le dejaron hablando solo –dijo Jacob.

–Por más sorprendente que parezca –continuó Johann– le creyeron.

–¡No puede ser! –gritó Sonia indignada.

–Cantaron salmos y volvieron a desfilar por toda la ciudad.

–Y va de nuevo –bromeó Jacob, que ya no aguantaba las ganas de orinar.

–Jan Van Leiden eligió 12 personas de confianza y organizó la ciudad en números de 12, atendiendo a las Escrituras con sus 12 tribus y sus 12 apóstoles. El sistema funcionaba a la perfección. Al mismo tiempo, ajustándose a rajatabla a las leyes del Antiguo Testamento, Jan Van Leiden estableció la poligamia por decreto.

–¿Que qué? –saltó Sonia incrédula, eso sí que no me lo trago.

–Los hombres debían casarse con tantas mujeres como fuese posible y todas las muchachas en edad núbil debían aceptar sin negarse.

–¿Todas?

–Todas, incluso niñas de 11 años –dijo Johann con tono sombrío–. Pero, y ya para llegar al final de toda esta historia, este Jan Van Leiden se proclamó rey del Reino Anabaptista de Münster.

–¡Este estaba más loco que el anterior! –dijo Jacob.

–Se casó con 16 mujeres y se trasladó a un palacio al que llamó *Monte Sión*. A principios de 1535, católicos y luteranos se pusieron de acuerdo, otra vez, para terminar con todo este circo. Los asediaron y el hambre llegó al Reino Independiente de los Anabaptistas. Hasta los gatos huyeron para salvar el pellejo. Pero los fieles, más flacos que un jamelgo, seguían creyendo que podían aguantar mientras acaecía el regreso de Jesús que, ahora sí, esta vez sí, estaba a punto de suceder.

–Papá, no quiero cortarte, pero mamá debe estar preocupada.

–Termino ya. La noche del 25 de junio de 1535 traicionaron a Jan Van Leiden. Parece que un poco de hambre azuza la fe, pero demasiada hambre hace dudar hasta al más fervoroso creyente. Los soldados del ejército católico entraron a la ciudad alertados por los traidores sobre el punto más débil de la muralla. Fue una masacre que duró tres días. La sangre corría por las calles y los cadáveres se pudrían en los callejones.

–¿Y qué pasó con Jan van Leiden? –preguntó Jacob ansioso.

–A él y a dos de sus allegados les fue peor que a todos los demás. Los sentenciaron a muerte. Y aquí, en esta plaza, un verdugo los amarró a unos postes. Pasaban las horas y las torturas se hacían cada vez más terribles. Les arrancó la carne de los huesos con unas tenazas al rojo vivo. Les cortó la lengua y les hacía preguntas que jamás iban a ser respondidas. Finalmente les clavó un cuchillo incandescente en el corazón. Jan van Leiden solo tenía 26 años. Los cadáveres torturados de los tres cabecillas del infame Reino Independiente de los Anabaptistas, fueron expuestos públicamente durante décadas en esas jaulas que penden aún de la torre de la iglesia de san Lamberto–.

–¡Vaya historia! –dijo Jacob.

–Nunca más habrá anabaptistas violentos. Nosotros somos y seremos pacifistas.

–¿Estás seguro? ¿Seguro que no habrá ningún otro loco que se crea profeta o mesías? –sentenció Jacob incrédulo.

MYSTERIUM SALUTIS

Al final de nuestros días, cuando hemos visto ir
y venir vidas y desvidas;
cuando hemos despedido a los nuestros
y se acerca nuestra propia partida, nos
damos cuenta de que todos, aún sin saberlo,
inconscientemente y con nuestros
actos, hemos sido asesinos, víctimas y suicidas
al mismo tiempo.

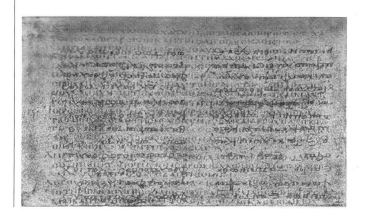

Muy temprano por la mañana partieron hacia *Krefeld*. Hacía un día espléndido y todos habían logrado dormir plácidamente. Pronto dejaron atrás la gran ciudad y tomaron la ruta que va por el pequeño bosque que rodea el inmenso lago de *Aasee*, con sus aguas de un azul oscuro a la derecha de la carreta. Si el clima seguía así, llegarían a *Krefeld* antes del amanecer. Pasado el lago enfilaron en un largo periplo de unas 15 horas hacia el río Rin. Una vez alcanzado el río, a la altura de *Homberg* se dispusieron a cruzarlo. En *Homberg* hay un servicio de transporte que cruza el río dos veces al día por la parte más estrecha. Pero el pequeño bote no saldría sino hasta la mañana siguiente.

Jacob tenía jaqueca y se encontraba algo indispuesto. No dejaba de pensar en Ester y su preocupación le punzaba agresivamente el pecho. "Quizás pueda regresar antes de un año" pensó. No tenía otro objetivo en su vida más que asegurar el sustento y la prosperidad de la familia Brandt. En el fondo, él, que era el menor de los tres hermanos, sentía que le correspondía cargar con esa pesada responsabilidad. Y ellos le habían delegado la misión sin chistar, aún sin proferir una sola palabra. Un pacto tácito y silencioso. Quizás porque era el único que sabía leer y escribir y porque tenía un carácter menos explosivo y pendenciero. De repente pensó en Aarón, "Papá podía ser un verdadero cascarrabias, pero en casa nunca escaseó nada" recordó. "Nos enseñó a negociar, a invertir, a vender y comprar, pero nunca nos enseñó a sembrar nada. Aprendimos a gestionar préstamos y a prestarle a otros, a mí me enseñó a calcular intereses e incluso a comerciar, pero cuando él murió nadie nos dio crédito. Él era la garantía". Jacob sintió que comprendía todo de repente. Ahora él debía convertirse en la garantía de la familia. Tenía que crear una pequeña fortuna en el menor tiempo posible y regresar consagrado como un verdadero hombre de bien, un fiable y poderoso comerciante Brandt. "Mamá no soportaría otro invierno".

Llegaron a *Krefeld* el martes 30 de enero de 1742. Una vez más la nieve caía imperturbable sobre el pueblo. *Krefeld* se había convertido en una especie de capital menonita en la región del Bajo Rin. Además, estaba en una posición geográfica privilegiada que favorecía el comercio con los Países Bajos, Bélgica, Suiza y Francia. La mayoría de menonitas de *Krefeld* eran tejedores de lino, aunque no todos, la familia von der Leyen se especializaba en la seda. En 1731 los von der Leyen habían fundado la compañía Frederick & Henry von der Leyen, que llegó a emplear a más de 3 000 obreros, lo que constituía casi la mitad de la población de *Krefeld*. La prosperidad de la familia impulsaba la economía de toda la comunidad menonita. El plan de Johann era que los hermanos Brandt trabajaran con los von der Leyen. Y así sucedió. Ambos hermanos empezaron a trabajar en la fabricación de tinturas para la seda que se manufacturaba especialmente para la alta aristocracia europea.

–Lo primero que les voy a decir –dijo Friederich von der Leyen a los dos hermanos, que lo observaban con miradas entre la circunspección y la admiración–, es que cualquier persona puede ser capaz de fundar un imperio, aun cuando haya tenido que huir de su tierra. Hace no demasiado tiempo, en 1656, mi familia fue expulsada de *Radevormwald* por la fuerza.

–Señor –dijo Jacob con la voz más tímida que se había escuchado a sí mismo en toda su vida– ¿Puedo preguntar por qué fueron expulsados de *Radevormwald?*

–Por ser menonitas, claro. Supongo que ya sabes que a los anabaptistas nos han perseguido y desterrado una y otra vez. A nosotros, los seguidores de Menno Simons, nos han ido arrinconando. Nos confunden con esos locos que alguna vez intentaron tomar el poder por la fuerza y establecer el Reino de Dios con sangre y desquicio. Pero nosotros somos pacifistas. La ciudad libre de *Krefeld* nos abrió las puertas y mira qué maravilla lo que Dios ha hecho aquí. Si todos trabajamos agradecidos con Dios por esta gracia, todos prosperaremos y viviremos en paz.

Los meses se sucedieron con gran velocidad y los hermanos Brandt aprendieron el oficio con mucha rapidez y destreza. Se habían integrado completamente a la comunidad menonita ganándose la confianza del pueblo. Iban los domingos a la iglesia y colaboraban con las necesidades de sus hermanos en la fe. ¿Eran cristianos? ¿Habían dejado de ser judíos? ¿Podían ser ambas cosas a la vez? Jacob a veces se sentía confundido, pero tenía su meta muy clara. Además, cada día se sentía más cerca de Sonia. Pasaban mucho tiempo juntos y tanto Johann como Katharina estaban muy felices con aquella amistad que se fortalecía bajo la bendición de Dios y guardando todos los preceptos menonitas.

Un día del mes de mayo Johann tomó su caballo y lo hizo correr hasta la fábrica de tinturas de seda donde trabajaban Isaac y Jacob. Entró con la cara encendida de furia, le temblaban ambas manos y gritaba desquiciado. ¿Dónde está ese hijo del demonio? Preguntaba ante las miradas atónitas de los obreros. Jacob salió a su encuentro, procurando aplacar aquella ira sin saber que el "hijo del demonio" al que buscaba Johann era él mismo. Salieron a la calle donde Johann tomó a Jacob por los hombros y lo sacudió con violencia.

–¡Embarazaste a Sonia! –gritó con una vena inflamada en la frente–. Has traicionado a Dios, a nuestra familia y a esta comunidad que te abrió las puertas. ¡Eres un hijo del demonio!

Jacob no daba crédito a lo que escuchaba ¿Realmente estaba sucediendo? Debía ser un error. Era imposible, no le había puesto un dedo encima a Sonia, aunque lo había deseado día con día.

–¡Eso es imposible Johann! –respondió igualando la histeria– simplemente es imposible. Tienes que creerme. Tráeme una Biblia ahora mismo y juraré con mi mano derecha sobre ella.

–¡No juramos en nombre de Dios! –volvió a gritar Johann–. Las mujeres no se embarazan solas Jacob, y Sonia lo está.

–Te digo que es imposible. ¿Qué puedo hacer para que me creas?

En casa, Sonia lloraba desconsolada. Katharina la abrazaba con el semblante pálido y los ojos húmedos. Cuando Johann y Jacob entraron, Sonia gritó y se desplomó en el suelo en medio de un llanto incontenible.

–¡Mira lo que has hecho! –dijo Johann con los ojos muy abiertos–. Has destrozado la vida de mi hija y la honra de mi familia.

–Sonia, ¿qué es lo que sucede? –preguntó Jacob con un hilo de voz a punto de estallar en llanto mientras se arrodillaba a su lado. Pero Sonia no respondió. Lloraba sin parar, tendida en el suelo y abrazada al regazo de Katharina.

Aquella situación no cambió en los días subsiguientes, ni en las semanas y meses que siguieron. La barriga de Sonia crecía y en casa reinaba una especie de paz sombría. El pastor Tersteegen presionaba para que Jacob y Sonia se casaran y así su pecado quedara por fin absuelto. Pero Sonia se negaba categóricamente. La situación se volvía más compleja cada día que pasaba. Jacob la amaba, pero se había abierto una herida que no le permitía ver a Sonia con los mismos ojos. No sabía qué era lo que sentía. "Siento mucha rabia, pero también siento mucho amor", se decía, perdido en un laberinto de emociones. Llegó a pensar que estaba loco y que, efectivamente, había embarazado a Sonia. "Pero es imposible haberlo olvidado" pensaba obnubilado. En el fondo deseaba haber cometido ese pecado. Nunca hubiera imaginado desear haber cometido un pecado grave en su vida, pero ahora lo deseaba con todas sus fuerzas. Todo sería más fácil. Pero no, no había cometido ese pecado. Sonia estaba embarazada y ese dolor no se solucionaría casándose con ella. Y todo empeoraba con las constantes negativas de Sonia. ¿Por qué no quería casarse con él? ¿Y si él estuviera dispuesto a perdonar? ¿Lo había dejado de querer? ¿De quién era ese hijo? Las consecuencias no solo eran de índole espiritual, emocional y familiar. Jacob también cosechó terribles injusticias bajo la acusación de pecado que se cernía sobre él. La primera consecuencia que sufrió Jacob fue el despido de la fábrica de tinturas para seda Frederick & Henry von der Leyen.

—El pecado trae ruina señor Brandt –dijo con sobriedad Frederick von der Leyen– y esta compañía se ha construido sobre bases sólidas de fe y prudencia. El arrepentimiento debe conducirnos a buenas obras y esas buenas obras nos darán buen fruto. Así es como funciona.

Jacob salió de la fábrica arrastrando la mirada y con el corazón humillado. Sufrió el oprobio de todo el pueblo. Ahora dependía de su hermano mayor, quien había sido ascendido en el trabajo y se había constituido en la esperanza de la familia Brandt.

Sonia, más callada que nunca, se había convertido en una mujer mustia, con los ojos inundados de tormentas y los labios apretados la mayor parte del tiempo. Como una pequeña represa, resguardando las compuertas que detienen el enorme caudal que amenaza con inundarlo todo. Guardaba un secreto que nadie quería develar. Pero que estaba arruinándolos a todos.

El 16 de enero de 1743 Sonia le dijo a su madre que sentía dolores en los riñones. También le dijo que sentía humedad en la entrepierna. Katharina hizo llamar al doctor Rempel. Johann salió disparado y nervioso. Sonia caminaba de un lado al otro de la sala y, de vez en cuando, se detenía, contraía el rostro, se apretaba el bajo vientre con ambas manos y enrojecía sin decir palabra.

–¿Otra vez? –preguntaba Katharina persiguiendo a su hija de un lado al otro–. Son cada vez más frecuentes, se acerca el momento.

Media hora más tarde el doctor Rempel estaba ya instalando con destreza todo lo necesario para el parto. Sonia escuchaba atenta los consejos de su madre, que le hablaba en tono didáctico pero ininteligible. Y entre los consejos de su madre, los movimientos apresurados del doctor, las contracciones y el nerviosismo, Sonia no había pensado aún en la vestimenta apropiada. Escapó como pudo al interior de la casa, seguida por Katharina, y procuró ponerse las ropas de noche. "Son flojas y abiertas" pensó. Al regresar a la sala, donde ya todo estaba dispuesto, Sonia contrajo una vez más el rostro y, como en un rugido, pidió que le avisaran a Jacob. Su hermano Jacobo corrió y avisó a Jacob quien, sin pensarlo, salió corriendo enseguida. Al verlo llegar, Sonia pidió un minuto a solas con él. Todos, incluido el doctor Rempel, salieron.

—Es de Isaac —dijo Sonia mirándolo a los ojos y dejando escapar un pequeño sollozo seguido de un chorro de lágrimas silenciosas.

—¿Cómo? ¿Qué? No entiendo —tartamudeó Jacob.

—El padre de este bebé es tu hermano, Isaac.

Hubo un silencio mortal, de no ser porque una vida nueva estaba justo naciendo en ese momento, aquel silencio hubiera podido ser descrito como funerario. Jacob dio dos pasos atrás. La vio gravemente, ceño fruncido y puños cerrados. Por un momento pareció que sus labios se movieron para decir algo, pero se volvieron a cerrar guardando un oprobioso silencio sepulcral. El doctor Rempel llamó a la puerta y entró sin esperar respuesta.

Jacob salió corriendo. Corrió lo más rápido que pudo hasta encontrar a su hermano, que trabajaba en la fábrica. Entró. Lo miró amenazante y le dijo:

—Para mí has muerto Isaac.

—Preparen agua de artemisa —ordenó el doctor Rempel.

Sonia giraba la cabeza para un lado cada vez que sentía una nueva contracción. Una vez bebida el agua de artemisa esperaron, pero la dilatación no era suficiente.

—Un ruibarbo —ordenó el doctor frunciendo el ceño—. Apriete señora, apriete y empuje.

—¿Cómo? —suplicó Sonia.

—Cuando venga la contracción haga toda la fuerza que pueda.

Sonia lloraba en silencio esperando la siguiente contracción, mientras otro dolor, uno muy distinto, se le clavaba en el pecho para siempre. Sabía que este día vería nacer un hijo, pero también sabía que, para ella, ese día significaría la muerte del hombre que había amado desde aquella extraña noche de enero en casa de los Brandt. Lo acababa de matar ella misma con la verdad. Una verdad a medias. Sintió náuseas al recordar el día en que Isaac Brandt la tomó por la fuerza con una rudeza inmisericorde y la obligó a acostarse con él.

—¡Es un niño! —dijo el doctor Rempel— ¡Qué pequeñito! Parece más bien sietemesino.

Jacob había tomado las pocas pertenencias que tenía y había emprendido un viaje hacia lo incierto. Se había unido a la pequeña caravana de menonitas que salían de *Krefeld* hacia *Hamburgo* para embarcarse directamente hacia Rusia, donde Federico I había invitado a todos los que quisieran poblar la zona del Valle del Río Memel. Nadie le hizo preguntas, solo se unió a la caravana y caminó durante horas sin descanso y en silencio. Siete horas después la caravana había llegado a *Essen* y cuatro días más tarde ya estaban en *Hamburgo*, donde harían los arreglos para partir dos días después hacia *Danzig*, Polonia. Zarparían desde el enorme puerto en la desembocadura del río Elba, en *Ivendorf*.

Jacob llegó al puerto de *Danzig* el 27 de enero de 1743 justo como había salido de *Keckargartach* hacía poco más de un año: sin nada entre las manos. Pero ahora era otro. Un año había bastado para convertirlo en otra persona. Había decidido seguir su camino porque no se hubiera perdonado regresar a casa con las manos vacías y tampoco hubiera podido permanecer en *Krefeld* para ver crecer al hijo de Sonia y su hermano Isaac. Su objetivo era el mismo, pero ahora tenía otra forma. Una vez asegurado su futuro traería a su madre a vivir con él.

En *Krefeld* el pastor Gingerich tomó cartas en el asunto. Un embarazo en soltería constituía un acontecimiento inconcebible en la comunidad menonita. Cuando el pastor llegó a casa, Sonia estaba exhausta y desarmada, el pequeño retiraba la diminuta cabecita del pezón y lloraba desesperadamente. El padecimiento requería la búsqueda urgente de una nodriza para amamantar a la criatura antes que muriera de hambre. El pastor Gingerich se sentó frente a Sonia, que lloraba en silencio sentada en la cama.

–Tienes que contarme todo –dijo el pastor apretando entre sus manos una enorme Biblia de cuero marrón.
–No tengo nada que contarle –refunfuñó Sonia sin levantar la mirada, mientras intentaba calmar al bebé.
–El padre del niño ha huido y te ha dejado soltera.
–No, el padre del niño no ha huido –levantó la voz con tono áspero dejando entrever la ira contenida en su interior.
–Por eso quiero que me cuentes todo. La verdad es la que nos hace libres. Y es la verdad la que te hará libre de las malas lenguas que quieren destruirte, a ti y a tu bebé ¿Tiene nombre la criatura?
–Se llama David, David Brandt.
–Y su padre ahora está camino a Rusia.
–No, su padre está aquí en *Krefeld.*
–¿No es Jacob Brandt el padre?
–No.

—Pues en este pueblo solo hay dos Brandt.

—Sí.

El pastor acarició la Biblia y se tomó el tiempo necesario para pensar. Frunció el rostro, rascó su cabeza calva, cerró los ojos y, por un momento, pareció realizar una oración en silencio. Se levantó de la silla y salió de la habitación. Cuando regresó, con él venían Johann y Katharina. Los dos padres se sentaron en la cama y el pastor tomó de nuevo su lugar en la silla. Abrió su Biblia lentamente hasta encontrar un pasaje y lo leyó en silencio usando su dedo índice como guía sobre las letras.

—Deuteronomio 22:23 y 24 dice lo siguiente: "*Si una moza está comprometida, y un hombre la lleva a la ciudad y se acuesta con ella, los llevarás a ambos a la puerta de la ciudad, y los apedrearás para que mueran; a ella porque no gritó cuando estaba en la ciudad; el hombre por haber profanado a la esposa de su vecino. Así extirparás lo malo de la ciudad*".

—¿Qué quiere decir eso? —dijo Johann notoriamente alarmado.

—Los menonitas respetamos la vida. Pero el texto nos obligaría a pensar en una muerte simbólica para ambos. Por ejemplo, la expulsión de la comunidad. A ambos, a él por deshonrar a la hija de un hombre íntegro y a la prometida de su prójimo, en este caso de su propio hermano. A ella por no haber gritado.

—¿Por no haber gritado? —dijo Katharina entre sollozos.

—Bueno, el texto describe a la mujer como una prostituta ya que si hubiera gritado negándose, los vecinos habrían ido en su auxilio. Pero al no gritar habría consentido. Y, que yo sepa, Sonia nunca ha acusado a Isaac de haberla violado.

Sonia apretó los labios hasta hacerlos perder su color. El bebé se había quedado dormido en sus brazos. Todos parecían esperar una explicación de su parte, pero hizo silencio.

–Pero pastor –replicó Johann–, Sonia no estaba comprometida.
–¿No lo estaba?
–¡No! –dijeron ambos padres al unísono.
–Bien –dijo el pastor Gingerich, mientras pasaba la página de la Biblia–. En este caso aplicarían los versículos 28 y 29, que dicen lo siguiente: *"Si un hombre encuentra una moza que no está comprometida, la toma y duerme con ella, el que durmió con ella le dará a su padre cincuenta piezas de plata y la tomará como esposa porque la ha humillado. No podrá dejarla en toda su vida".*
–¿Y bien? –inquirió Johann.
–Pues, en este caso, sentenció el pastor, Isaac y Sonia deben casarse.
–¡No! –gritó Sonia–. No me casaré con él. Prefiero el destierro.
–Pero pastor –intervino Katharina– ¿Qué pasa si él la violó, ella gritó pero nadie la escuchó? ¿No sería injusto culparla a ella de un pecado que no quiso cometer?
–Miren lo que dice a partir del versículo 25: *"Pero si un hombre encuentra una moza en el campo y la forzara acostándose con ella, el hombre que durmió con ella morirá solo. Y a la moza no harás nada; porque no ha cometido ningún pecado digno de muerte. Porque la encontró en el campo, y la moza*

gritó, y no hubo nadie para ayudarla". El problema que tenemos al intentar aplicar este texto es demostrar que hubo violación.

En ese momento Sonia pareció cobrar vida. Se irguió, entregó el bebé en brazos de Katharina y empezó a relatar todo lo sucedido. Cómo Isaac la forzó, no una, sino muchas veces y la amenazó con negarlo todo. Relató cómo el pánico se apoderaba de ella cada vez que él se acercaba, la acariciaba o la besaba. Cómo su cuerpo se paralizaba sin poder reaccionar cada vez que él la forzaba.

–Hace muchos años –dijo el pastor Gingerich mientras se acomodaba en su silla–, el hermano Klopfenstein, nos contaba cómo había notado que los mártires anabaptistas no se resistían a los golpes y vejaciones, incluso en el momento mismo de ser echados al río para ahogarlos. El hermano Klopfenstein pudo observar ese mismo comportamiento en muchos animales. Los animales, ante el inminente ataque del depredador, permanecen quietos, como congelados o aturdidos por el miedo. Según Klopfenstein, que era un médico muy aguzado, ese comportamiento de los animales es natural cuando la resistencia no es posible y no hay otros recursos disponibles.
–Pues eso es lo que le pasó a la indefensa Sonia –concluyó Johann adelantando el cuerpo hacia el pastor.
–No es tan fácil –dijo el reverendo–. Nosotros podemos estar convencidos, pero quien decide esto es el concejo de ancianos del pueblo. Tenemos que ser convincentes. Si los ponemos de nuestro lado, Isaac será desterrado de nuestra comunidad para siempre y Sonia será libre de todo pecado y estigma.

Dos días después, el concejo de *Krefeld* se reunió en la iglesia. El pastor Gingerich se levantó confiadamente y dijo:

—Hermanos de la congregación de Krefeld, el Señor está entre nosotros, plugo que hoy nuestra sabiduría humana sea despreciada para dar lugar a la sabiduría del Espíritu Santo. Ustedes bien saben que en nuestra comunidad menonita no podemos tolerar el pecado. Y estamos reunidos aquí para que prevalezca la Ley de Dios en nuestro pueblo. Permítanme contarles lo sucedido. Lo haré refrescándoles un poco la memoria. Una bella mujer, esposa de un rico e influyente judío, camina tranquilamente por el jardín de su casa cuando dos viejos, viejos respetados en todo el pueblo por su cargo de jueces, interceptan a la inocente mujer y la presionan para acostarse con ellos. Los viejos insisten pero ella, aterrorizada, lanza un gemido diciendo: «No tengo salida: Si hago eso, seré rea de muerte; si no lo hago, no escaparé de vuestras manos. Pero prefiero no hacerlo y caer en vuestras manos antes de pecar contra Dios. ...»

Luego la asustada mujer empieza a gritar tan fuerte como puede, pero los dos viejos hacen lo mismo y se arma un revuelo. Ella es llevada a juicio acusada de adulterio. Los dos viejos testifican falsamente diciendo que la habían visto yacer con un joven que no era su esposo. Esta acusación la sentencia a muerte por lapidación, sobre todo porque los viejos eran jueces muy respetados en el pueblo. Pero justo en el momento en que llevan a la pobre mujer a la puerta de la ciudad para ser apedreada, un niño llamado Daniel sugiere que se entreviste a los dos viejos por separado. Los viejos dan dos versiones diferentes de lo ocurrido y quedan en evidencia. Ella es inocente y ellos los culpables. ¡Por poco y la culpan a ella de su propia desgracia! ¿Hubiera sido una doble injusticia!

Mis hermanos, mis queridos hermanos menonitas, estoy hablando de la historia de Susana en el libro del profeta Daniel[36]. Pero también estoy hablando de Sonia, la hija de nuestros hermanos Johann y Katharina. Procuremos que en esta ocasión no se cometa la injusticia de culparla doblemente por un pecado que no cometió.

El pastor Gingerich tomó asiento. Aquel día Isaac Brandt fue desterrado para siempre de la comunidad menonita de *Krefeld* y Sonia quedó libre de pecado.

---

36 *Historia de Susana, versión griega del libro de Daniel, capítulo 13 Versos 22-23, traducción de Luis Alonso Schökel.*

22

TEL AVIV
27 DE FEBRERO DEL 2007

Las 11 partes del cuerpo fueron extraídas de cada embajada y trasladadas debidamente al Instituto de Medicina Legal. El primer hallazgo se había producido 30 horas antes en la embajada de Alemania. Los análisis de ADN tardarían algunos días en confirmar si todas las secciones pertenecían a la misma persona. Pero todo indicaba que así era. El reconocimiento de los funcionarios de la embajadas de Alemania y la extraña desaparición de Liese confirmaban que, al menos uno de los fallecidos era ella. El acuerdo entre las embajadas, con arreglo a las estipulaciones de la Convención de Viena, consistía en la creación de un equipo internacional de investigación. Además confería a Israel los permisos necesarios para ingresar a las embajadas cuando fuera necesario. El equipo internacional terminó de conformarse enseguida: Anke Schumann del *GSG9 de Alemania*, Ainhoa Garay de la *Brigada de Homicidios del Cuerpo Nacional de la Policía de España*, Itzel Ferreira del *Laboratorio de Policía Científica de Portugal*, Robert Gardener de la *New Scontland Yard* de Inglaterra, Nikademus Yukhanaev del *Instituto de Antropología y Etnografía de Rusia*, Joshua Cox, ex miembro de las *Fuerzas Especiales Delta Force* de Estados Unidos, que sería enviado únicamente si hubiera necesidad de intervención, y Mordechai Rovinski, Modi, del *Shabak* de Israel. La embajada de Alemania se había constituido en una especie de base de operaciones.

–¿Tenemos algún sospechoso? –preguntó Modi arrellanándose en la silla de la cabecera de la mesa que él mismo había elegido–. Mis fuentes han señalado a un tal Bruno.

–Bruno Meyers. Fue pareja de Liese a inicios de 1980 en Múnich –dijo Anke observando el monitor de su *laptop* que estaba junto a una taza de café humeante, en la que se veía un colorido tucán y la frase *Pura vida,* que había comprado en su último viaje a Costa Rica–. Militante de la extrema derecha neonazi. Vinculado con la Operación *Gladio* y el atentado del *Oktoberfest.*

–Muy interesante –aseveró Modi– ¿Qué encontraste?

–Se separaron justo después del atentado del *Oktoberfest.* Al parecer Liese descubrió sus vínculos con el grupo neonazi *Wehrsportgruppe Hoffmann* cuando supo que Gundolf Köhler, el autor del atentado muerto en el sitio, era amigo de Bruno. Pero Bruno descuenta condena en la prisión de *Stadelheim,* en el distrito de Giesing en Múnich. Y hasta donde he podido verificar, no ha salido de ahí en los últimos dos años.

–¿Qué hay de su actual pareja? –preguntó Modi frunciendo el ceño.

–Lo más interesante de él es que no se haya aparecido por aquí para saber de su esposa.

–¿Estaban casados? –preguntó Robert con acento de *lord* inglés–. Porque, de ser así, y según el artículo 41.2 de la Convención de Viena para las relaciones consulares, no podría ser interrogado.

—Se casaron en 1998 y tienen dos niñas, nacidas en el 2000 y 2003 respectivamente –informó Anke.

–Sin embargo –repuso Modi poniéndose de pie–. El Artículo 44.2 permite que se realice un interrogatorio en la casa de habitación o en la misma embajada. Pero aún más, el 53.3 dice que "Cuando terminen las funciones de un miembro de la oficina consular, cesarán sus privilegios e inmunidades así como los de cualquier miembro de su familia que viva en su casa y los de su personal privado".

–Pero, aunque Liese haya muerto, sus funciones no han cesado oficialmente –acotó Anke.

–Señores, señoras. Si vemos con detenimiento –concluyó Robert acomodándose el nudo de la corbata–, en ese mismo Artículo 53, pero en el punto 5 encontramos que "En caso de fallecimiento de un miembro de la oficina consular, los miembros de su familia que vivan en su casa seguirán gozando de los privilegios e inmunidades que les correspondan hasta que salgan del Estado receptor". Y si él no se ha acercado aquí, ni ha salido del país, conservando sus privilegios e inmunidades, agrega signos de sospecha sobre sí mismo.

–Tenemos que interrogarlo en su casa –dijo Modi caminando nerviosamente por la habitación–. Iremos Anke y yo. Anke por ser alemana y funcionaria de esta embajada y yo, como representante de las autoridades israelíes.

–Se llama Salah Udin Awada –informó Anke mecánicamente–. Alemán, nacido en Beirut. Músico de profesión.

–¿Musulmán? –preguntó Modi con un dejo de desprecio en la voz.

–Parece que no es practicante, aunque no entiendo su pregunta –dijo Anke masticando las erres y estudiando la pantalla de su *laptop*–. Vivió en Líbano durante la guerra civil y, posteriormente, recibió una beca del Gobierno de Alemania para estudiar en la *Hochschule für Musik und Theater Hannover,* para, finalmente, acabar su preparación en la *Guildhall School of Music and Drama* de Londres.

–Su nombre significa literalmente *La justicia de la fe* –intervino Nikademus Yukhanaev, el hombre bajito y enjuto del Instituto de Antropología y Etnografía de Rusia.

23

London Ministore, Tel Aviv
27 de febrero del 2007

–Señor Awada –dijo Modi avanzando el cuerpo hacia el interrogado–, si usted estaba tan preocupado por su esposa ¿Por qué no se ha acercado a la embajada ni ha notificado a la policía sobre la desaparición de Liese?
–Bueno, intenté comunicarme con ella.
–Según los registros telefónicos, la última llamada que usted realizó desde su teléfono fue hace 48 horas y fue al club de jazz *Shablul*.
–Sí, bueno. Lo pensé, pensé llamarla.
–Pero ¿Por qué no lo hizo? –Modi no dio tregua y continuó– ¿Y sus dos hijas? ¿No han hecho preguntas sobre su mamá? ¿Qué les ha dicho?

Salah Udin Awada, nueve años menor que Liese. Un hombre alto, de piel cobriza y pelo rizado y frondoso tipo afro. Usa barba descuidada y ojos grandes de mirada penetrante.

–Les he dicho que seguramente tiene demasiado trabajo. Últimamente ha estado muy ocupada en sus cosas. Llega cada vez más tarde o pasa toda la noche trabajando en su computadora.

El apartamento luce oscuro, la mayoría de las ventanas están cerradas con las persianas echadas. Hay platos sucios desperdigados por todas partes y papeles con pentagramas en mesas y sillones. La sala es pequeña y acogedora y en el centro, sobre una alfombra persa, hay una mesa baja con un *arguile* azul con ceniza apagada. Anke observa todos los detalles del lugar, memoriza fotografías, libros, revistas y objetos. Hace listas mentales y elabora un croquis imaginario del lugar.

–¿Dónde se encontraba usted entre las 23:55 del domingo y las 5:08 del lunes? –presionó Modi simulando prepararse para tomar nota.
–Probablemente tocando. Es lo que hago los fines de semana.
–¿En el *Shablul*?
–Seguramente –dijo mientras movía los ojos hacia un lado.
–¿Tiene cómo demostrarlo? ¿Una factura o alguien que lo haya visto ahí?
–Bueno, tendría que…
–Señor Awada, usted no estaba tocando esa noche. Ni siquiera fue al *Shablul*. De eso estamos seguros –aseveró Modi jugándose una ficha– ¿Cuándo fue la última vez que vio a Liese?

Modi recibió un mensaje en el celular. Se detuvo a leerlo un instante y continuó.

–Vaya señor Awada, parece que tiene usted una muy mala memoria y no recuerda con claridad dónde se encontraba la madrugada del domingo. Pero las cámaras no mienten, dijo mostrando el celular, sin que fuera posible leer su pantalla.

Salah Udin Awada palideció dramáticamente. Se mordió los labios y se rascó la oreja derecha.

–¿Y qué dicen las cámaras de seguridad? –preguntó dejando la boca entreabierta.
–¿Qué cree usted que dicen?
–No lo sé señor –dijo Salah Udin Awada apretándose las sienes con la mano derecha, como si le doliera la cabeza.
–Lo que dicen, señor Awada, es que esa noche entre las 23:55 del domingo y las 5:08 del lunes usted se encontraba justo aquí en este apartamento.
–Bueno, eso quiere decir…
–No quiere decir demasiado Señor Awada. Ahora, debe usted saber que, aunque no le podemos obligar, sería de mucha ayuda si nos acompaña al Instituto de Medicina Legal –Modi hizo un silencio para escrutar los ojos del interrogado–. Hay un cuerpo que podría pertenecer a su esposa y necesitamos su reconocimiento.
–¡*Ya 'iilhi!*[37] –exclamó Salah Udin Awada levantando las manos al cielo.

---

37 Del árabe, *Dios mío*.

24

CEMENTERIO DE ALTER SÜDFRIEDHOF, MÚNICH
5 DE MARZO DEL 2007

En el cementerio más antiguo de la ciudad, construido extramuros en el año 1563 para enterrar a las víctimas de la peste, aproximadamente a medio kilómetro al sur de la puerta medieval de *Sendlinger* entre *Thalkirchner* y *Pestalozzistraße*, se realizaba el funeral de Liese. Una gran multitud de conocidos, familiares y miembros del gobierno escuchaban en silencio las palabras del sacerdote Karl Müller. Como casi siempre en ocasiones como esta, el cielo se había cobijado de nubes oscuras. La temperatura había descendido hasta los 8 grados centígrados y las palabras del prelado no lograban animar las almas de los asistentes. La expresión *animar las almas* no es la más adecuada. Es un concepto cacofónico, porque *alma* en latín es *ánima* o sea que *animar las ánimas* es una completa redundancia conceptual. Ningún sacerdote tiene la facultad de dar vida o *animar* a lo que ya no es un *ánima* o ser viviente, y ningún ser humano que se mueva, aunque sea en su más mínima expresión, puede considerarse verdaderamente *desanimado* o carente de vida. Entre los árboles, en un ambiente más bien boscoso y monumental a la vez, Karl Müller guió a los asistentes con su reflexión basada en la frase latina atribuida al escritor, político y orador romano Marco Tulio Cicerón *Dum spiro espero, dum spero amo, dum amo vivo*, que traducido al castellano es: *Mientras respiro tengo esperanza, mientras tengo esperanza amo, mientras amo vivo.* Hizo un juego de palabras con la expresión latina *spiro* diciendo que con ella podemos expresar todas las etapas de la vida. Desde el primer re*spiro* al nacer, los su*spiros* del desaliento y las ilusiones al crecer, el esfuerzo del hombre y la mujer que tran*spiran* en sus afanes y luchas, la vocación in*spir*ada que se entrega a la creación y el amor al prójimo, hasta llegar a la culminación de la vida cuando el cuerpo ex*pira* y exhala su último aliento.

Gerda lloraba con un desconsuelo profundo. Salah Udin Awada estaba justo detrás, mientras que Alese y Alia, de 7 y 4 años respectivamente, abrazaban tiernamente a su abuela. El padre de Liese permanecía en primera fila, justo al frente del sacerdote.

–Pero –dijo Karl Müller alisándose la sotana–, me niego a estar de acuerdo con C. S. Lewis cuando dice que Dios nos grita por medio del dolor. Dios, en realidad, grita con nosotros en el dolor. El dolor no puede ser la voz de Dios, al menos no de uno al que reconocemos como un Dios de amor. Sería un dios cínico, un dios araña, un dios enano, que necesita infligir dolor para mostrarse como héroe. No, él no nos grita por medio del dolor, él grita con nosotros en medio del dolor. –Hizo una pausa que dejó espacio para escuchar el canto de los árboles y el susurro del viento–. Re*spirar* no lo es todo, porque hay algo más que la mecánica casi inconsciente de llenar los pulmones, inhalar y exhalar. En palabras del sacerdote jesuita y mártir Robert Southwell (1561-1595): *No es cuando respiro, sino cuando amo que vivo.* Y nadie podría decir que las personas dejan de amar jamás, ni siquiera al dejar este cuerpo corruptible, *el amor nunca deja de ser,* dijo, citando a San Pablo en el capítulo 13 de su Primera carta a los Corintios, y como el amor no deja de ser, ni Liese ha dejado de amar ni ella dejará de ser amada jamás. Y si el amor sigue vivo Liese seguirá viva entre nosotros hasta el día de la resurrección. Y por eso, concluyó el prelado, como dice el Salmo 150 versículo 6: *Todo lo que respira alabe al Señor.* Oremos.

Los senderos del *Alter Südfriedhof* invitaban a pasear y a la reflexión. No era un cementerio triste, sus arboledas y parajes evocaban sentimientos de nostálgica esperanza. Entre sus lápidas Anke, que había ido al funeral en nombre del personal diplomático de la embajada, encontró la de Helene Sedlmayr Kreszenz, una beldad alemana del siglo XIX considerada un ícono de la belleza muniquesa.

–Abuela, queremos ir contigo –dijo Alese al tiempo que gesticulaba con las manos en lengua de signos.
–(Lengua de señas. Signo de afirmación. Signo de alegría).
–*Omi, Omi,* ¿podemos comer *strudel* de manzana con helados en tu casa? –se apresuró Alia procurando comunicarse con su abuela con las manos, como Liese les había enseñado.
–(Lengua de señas. Signo de alegría. Signo de afirmación. Signo de amor).

Mientras tanto Anke y Salah Udin Awada decidieron ir por un café y platicar. Caminaron unos diez minutos hasta el *Aroma Kaffeebar* y se sentaron en una alargada mesa de madera de pino. Afuera caía una llovizna casi imperceptible y la temperatura continuaba descendiendo. Era un café diminuto y acogedor. Apenas cuatro mesas en medio de un sinfín de objetos en estanterías de madera clara. El mostrador exhibía toda clase de pasteles y bocadillos. Cada uno pidió un capuccino.

–¿Cómo se conocieron? –preguntó Anke calentándose las manos en la taza de café.
–Bueno, Liese suele decir –tartamudeó y corrigió pronunciando con énfasis–, *solía* decir que vivíamos en dos universos paralelos y que era imposible que nos encontráramos.

−¿Qué quiere decir eso? −dijo Anke y bebió un sorbo de café.

−En 1991 ambos estudiábamos en la *Hochschule für Musik und Theater Hannover* y ella siempre practicaba en un aula muy particular a la que casi nadie iba. Yo venía llegando de Beirut hacía solo un año atrás. Ella tenía 29 y yo 20.

−¿Qué tenía de especial esa estancia donde ella practicaba?

−Era un cuarto de ensayo de piano. El piano de ese cuarto estaba afinado de una manera distinta −Salah Udin Awada se tomó el tiempo para recordar−. En vez de estar en 440 Hertz, como es lo usual, ese estaba afinado en 432 Hertz, de una manera, digamos, experimental.

En el *Aroma Kaffeebar* sonaba la áspera voz de Richard Marx cantando:

> *Wherever you go*
> *Whatever you do*
> *I will be right here waiting for you*
> *Whatever it takes*
> *Or how my heart breaks*
> *I will be right here waiting for you*

−Ella siempre estaba sola. Así lo quería. Yo la había visto mucho antes de que ella se percatara siquiera de mi existencia. Siempre tocando el piano allá en ese lugar misterioso. Siempre con el pelo recogido en una cola. Claro que era una mujer de otro mundo para mí. No solo porque es, o era, 9 años mayor, sino porque yo venía del Líbano y me sentía completamente extranjero. Ni siquiera podía hablar bien el alemán. Por fin coincidimos una mañana en la cafetería y me animé a sentarme en su mesa. Recuerdo que me habló básicamente de dos cosas. De su mamá y de un ex novio loco llamado Bruno.

—¿Qué dijo de él? —interrumpió Anke interesada.

—Que había estado involucrado en un atentado terrorista y que la perseguía constantemente. Tiempo después supe que él la amenazaba. Liese vivía obsesionada, aterrorizada con la idea de que un día la mataran.

Se hizo un silencio denso. Salah Udin Awada se limpió las lágrimas y hundió sus dedos de músico en la espesa barba. Anke sintió que se le encogía el corazón. "Y pensar que sus peores temores se convirtieron en realidad", pensó.

—¿Sabe, oficial? Se siente como miedo. El dolor se siente como un espanto. El miedo al cómo será la vida a partir de ahora, el miedo de cómo será la vida de nuestras hijas, el miedo a la soledad y al recuerdo. Miedo a la idea de que este vacío no se llenará jamás. No quiero estar solo, pero tampoco me alegra estar con gente. No es que no me importe su compañía, pero sigue sintiéndose como un vacío.

—No se preocupe señor Awada, procuro comprenderlo.

—Lamentablemente, para cuando descubrimos lo que sentíamos el uno por el otro yo tenía que marchar a Inglaterra, a la *Guildhall School of Music and Drama* de Londres. Nos escribimos mucho y nos visitamos un par de veces. Recuerdo que un verano visité a Liese en su casa de Múnich. Imagínese cuando aparecí por ahí con este pelo y esta barba, claro y con este nombre. Juré que Gerda había quedado muda al verme a mí, dijo riendo. Fue un tiempo emocionalmente difícil. Tres largos años en los que terminábamos y regresábamos en un agotador círculo sin fin. Una especie de montaña rusa, como dicen. En 1995 yo regresé a Alemania, pero ella ya no estaba en Hannover sino en Múnich. Pero, como dijo hoy el sacerdote, *el amor nunca deja de ser y todo lo soporta*. Nos casamos en 1998 cuando ella ya tenía 36 años y yo 27. No teníamos nada. Un cuarto, un colchón sin cama y un par de cosas más. Tengo que estar muy agradecido con Gerda. Cuando entró por primera vez a nuestro apartamento pareció quedarle estrecho dada la estatura de su presencia.

–Señor Awada, una última curiosidad –dijo Anke tocándose los diminutos labios–. Si Liese era cristiana y usted es musulmán, ¿no tuvieron conflicto con eso?

–Bueno oficial, no soy muy practicante y Liese tampoco lo era. Pero de todas formas, usted lo dice con el prejuicio de que los hombres musulmanes anulamos a las mujeres y que nuestra religión no es buena para ellas. Pero lo cierto es que no hay ningún problema con los cristianos. Podemos casarnos con una mujer cristiana sin que ella tenga que hacerse musulmana. Claro que no todos los musulmanes piensan así, pero lo mismo sucede con los hombres cristianos. La mayoría de los hombres cristianos no se casarían con una mujer musulmana, a menos que ella abrazara su religión. De hecho, puedo asegurarle que hay más hombres musulmanes casados con mujeres cristianas que hombres cristianos con mujeres musulmanas.

–Tiene razón señor Awada. El fundamentalismo no es exclusivo de una sola religión.

–Recuerdo que yo tenía 12 años. A esa edad ya conocía la guerra. Pero en 1982 supe lo que puede hacer el fundamentalismo religioso cuando se combina con el poder político y militar.

–¿A qué se refiere específicamente?

–La noche del 16 al 17 de septiembre de 1982, hubo una masacre en los campamentos de refugiados palestinos de Sabra y Chatila al sur del Líbano. La historia que casi prevalece relataba lo sucedido como una reacción espontánea y exacerbada de la milicia cristiana denominada "Falange libanesa", luego del asesinato, el 14 de septiembre, del líder cristiano maronita y mandatario electo libanés Bashir Gemayel.

–¿Y no fue así?

–No exactamente. Hubo una orquestación entre cristianos libaneses y el ejército israelí. La primera unidad de 150 falangistas cristianos, armados con pistolas, rifles, cuchillos, machetes y hachas entraron cuando anochecía, a eso de las seis de la tarde e iniciaron la masacre casa por casa, puerta por puerta. Mujeres, niños, ancianos, todos civiles fueron asesinados sin piedad. Hubo violaciones, mutilaciones y torturas. Unas cuantas horas bastaron para crear un infierno para más de 2 000 palestinos. Durante la noche las fuerzas israelíes dispararon bengalas iluminando los campamentos para que los falangistas mataran a gusto. El campamento estuvo tan brillante como un estadio de fútbol durante un partido.

–¡Qué horror!

–Tienes que leer el relato de Jean Genet llamado "Cuatro horas en Chatila".

Salah Udin Awada hizo una pausa, miró por la ventana y continuó:

—Cerca de aquí hay un cementerio que siempre me ha llamado mucho la atención. El *Kriegsgräberstätte Tischlerstraße.* Es un cementerio peculiar. En él yacen más de 3 mil soldados, una parte de ellos tenían cautiva la ciudad durante la Segunda Guerra Mundial, la otra parte de ellos la liberó. Tanto unos como otros fueron enterrados en el mismo lugar. Ese es un lugar para la reflexión y la reconciliación. ¿Se imagina si existieran lugares como ese en cada lugar donde se necesite reconciliación?

—Supongo que sería fabuloso señor Awada, el mundo necesita reconciliación.

—Oficial Anke —concluyó Salah Udin Awada abriendo bien los ojos—. Liese no era la misma últimamente.

—¿Qué quiere decir?

—Parecía deprimida. Hablaba muy poco y estaba muy irritable. Honestamente era como cuando Bruno la acosaba. Estaba nerviosa, dormía poco o nada y dejaba de comer por días enteros, como si ayunara constantemente. Soy un desastre oficial. No intuí esto. Lo dejé pasar. Pero ahora comprendo que algo grave le estaba pasando a Liese. Por favor, averígüelo.

—Señor Awada, le prometo que hacemos todo lo que está en nuestras manos para saber lo que le sucedió a Liese.

25

TEL AVIV,
5 DE MARZO DEL 2007

Irma cayó al suelo desmayada luego de lanzar un alarido agudo y angustioso. Recobró el conocimiento solo unos instantes después con la ayuda de sus compañeros.

–¡La bolsa! –gritaba con voz temblorosa y señalando un bulto negro en la esquina de la recepción. Una nueva bolsa negra había aparecido en la embajada de España. Inmediatamente llamaron a Ainhoa, que se encontraba en la embajada de Alemania, en el piso 19.
–*Agur*[38]–saludó apurada la oficial vasca al tiempo que preguntaba dónde estaba la bolsa. Una vez ubicada se acercó con cautela y notó que estaba entreabierta. Ojeó en el interior y gritó:
–¡Pero si son solo papeles!

 Todos se echaron a reír a carcajadas mientras que Irma recobraba algo de color.

–¡Me cago en la leche! –espetó con su acento madrileño–. Esta gente de limpieza me va a matar de un disgusto ¡Alguien tiene que hacer algo *hostia*!–.

---

38   Saludo en Euskera.

En Israel se celebraba la fiesta de *Purim* desde el jueves anterior, concluyendo justo ese lunes 5 de marzo. Durante Purim los judíos festejan que el pueblo hebreo evitó el exterminio ordenado por el rey Asuero de Persia, en épocas bíblicas. Itzel, había recibido ya los análisis forenses del Instituto de Medicina Legal. Los reunió a todos en la embajada de Alemania para compartir los hallazgos.

–Los análisis de ADN han permitido concluir que las 11 partes pertenecen a un solo cuerpo, comenzó Itzel con un extraño acento entre el mexicano y el portugués y posando su mirada maya por todos los rostros, como si estuviera pasando revista. Sin embargo ese resultado ya no era necesario, luego del reconocimiento visual del señor Salah Udin Awada, esposo de la víctima. Las secciones post mortem del cuerpo se realizaron en las siguientes zonas: Decapitación. Se determinó que se efectuó en dos tiempos, mediante múltiples heridas cortantes sobre los tejidos blandos, para posteriormente realizar la desarticulación a nivel del disco intervertebral cervical tres y cuatro, mediante instrumento dotado de filo. La separación de las extremidades superiores fue realizada, también, en dos tiempos. Primero mediante el empleo de un instrumento dotado de filo se realiza la sección de piel y tejidos blandos, para posteriormente realizar el corte a nivel de tejido óseo. Claro, sé que eso es irrelevante en este momento. Vayamos al grano. Hay un elemento que viene a cambiar el rumbo de todo esto –dijo Itzel taxativamente– las pruebas toxicológicas han mostrado la presencia de varios fármacos. Principalmente succinilcolina que es la sustancia que pudo haber provocado la muerte. Pero también hallamos mifepristona junto con un análogo de prostaglandina llamado misoprostol. Podemos concluir que el fallecimiento se debió a la aplicación de estas sustancias en el cuerpo de la víctima. Pensémoslo así: La succinilcolina provoca, con toda probabilidad, el fracaso cardio-respiratorio final, como causa inmediata del fallecimiento (la casusa fundamental es la intoxicación) y esto produce un edema de pulmón de tal manera que por la boca y orificios nasales salen fluidos de aspecto sanguinolento muy diluidos. Una mezcla entre la saliva y la sangre. Justo antes del deceso hay un cuadro final de pérdida de conocimiento seguido de convulsiones agónicas. Por esta razón y con el fin de no impregnar ni dejar rastro en la oficina, alguien introduce la cabeza de Liese en una bolsa de plástico y así traslada el cadáver hasta el baño, donde procede a desmembrar el cuerpo.

–Pero hay algo que no termino de entender –interrumpió Ainhoa–. Si las cámaras demuestran que en el oficina de Liese no había nadie cuando ingresó, si no hay evidencia de forcejeo ni ningún oficial pudo observar a nadie ni escuchó nada extraño ¿No deberíamos pensar en la posibilidad de…

–¿Un suicidio? –se adelantó Itzel–. Esa es la conjetura más compleja y, aunque no queramos, es la más probable: a Liese nadie la mató –dijo Itzel subiendo notoriamente el tono de la voz y poniendo sus dos manos en la mesa ante las expresiones de asombro del resto del equipo–. Liese, mis respetables colegas, se quitó la vida. Lo hizo con succinilcolina, que es un polvo que puede llevar como maquillaje y que, diluido en suero, se puede aplicar de forma intravenosa.

–Es por eso por lo que no hay evidencia de forcejeo –reflexionó Ainhoa–. Liese entra a la embajada a una hora inusual de forma absolutamente voluntaria y sin compañía. Las imágenes de seguridad de su apartamento la muestran saliendo de ahí sola y voluntariamente. Liese se quitó la vida en la bañera de la oficina.

MYSTERIUM SALUTIS

*Ella era como una cariátide de la Acrópolis
de Atenas. Una mujer-columna
que lo sostenía todo y todo el peso
de la estructura de la historia,
la suya y la de muchos antes y después,
yacía sobre ella.
El que la conozca a ella, conoce la historia.*

El viernes 2 de marzo, en la calle *Grote Marktstraat*, situada en el centro de la ciudad holandesa de *La Haya*, hubo un accidente. Un vehículo Mercedes-Benz, Clase C 220, CDI Sport Edition, 4 puertas, año 2005, color plateado, con matrícula diplomática, se estrelló contra una de las cristaleras de los almacenes *Hudson's Bay*. El conductor, identificado como Ronny Guillaume, de nacionalidad francesa y funcionario de la Corte Internacional de Justicia de La Haya, fue hallado muerto en el interior del auto. El hecho no habría tenido mayor transcendencia de no ser porque en la inspección pericial del vehículo fueron encontrados restos sanguíneos y de otros fluidos pertenecientes a dos personas más. La Interpol notificó al equipo internacional que investigaba el sonado *Caso de Las Embajadas* y Robert Gardener de la New Scontland Yard se encargó del asunto.

Robert pudo obtener el informe completo del accidente y los análisis periciales y forenses. Lo primero que supo fue que el conductor, funcionario de la Corte Internacional de Justicia, no había muerto por el accidente sino que, momentos antes, había sufrido un paro cardiaco que le provocó la muerte. Como consecuencia el Mercedes-Benz impactó a toda velocidad los almacenes *Hudson's Bay*. Lo segundo que constató fue que, efectivamente, en la cajuela del vehículo se hallaron restos de ADN de dos individuos más. Cuatro días después Robert se unía al resto del equipo en la embajada de Alemania en Tel Aviv.

–¿Por qué dices que se suicidó en la bañera? –preguntó Modi con la mirada clavada en los ojos de Ainhoa y mordiendo nerviosamente un bolígrafo.

–Porque no existe ningún rastro de fluidos en el suelo de la oficina y nadie más estaba con ella al momento de su muerte –respondió Ainhoa, y continuó–: Liese entró sola, hizo algunas búsquedas en su computadora, escuchó en YouTube a Uchida Mitsuko interpretando las sonatas 545, 570, 576, 533/494 de Mozart en 432 Hertz, se desnudó, entró en la bañera y se aplicó la succinilcolina en el brazo derecho. Liese no falleció en su oficina sino en la bañera.

Robert levantó su mano izquierda, se puso de pie, se acomodó la chaqueta gris y dijo:

–Señores, señoras, hay algo más que debemos añadir a nuestras reflexiones. Hice cotejar las muestras de ADN del accidente de La Haya con los de Liese y ¡Bingo! Hay una coincidencia irrefutable. El Mercedez-Benz accidentado en La Haya, conducido por el juez Ronny Guillaume, es, con toda probabilidad, el vehículo que hizo el recorrido repartiendo las partes de Liese en todas las embajadas. Lamentablemente el conductor falleció de un paro cardiaco justo antes de estrellarse contra los almacenes *Hudson's Bay.*
–Entonces ese automóvil tuvo que haber ingresado al *parking* de la embajada –dijo Modi sonando el bolígrafo en la mesa de madera.
–Correcto. No podíamos ver nada sospechoso a simple vista sin tener una matrícula o una descripción del auto. Ese domingo ingresaron varios vehículos al *parking* del edificio, más de lo usual, según los registros. El Mercedes-Benz de La Haya ingresó desde muy temprano y fue estacionado en el espacio C32, perteneciente a la embajada de Irlanda y justo donde las cámaras pierden un poco la visibilidad. Nadie descendió. El registro de ingresos nos permite corroborar

que el juez Ronny Guillaume iba al volante. Posteriormente, como las cámaras se apagaron, no podemos ver si ese vehículo salió cerca de las 11:55 p.m. pero sí podemos comprobar que en la bitácora aparece como si nunca hubiera salido del edificio. Tuvo que salir durante el tiempo en que las cámaras estuvieron apagadas, granjeándose la manera de hacerlo sin dejar registro en la bitácora.

—¿Y qué me puedes decir sobre el ADN restante? –inquirió Modi haciendo malabares con el bolígrafo– ¿Podemos deducir que existe una segunda víctima?
—Hay una tercera persona, no hay duda –afirmó Robert estirándose como un *lord* inglés. –Tenemos a una mujer desmembrada, un hombre fallecido por un ataque al corazón y un ADN de alguien que aún no logramos identificar. Ahora bien, al cotejar los datos de los repetidores de telefonía con el celular hallado en el accidente del juez Ronny Guillaume, parecía que lo perdíamos de vista. El celular describía un periplo muy alejado de cualquier embajada. Pero en la guantera del Mercedes-Benz había otro teléfono celular y ¡Bingo otra vez! Ronny Guillaume había hecho su recorrido a 140 kilómetros por hora desde el edificio ubicado en la calle *Daniel Frish,* la denominada Zona #1 en el mapa de Modi, hasta la calle *Shoshan*, en *Raman Gan* 25221 o Zona #3. Y de ahí había viajado a una velocidad similar hasta la calle *Netiv Hamazalot*, una ruta que no habíamos determinado antes, a partir de ahora Zona #4. Por ultimo salió pitando hasta la calle *Hayarkon, o zona #2* para, finalmente, enrumbarse hacia Turquía, desde donde siguió hacia Bulgaria y continuó, valiéndose de la matrícula diplomática, hacia Hungría, Austria y Alemania, hasta llegar a Holanda. Para la noche

del 28 de febrero el juez estaba comiendo *hotdogs* de arenque y cerveza en su apartamento de La Haya. El jueves no salió en todo el día y el viernes 2 de marzo ocurrió el accidente en los almacenes *Hudson's Bay*.

La sala de reuniones se había convertido en la base de operaciones del equipo internacional. Era una estancia acogedora, bien equipada con la tecnología necesaria para cualquier reunión ejecutiva. Afuera había salido el sol sobre Tel Aviv y la gente salía a pasear por la calle. Es una ciudad alegre, con un espíritu más europeo que oriental.

–Tenemos dos incógnitas que resolver para poder avanzar –instruyó Ainhoa rascándose los ojos en señal de cansancio– ¿Qué hizo el juez Guillaume en la calle *Hamazalot* y a quién pertenece el ADN restante encontrado en el Mercedes-Benz?
–Robert –dijo Modi moviéndose nerviosamente– ¿Podemos determinar exactamente en qué parte de la calle *Hamazalot* se detuvo el Mercedes-Benz?
–Sí, lo tengo –dijo Robert gravemente–, *Hamazalot 86037.*
–Equipo –exclamó Modi sobresaltado luego de buscar la dirección en su computadora portátil–, *Hamazalot 86037* es la dirección de la Nunciatura Apostólica, es decir, la embajada del Vaticano en Israel.
–¡No me jodas! –dijo Ainhoa subrayando su acento español– ¿Qué tenía que hacer el juez Ronny Guillaume en la Nunciatura el día de la muerte de Liese? Si el cuerpo de Liese fue repartido en las otras 11 embajadas ¿Qué depositó en la Nunciatura? ¿Otro cuerpo? Si es así, eso resolvería la identidad del ADN restante encontrado en el Mercedes. ¡Tenemos que ir a la Nunciatura!

Ainhoa e Itzel eran las dos únicas católicas del equipo y Modi pensó que lo mejor sería que se entendieran entre correligionarios católico-romanos. Las relaciones diplomáticas entre el Vaticano e Israel se establecieron hasta 1994 y la prensa sensacionalista internacional siempre estaba vigilante. Además, de todas las embajadas, la del Vaticano era siempre la más hermética. Modi pensó que, de haber descubierto algún cadáver, el Vaticano procuraría guardar silencio, más que las otras embajadas, para evitar verse envuelto en un escándalo que medrara su credibilidad espiritual y moral.

–El Vaticano es especialista en esconder cosas muertas –dijo sarcásticamente Itzel mientras conducía hacia la Nunciatura. Tomaron la calle *Laskof* en dirección a la calle *Carlebach.*
–No olvidemos el caso de Emanuela Orlandi –apuntó Ainhoa con severidad–. Cada vez que se encuentran unos huesos humanos en el Vaticano, en alguna tumba que surge y que no se había dado con ella antes, se verifica si pertenecen a esta chica. Llevan desde 1983 elucubrando acerca de si volverá a saberse alguna vez sobre su paradero.
En el radio del automóvil Itzel había puesto el CD de *La Oreja de Van Gogh* y sonaba *Cuántos Cuentos Cuento.* Continuaron por la calle *Yehuda ha-Levi* y luego tomaron la calle *Nachmani,* desembocando en la calle *Montefiore* en dirección a la calle *Kaufmann.*
–Emanuela Orlandi –continuó Ainhoa– era hija de un funcionario del Vaticano. En 1983, con solo 15 años, desapareció sin más. Trece días después de su desaparición, el 5 de julio, una llamada telefónica arroja más confusión al caso. El hombre con acento norteamericano y al que luego bautizarían como "el

fantasma americano", dice tener como rehén a la niña. A cambio de dejarla libre exige una condición difícil de cumplir: que le entreguen a Alí Agca. Agca había intentado asesinar al Papa Juan Pablo II dos años antes. Muchos dicen que ella fue secuestrada dentro del Vaticano y que nunca salió de ahí.

–Locos hay por doquier –dijo Itzel– pero donde más locos encontramos es en el entorno religioso. No importa la religión, el fanatismo está cundido de desquiciados. ¿No recuerdas al pseudo mesías que intentó destrozar *La Pietá* de Miguel Ángel? Sucedió el 22 de Mayo de 1972. El *güey* se llamaba Laszlo Toth, entró a la Basílica de San Pedro y se abalanzó contra la escultura gritando: "¡Cristo ha resucitado, Cristo ha resucitado!" y propinándole golpes con una piqueta de arqueólogo. Luego diría que Dios le había dicho que él mismo era Jesús, el Cristo resucitado. Locos de estos pululan en las religiones. En Occidente, por supuesto, el cristianismo se lleva el premio. Un día un loco llega a la conclusión de que es el mesías, convence a unos cuantos de su locura, esta se contagia y se hace viral y pronto tenemos una secta peligrosa ganando adeptos. Y, ojo, que esos adeptos no son ignorantes, no nos engañemos. Personas con educación y de alta alcurnia se adhieren con facilidad a las ideas de los locos. Les piden dinero, les roban la dignidad y la libertad y, finalmente, les lavan el cerebro–.

–¡Una puta locura! –atinó a decir Ainhoa.

–Bueno, los hombres tienen un tornillo suelto. Te lo digo por experiencia propia.

–¿Por qué dices eso de la *experiencia propia*?

–Pensemos, por ejemplo, en estos pseudo mesías –continuó Itzel mientras seguía conduciendo camino a la Nunciatura–. Pero aunque no se crean mesías la religión puede comerles el coco. Un domingo van a misa y el lunes te están encerrando en una habitación, poseídos por unos celos endiablados y agrediéndote sin piedad.

—¡Pero Itzel, tía! ¿Hace cuánto sucedió eso?

—Es historia del pasado. Pero cada mañana veo en el espejo la cicatriz que me hizo al empujarme sobre una mesa de vidrio que se rompió en mil pedazos. El muy cobarde se asustó tanto al ver la sangre que lloró como un niño y salió corriendo.

—Tú lo dijiste: ¡Un pedazo de cobarde, hostia!

—Tu y yo sabemos la cantidad de mujeres que mueren a manos de pendejos como ese. Por un lado son muy cristianitos, pero por el otro, o más bien, justamente por eso, se creen dueños de las mujeres, de sus cuerpos y sus mentes. La Iglesia les ha enseñado que ellos son la cabeza de la casa, y que son dueños de todo cuanto hay en el hogar.

—Pasa lo mismo que con las sectas, Itzel —dijo Ainhoa—. No se trata de la educación, ni de mujeres más o menos inteligentes. Cualquier mujer puede caer en manos de un patán, al igual que podemos decir que cualquier persona, independientemente de su status socioeconómico, puede caer en las redes de una secta peligrosa. Funciona muy parecido.

Robert, Modi y Nikademus Yukhanaev, el callado antropólogo forense de origen armenio, habían salido por unas cervezas. Decidieron ir al *Paspartu,* cerca de *Tel Aviv Beach.*

–Hay algo de lo que no se ha hablado seriamente – dijo Nikademus empuñando una copa de vino tinto–. Me refiero a los tatuajes de Liese. Tenía uno en cada brazo. Es verdad que es imposible determinar la lengua en que fueron escritos. Pero si los observamos con detenimiento creo que podemos notar que la última grafía de cada uno es diferente en cada caso y no parece corresponder a la lengua del resto del tatuaje. Nikademus era un hombre enjuto, de cejas pobladas y silencioso que había sido desplazado en 1990 por la guerra entre Armenia y Azerbaiyán. Luego de la desintegración de la U.R.S.S., decidió conservar la nacionalidad rusa. Un devoto creyente de la iglesia ortodoxa Asiria del Este. Ni católico ni protestante, solía decir. Renqueaba del pie derecho, que no sanó del todo bien luego de una caída de un árbol cuando era niño. Aquella caída marcó su carácter. Aprendió desde muy pequeño a caminar con prudencia, lentamente, pensando cada paso, calculando, sintiendo el camino y decidiendo bien por dónde andar. No jugó nunca como el resto de niños, se sentaba a verlos correr, patear la pelota o saltar. En cambio desarrolló un agudo sentido de la intuición y aprendió a observar los detalles, como un arqueólogo que busca pistas de civilizaciones antiguas. Sus dos pasiones eran la antropología y la teología. Se había convertido en una especie de experto en la *Peshitá,* la versión de la Biblia proveniente de los manuscritos arameos.

El ambiente del *Paspartu* no podía ser mejor. El flemático Robert se notaba más distendido que nunca, Modi siempre locuaz y nervioso, no dejaba de moverse al ritmo de la música y de interactuar con desconocidos.

–Miren esa belleza de allá atrás –dijo Modi señalando con la nariz.
–Estoy felizmente casado Modi –reaccionó Nikademus sin girar la cabeza.
–Bueno, hombre, mirar no te convierte en pecador.
–Llevo años conformándome con mirar –dijo Robert, que era el mayor de todos, arrancando algunas carcajadas a sus compañeros.
–Vean esto –terció Nikademus mostrando las fotografías de los tatuajes en su celular–, yo puedo reconocer dos signos en los tatuajes. Este, de la mano derecha dijo señalando una de las fotografías, es un asterisco. Lo sé porque se utiliza en los manuscritos arameos de la Biblia. El ✱ no pertenece, evidentemente, a la lengua del resto del tatuaje ¿No les parece extraño? …

ܟܝܝܐܠ✱

–Mientras tanto, en la muñeca de la mano izquierda –dijo, señalando la siguiente fotografía–, lo que encontramos es un óbelo. El ÷ es otro signo usual en la *Peshitá* y tampoco parece pertenecer a la lengua del resto del tatuaje.

ܟܝܝܐܠ÷

–Entonces podemos reconocer dos signos –dijo Modi jugando con la espuma de la cerveza–, un asterisco y un óbelo.

–¡Como Asterix y Obelix! –exclamó Robert emocionado–. De hecho, una de las películas basadas en los cómics de Asterix y Obelix es "Las doce pruebas de Asterix", doce, como las doce embajadas implicadas en el caso de Liese. Porque ahora tenemos que sumar a la Nunciatura Apostólica en todo esto.

Nikademus estaba serio. Por un momento creyó que Robert estaba haciéndose el gracioso. "Es un charlatán", pensó. Buscó en su celular información sobre Asterix y Obelix y lo primero que vio fue la figura de un diminuto guerrero galo junto a su enorme compañero. Evidentemente el asterisco representaba al hombre diminuto y el óbelo al gigante circular de piernas y cabeza insignificantes.

–¿De qué se trata esa película Robert? –preguntó Modi.
–Antes de contarles de qué se trata la película –dijo

Robert recobrando su acento británico y su aire de Lord inglés–, tenemos que recordar que todas las historias de Asterix y Obelix daban inicio de la misma manera.

Robert entrecerró los ojos y levantó la voz como si recitara una poesía:

Estamos en el año 50 antes de Jesucristo. Toda la Galia está ocupada por los romanos... ¿Toda? ¡No! Una aldea poblada por irreductibles galos resiste, todavía y como siempre, al invasor. Y la vida no es fácil para las guarniciones de legionarios romanos en los reducidos campamentos de Babaorum, Aquarium, Laudanum y Petibonum...

Y argumentó:

–El imperio romano era el enemigo y la pequeña aldea de Asterix resistía aún. ¿Será este un mensaje? Las doce embajadas podrían representar los ejes de poder del mundo. Alguien está intentando enviar una lección al imperio. Miren, continuó arreglándose la chaqueta, después de que una cohorte de legionarios romanos fuera vencida por enésima vez por Asterix y su aldea, los romanos no pudieron más que pensar que esta gente tenía poderes sobrehumanos. No podían ser humanos, debían ser dioses. O, como mínimo, los representantes de los dioses en la Tierra. Julio César toma la decisión de hablar personalmente con el líder de los galos, llamado Abraracúcix y le propone una serie de doce, sí doce, pruebas basadas en los famosos doce trabajos de Hércules.

–Muy interesante –dijo Modi mientras se servía más cerveza.

–¿Y cuáles eran esas doce pruebas? –preguntó Nikademus seriamente.

–Claro, volvió a recitar Robert con afectación:

1. Correr más rápido que Asbestos, el campeón de los Juegos Olímpicos.
2. Arrojar una jabalina más lejos que Verses el Persa.
3. Derrotar a Cilindric el Germano.
4. Cruzar un lago.
5. Sobrevivir a la mirada hipnotizante de Iris el Egipcio.
6. Terminar toda la comida de Mannekenpix el Belga.
7. Sobrevivir a la cueva de la Bestia.
8. Encontrar la forma A-38 en la Casa que Enloquece.
9. Cruzar un río lleno de cocodrilos en una cuerda invisible.
10. Subir a la montaña y responder el acertijo del venerable anciano.
11. Pasar una noche en la Llanura Embrujada.
12. Sobrevivir al Circo Máximo.

–Los tatuajes en las mujeres tenían un significado muy profundo, espiritual o religioso, en la antigüedad –predicó Nikademus desinflando a Robert–. Lo digo porque intuyo que hay algo de religioso en todo esto. La tecnología de fotografía infrarroja, que muestra longitudes de onda de luz invisibles, aplicada sobre seis momias femeninas en *Deir el-Medina,* Egipto, ha demostrado que las mujeres eran tatuadas con fines religiosos. Antes se creía que los tatuajes en mujeres simbolizaban fertilidad o sexualidad, pero ahora se sabe que también describen el papel de las mujeres como sanadoras y sacerdotisas. Una momia, en particular, posee tatuajes muy similares a los de Liese. Parecen jeroglíficos. Todo indica que esta mujer momificada era una prominente sacerdotisa.

La cara de Robert había tomado un color rojizo y Modi parecía menos inquieto que de costumbre.

–Ya que hablas de religión –dijo Robert dibujando un asterisco en una servilleta–. También hay algo de religioso en el asunto de Asterix y Obelix. Y la relación con la teología viene del lado luterano. Una copia de las 95 tesis de Lutero llegó hasta un eminente profesor de Teología, llamado Johann Eck. Eck escribió una furibunda y contundente réplica llamada *Anotaciones,* 31 notas marginales u observaciones. Este texto, al divulgarse, recibió el título de *Obelisci*, como una reminiscencia de los *óbelos* usados por el antiguo teólogo Orígenes en el texto crítico de su *Hexapla*. Ahí ya tenemos a Obelix. Lutero no se caracterizó nunca por ser paciente –explicó Robert con la lengua medio trabada por la cerveza–. Así que el reformador no tardó en escribir una contrarréplica que llamó *Asteriscos*, nombre también procedente de la *Hexapla* de Orígenes, donde intentaba, sin mucho éxito, rebatir uno a uno los *óbelos* de Eck. Entre los *óbelos* de Eck y los *asteriscos* de Lutero ya tenemos a Áterix y Obelix.

En ese instante Nikademus volvió a pensar que Robert era un charlatán. Apuró el último sorbo de vino e hizo un ademán que pretendía comunicarles que ya era hora de pagar la cuenta. Sin embargo, de toda esa especie de jerigonza rebuscada de Robert, Nikademus supo quedarse con un dato relevante. La Hexapla de Orígenes también utilizaba los asteriscos y óbelos como llamadas de atención. ¿Quién está llamando nuestra atención con la muerte de Liese? ¿Qué quiere o quieren que comprendamos? ¿Cuál es el mensaje?

Pietro Arcari, Nuncio Apostólico, recibió a las investigadoras de buena manera. Itzel y Ainhoa se sentaron en un austero salón frío y de sillones duros. Una monja les ofreció amable un vaso con agua. La Nunciatura en Tel Aviv, prácticamente a la orilla del mar, es un edificio enorme y adusto. La torre del campanario, estilo *campanile* cuadrado, culmina en forma de aguja con un reloj de manecillas. Posee una torre redonda que da a un pequeño jardín interno y la rodea una estrecha callejuela de adoquines por la que se pueden encontrar múltiples ingresos al edificio.

–Aquí no hemos notado nada fuera de lo normal –dijo Monseñor Pietro Arcari alisándose la sotana.
–Monseñor -dijo Ainhoa en tono reverencial– ¿Está usted al tanto de las noticias sobre el posible asesinato de una mujer en la embajada de Alemania?
–Algo he leído en la prensa –dijo Arcari secamente.
–¿Sabe usted que el cuerpo de la mujer fue desmembrado y repartido en 11 embajadas?
–Sí, como le digo, lo leí en la prensa –volvió a responder gravemente–. Lo que no entiendo es qué tiene que ver la Nunciatura con todo eso.
–Pues esperemos que nada Monseñor –opinó Itzel–. Nuestro trabajo es investigar, no juzgar. Sabemos que la misma madrugada de los hechos, el mismo automóvil que repartió las partes desmembradas de la víctima, se detuvo en la Nunciatura un tiempo considerable, para luego partir hacia Holanda. Las

cámaras de vigilancia ubicadas fuera del edificio parecen haberse desconectado justo en ese momento. ¿Podría usted proporcionarnos los videos de las cámaras de seguridad del edificio?

–Como ustedes podrán comprobar, la Nunciatura no cuenta con cámaras de vigilancia dentro del edificio.

–Vaya, es una lástima –sentenció Ainhoa con tono mustio–. En ese caso, Monseñor, ¿permitiría usted que un equipo especializado ingrese a la Nunciatura para descartar cualquier indicio?

–La Nunciatura va a colaborar en lo que sea necesario –dijo el prelado–. Lo que yo solicitaría es prudencia, respeto y discreción. La Santa Sede quiere evitar cualquier escándalo innecesario.

–Nosotras comprendemos, Monseñor –concluyó Itzel con devota sinceridad.

–El Santo Padre, Su Santidad Benedicto, se los agradecerá.

Dos horas más tarde cada rincón de la Nunciatura era objeto de escrutinio meticuloso. El edificio era enorme y la diligencia dilataba en el tiempo. Hacia el final de la tarde todo el equipo estaba listo para terminar el trabajo. No habían hallado ningún indicio, nada.

–Podría ser que el juez Ronny Guillaume hizo una parada distractora –dijo Itzel con cierto desánimo– algo así como una pista falsa.

–Yo creo que quien está detrás de todo esto no es precisamente el difunto juez Ronny Guillaume –replicó Ainhoa–. El responsable de esto está muy vivo, nos está vigilando y quiere jugar. Ha tenido control de todo desde el inicio. Procede de tal manera que quiere que cada pista sea encontrada, pero a su manera y en el tiempo que él decida. Nos está vigilando y sabe que estamos aquí. Lo está disfrutando.

En ese momento hubo una especie de sobresalto en el pequeño jardín de la Nunciatura, justo al lado de la gran torre redonda. La unidad canina especializada en restos humanos había hallado algo. Itzel y Ainhoa se apresuraron. Al llegar al jardín, pasando por una pequeña estancia que parecía funcionar como bodega, llena de cachivaches aparentemente inservibles, vieron las caras de estupor de los oficiales y al perro de raza Pointer alemán, inmóvil, apuntando con todo su cuerpo hacia donde los oficiales señalaban con estupefacción. Sin embargo, la luz era escasa y las dos mujeres debieron agacharse para observar claramente. Itzel fue la primera que lo vio y de inmediato se llevó las manos a la boca en señal de desconcierto.

–¡Mierda! –gritó Ainhoa haciendo una mueca de espanto–. Fotografíenlo y recójanlo con mucha precaución –dijo mientras retrocedía con el rostro ensombrecido–. Hijos de puta, no me esperaba esto.

Monseñor Pietro Arcari tuvo un colapso nervioso al verlo. El prelado necesitó ser atendido por las monjas. Lo llevaron dentro y le dieron a beber un té tranquilizante. Cuando se recuperó, unos minutos después, preguntó entre sollozos si lo que había visto era lo que creía. Ainhoa se levantó muy seria y le dijo:

–Sí Monseñor. No mide más de 8 centímetros. Es un embrión humano, dentro del saco amniótico; son evidentes los ojos, manos y pies. Según la regla de *Hess* que se calcula obteniendo la raíz cuadrada de la estatura, debe tener unos 3 meses de edad gestacional. Es posible que el clima seco y la presencia del saco amniótico hayan contribuido a ralentizar su descomposición.

243

Monseñor Pietro Arcari cerró con fuerza sus ojos y permaneció en silencio. Sus velludas manos temblaban notoriamente al punto que desistió de llevarse la taza de té a la boca.

–No es lo mismo ver estas cosas en las noticias que encontrarlas en el jardín de tu propia casa, donde caminas todos los días, donde duermes y comes –dijo Monseñor frunciendo el ceño– ¿Cómo pudo llegar aquí? ¿Qué pretenden? ¿Cuál es el mensaje?

–Podemos responder a la primera pregunta, pero las otras siguen siendo una incógnita –respondió Itzel mirándolo con cierta ternura.

–¡Freedman, debemos llamar al Profesor David Freedman! Él puede ayudarnos –suplicó Monseñor levantando la cabeza con los ojos muy abiertos y pronunciando cada palabra con aplomo.

MYSTERIUM SALUTIS

"Donde quiera que vaya el misionero
no sólo proclama que su religión es la mejor,
sino que es una verdadera,
mientras que la religión de su oyente es una falsa;
que los dioses del pagano son inventos
de la imaginación; que las cosas y los nombres
que son sagrados para él no son dignos
de su reverencia; que sus padres están todos
en el infierno, y los queridos parientes muertos
también, porque la palabra que salva
no había sido traída a ellos;
que ahora debe abandonar su antigua religión
y dar lealtad a la nueva o seguirá a sus padres
y parientes al fuego eterno".
Mark Twain

26

Krefeld, Alemania
Enero de 1753

Diez años después Jacob Brandt regresó a *Krefeld*. Ahora una abundante y larga barba contrastaba con la severa calvicie que había cambiado su aspecto juvenil. Sus ojos eran los mismos y el cuerpo huesudo no había cambiado. Sin embargo, algo en él lo hacía ver completamente distinto. Hace diez años, cuando salió como un fantasma derrotado por el dolor, era apenas un joven de 18 años sin mucho futuro. Ahora era todo un hombre. Regresaba sintiéndose triunfador. Ya no era un don nadie y su oficio de mercader había dado abundantes frutos. Se había animado a pasar por *Krefeld* para agradecerle a Johann lo que había hecho generosamente por él cuando lo sacó de *Heilbronn.* Le daría una cuantiosa suma de dinero en agradecimiento antes de seguir su camino a casa de su madre en *Stuttgart.* Pero en el fondo, su verdadero propósito era ver, una vez más, aunque fuera de lejos y por un instante, a aquella mujer que lo había cautivado y lo había dejado herido para siempre. Sonia tenía 17 años cuando Jacob huyó. Ahora era toda una mujer madura. Jacob había imaginado el reencuentro una y otra vez, noche tras noche. Había creado mil historias, fábulas que siempre terminaba aplastando bajo el pesado tedio de la realidad. Pero aquí estaba, esta vez no era una elucubración nocturna, ni una ilusa fábula de madrugada.

Estaba aquí y la vería. No sabía que sentiría tanto miedo de verla. Eso era lo que sentía, un profundo temor.

Se acercó a la casa lentamente, observó a la distancia y pronto pudo ver a un niño pequeño. No podía ser, pensó, era demasiado pequeño. Detrás del niño vio a su madre. Vestía con ropas negras. Sí, era ella. Su corazón se inflamó hasta doler. Se puso la mano en el pecho y sintió que se desvanecía. Era ella. Y ese niño pequeño, casi diminuto, era él. Esperó, observó temeroso, tembloroso. ¿Qué hacía ahí? ¿Estaría Isaac cerca? Lo peor que podía suceder era que se encontraran los dos hermanos. "No es mi hermano", murmuró.

Johann llegó montado a caballo. Parecía que llevaba prisa. Jacob pensó que debía aprovechar para salirle al encuentro. No pensaba quitarle mucho tiempo. Solo le agradecería, le entregaría la bolsa con el dinero y se marcharía. Johann lo reconoció al instante. Aquellos ojos casi se salen de sus órbitas sobre la larga barba y debajo del sombrero de fieltro. Se abalanzó sobre Jacob y lo abrazó larga y tiernamente. Jacob no se lo esperaba y pronto notó que Johann sollozaba alargando el abrazo.

–Has vuelto muchacho, has vuelto a casa –dijo Johann emocionado.

A Jacob se le atragantaron las palabras. Todo el discurso que había preparado durante días quedó reducido a un mecánico trastabilleo ininteligible que terminó en una explosión de lágrimas y un nuevo abrazo. Aquello parecía más el reencuentro de un padre con su hijo, una reminiscencia del relato del Regreso del Pródigo y la ternura de un padre amoroso que no le permite culparse más.

–Te hemos echado mucho de menos querido Jacob. Pasa, pasa. Vamos a casa.
–Pero no puedo –dudó Jacob–, no debería. No quiero causar problemas.
–No digas nada más. Solo ven, vamos.

Cuando entraron Sonia estaba a punto de salir de casa. Por poco y se encuentran justo en la puerta. Al verlo, ella ahogó un grito, retrocedió dos pasos hasta chocar con la mesa y se llevó las manos a la boca. Jacob no sabía si estaba aterrorizada o si, por el contrario, se alegraba de verlo y solo atinó a llamarla por su nombre. Cuando Sonia escuchó la voz de Jacob, tuvo que buscar la gruesa madera de la mesa con ambas manos para no caerse. En ese momento Jacob supo exactamente lo que debía hacer. Pareció saltar hacia ella y la tomó entre sus brazos como si quisiera meterla dentro de su pecho. Toda la distancia y el tiempo contenidos en interminables noches de lágrimas y dolor se derramaron en un instante, como un témpano que se derrite o el hielo de un río que se rompe. Se abrazaron con rabia y ternura, con urgencia y paciencia y sus almas sintieron, por fin, la milagrosa sutura del reencuentro.

–Éramos solo unos niños –susurró él.
–Quédate –dijo ella con la voz empapada.
–¿Que me quede? –inquirió Jacob poniendo en pausa el abrazo–, pero, ¿Y él? ¿Dónde está él?
–Él no está Jacob, él se fue. Nunca estuvo.
–Fue expulsado de la comunidad y desterrado –intervino Johann resoluto–. Sonia quedó embarazada producto de una violación. Tu hermano la violó.

–¡No es mi hermano! –respondió Jacob vomitando toda su amargura–. Hace diez años que murió mi hermano. Ese desgraciado no tiene perdón. No tiene perdón.

Ese día Jacob supo que Sonia no lo engañó, supo que todos estos años había estado equivocado con respecto a ella y supo, también, que odiaba más que nunca a su hermano. Pero lo que realmente llenó su corazón fue saber que eran libres. Eran libres para amarse, para casarse, para tener hijos y para ser felices. Y estaba dispuesto, esta vez tomaría la felicidad entre sus manos y no la dejaría ir.
–Jacob, hay otra cosa que debes saber –dijo Johann con su acostumbrada voz de predicador–. Hace 4 años pasé por *Heilbronn* en uno de mis viajes. La peste había hecho estragos en la zona, hizo una pausa, se sentó en una silla y continuó: tu mamá y tus dos hermanos no soportaron.

Jacob lloró amargamente. No lloró por sus hermanos, lloró por su mamá, lloró porque sintió que le había fallado. De pronto sintió que se mareaba, eran muchas emociones juntas en un solo día. Sonia le tomó la mano en silencio esperando que amainara el dolor.

Katharina había salido con premura. Al regresar traía con ella al niño. Un diminuto ser pálido, de cara huesuda y ojos brillantes. Jacob se reconoció en él.

–Quiero que lo conozcas –dijo Sonia tomando al niño del brazo–. Se llama David, David Brandt.

No pasó mucho tiempo antes que Jacob y Sonia tomaran la decisión más importante de sus vidas. En

Rusia las cosas se habían complicado debido a las nuevas exigencias del gobierno, entre ellas, que los menonitas también prestaran servicio militar, lo que contravenía su esencia pacifista. En *Krefeld* el estigma se cernía sobre ellos como una maldición. La duda de los pobladores sobre Sonia siempre ensombrecería su rostro, Jacob pensaba que él ya no cabía en ese lugar y el pequeño David era sometido a constantes burlas y aislamiento. Jacob sabía que el norte de América era una especie de tierra prometida, una nueva Jerusalén de libertad y prosperidad. La travesía en barco era larga y peligrosa, pero las noticias que venían del otro lado eran asombrosas. Jacob no tenía más posesiones que el trigo que había traído desde Rusia. Ese no era un trigo normal, era el secreto más poderoso de los menonitas que emigraban desde la llanura del río Volga. El trigo rojo era el más resistente de todos y Jacob tenía toda su fortuna en forma de semillas de trigo.

Ocho generaciones después, es decir 200 años más tarde, David Brandt, hijo de Jacob, hijo de Bernard, hijo de Jeremiah, hijo de David, hijo de Peter, hijo de David, que era hijo de Sonia e hijastro-sobrino de Jacob Brandt, predicaba a voz en cuello en la abarrotada playa de Huntington, al sur de California. Eran los años convulsos de la guerra de Vietnam, de los hippies y del resurgimiento del pacifismo, la década de 1960 era una especie de olla de agua hirviendo en la que toda la sociedad norteamericana convulsionaba. El joven predicador se enorgullecía diciendo:

–Soy el tatara tatara tatara tatara tatara nieto de Jacob Brandt, que llegó a América con una bolsa de trigo en una mano y su familia en la otra. La mitad del pan que se come en América desciende del trigo que trajo mi ancestro.

Y no exageraba demasiado. La *Brandt Cereal Company* se había convertido en un gigante de la industria alimenticia. Pero David había abrazado la causa de Jesucristo, entregándose por completo a la obra de Dios y renunciando a cualquier cosa que lo atara a las vanidades de este mundo. En la playa de Huntington no solo se hacía surf o se consumían alucinógenos, también se predicaba del amor de Jesús. Sucedía en el *Huntington Beach Light Club*, una especie de café en el que había música cristiana, se leía la Biblia y se hablaba de Dios. El *Huntington Beach Light Club* era parte de la misión del conocido predicador pentecostal David Wilkerson, llamada *Teen Challenge*. Wilkerson se había hecho famoso una década atrás por su trabajo misionero con las pandillas latinas de Nueva York. David Brandt colaboraba con la misión de Wilkerson predicando y aconsejando a jóvenes hippies. Su carisma lo hizo cada vez más conocido y decidió empezar su propia misión, a la que llamaría "La Familia del Amor".

David era un hombre de 40 años, de ojos azul metálico que parecían siempre abrirse más de la cuenta. Sentía que tenía un llamado especial. Era como si Dios lo hubiera elegido a él para salvar al mundo. Se había casado con Jane hacía 20 años y tenían 4 hijos. Un día vio un anuncio que promovía una actividad profética dirigida por un grupo itinerante llamado *Los Profetas de Kansas,* liderado por un hombre extravagante y de voz irritada llamado Bob Jones. David asistió al evento y lo que ahí vio lo marcó para siempre. No había mucha gente y todos parecían conocer a Jones. David, siempre desconfiado, intentaba descubrir el truco. "Esta gente debe ser una especie de estafa espiritual" pensaba. Pero luego de varias canciones apareció un hombre de apariencia normal que se expresaba directamente y con sencillez. David se sorprendió al constatar que ese era el líder del grupo. No tenía pinta de líder pero todos parecían estar ansiosos por escucharlo hablar. David observó que Jones había dicho que era profeta y lo había dicho con toda naturalidad, sin ninguna inflexión especial en la voz. Diez minutos después estaba completamente absorto en el discurso. Era inevitable, sus palabras cobraban cierta vida y vibraban en el aire. Justo cuando David había bajado la guardia y había decidido dar una oportunidad a *Los Profetas de Kansas,* Jones hizo una pausa y cambió el tono de la voz. David creyó ver que el brillo de las bombillas mermaba y sintió que un extraño viento soplaba de forma intermitente. Entonces sucedió algo, Bob Jones predijo que el fin del mundo era inminente y que un gran avivamiento espiritual empezaría a recorrer el mundo entero. Dijo que ese avivamiento sería dirigido por un hombre que Dios había preparado desde hacía mucho tiempo, un hombre de 40 años que iniciaría un ejército de cristianos que recorrerían todos los extremos de la Tierra. A David Brandt le saltó el corazón, las manos le empezaron a sudar y todo su cuerpo temblaba descontroladamente. Estaba convencido de que ese hombre de 40 años que iniciaría el ultimo avivamiento de la historia se trataba de él y esa misma noche se las ingenió para conocer a Bob Jones. Aquella noche David invitó al grupo de los profetas a comer a una pizzería donde Bob profetizaría una vez más.

–Habrá una sequía que durará 3 meses –dijo el profeta con naturalidad mientras sostenía un trozo de pizza en la mano–. Serán 3 meses que prepararán el arrepentimiento de esta ciudad. Esta ciudad se ha burlado de Dios, pero vendrá el tiempo en que muchos creerán.

David estaba tan maravillado que no comió ni siquiera una rodaja de pizza. Pensó que lo de la sequía era algo exagerado y estaba ansioso por comprobar la veracidad de las palabras de Bob Jones. La sequía dio inicio justo a finales de junio y Bob había predicho que la lluvia llegaría el 23 de agosto. Aquella tarde David reunió a su pequeño grupo de hippies para esperar el cumplimiento de la profecía. Sentía ansiedad, temor y dudaba en su interior, pero a las 6 de la tarde empezó a llover. Llovió durante una hora y el grupo no pudo más que arrodillarse y rendirse a Dios. La profecía estaba cumplida y David Brandt sintió que eso solo significaba una cosa. Era el pistoletazo de salida para el avivamiento.

David Brandt empezó a recorrer las playas de California predicando el fin del mundo junto su grupo. Era la época de los *Jesus Freaks*, una especie de ola hippie que abrazaba el cristianismo no institucional. Las reuniones en las playas se extendían hasta altas horas de la noche. Los jóvenes llegaban con guitarras y cantaban durante horas, se bautizaban en el mar y oraban unos por otros. Pronto David Wilkerson, el antiguo compañero de misión de Brandt, lanzó duras críticas al nuevo grupo. Decía que los hippies cristianos seguían practicando sexo libre y consumiendo droga, pero Brandt se defendía diciendo que "la única ley del cristiano es el amor".

Brandt no era el único predicador itinerante en las playas de California. En esos años surgieron muchos otros hippies que desafiaban la ortodoxia de la Iglesia. Uno de los más reconocidos era Lonnie Frisbee, un carismático joven homosexual que pronto se convertiría en un líder para su generación.

David Brandt predicaba cada vez con más fervor que el fin del mundo era inminente. Los domingos se dedicaban a invadir iglesias. Entraban descalzos y se sentaban en el suelo y al finalizar las reuniones hablaban con los asistentes procurando convencerlos de que la iglesia tradicional necesitaba morir para que surgiera el avivamiento antes del regreso de Jesucristo. En una ocasión, en una iglesia llamada Centro Cristiano de Melodyland, en Anaheim, el pastor local se abalanzó enfurecido contra David. Ralph Wilkerson y David Brandt rodaron por el suelo de la iglesia ante la mirada de los feligreses. En lo sucesivo, serían echados de muchos lugares y no pocas veces serían arrestados por la policía. Era el inicio de una revolución y David creía que era el elegido para salvar el mundo.

—No hay más ley que el amor —decía frente a sus discípulos—. Todo lo que hagas, si lo haces por amor, estará bien. No hay pecado en el amor.

Unos cien jóvenes lo escuchaban con total atención. Las mujeres, vestidas con faldas largas de colores brillantes al estilo hindú, eran mayoría. Se sentaban a escucharlo con total devoción. David desprendía una especie de energía hipnótica, una atracción poderosa que combinaba con una especial habilidad para recitar versículos de la Biblia. Tenía una memoria prodigiosa con la que lograba responder a todas las preguntas hilvanando decenas de versículos bíblicos en una retahíla que parecía ser irrefutable. Sus respuestas siempre eran planteadas con absolutos y superlativos.

—Mis ancestros eran menonitas, los menonitas eran anabaptistas y los anabaptistas se habían rebelado contra las estructuras rígidas de las iglesias tradicionales. A los menonitas los persiguieron y desterraron como a nosotros. Pero ahora hay una diferencia: ¡Jesús viene pronto, el fin está cerca!... Para las iglesias todo es impuro, pero la Biblia nos dice en Tito 1:15 que "Para los puros todo es puro, pero para los corruptos e incrédulos no hay nada puro. Al contrario, tienen corrompidas la mente y la conciencia". —¿Qué quiere decir eso *Pa*? —dijo un joven de barba pelirroja llamado Marius.

—Nosotros somos los escogidos. Somos puros. No hay nada impuro en nosotros. Nuestra mente y nuestra conciencia han sido purificadas, por eso no hay malicia en nuestro corazón. Todo lo que hagamos por amor, está libre de pecado.

Sus discípulos le llamaban "Pa" y Marius se convertiría en uno de confianza. Marius venía de una familia alemana muy conservadora. Para unirse al grupo de Brandt había abandonado su casa sin decirle nada a sus padres. Un día solo desapareció para nunca más regresar. Marius podía memorizar versículos, como lo hacía David. Era un hombre afable, grande y paciente que acostumbraba a dar mecidos abrazos que parecían interminables.

Tras la separación de la misión de Wilkerson y el nacimiento de *La Familia del Amor*, el grupo emprendió un incierto y errático periplo. David entonces se separó del grupo durante 40 días. Dijo que debía orar y ayunar para encontrar la voluntad de Dios. Decidió viajar a *Laurentides* en Quebec, Canadá a lo que él llamó "La montaña". Nadie sabe nada de lo que realmente sucedió durante esos 40 días en "La montaña", el lugar exacto o el método de encuentro con Dios que utilizó David. Durante 40 días el grupo de discípulos no tuvo noticias de su líder.

–Permanezcan unidos –dijo David en su despedida–. Hagan todo lo que les he enseñado todo este tiempo. No olviden cantar juntos, como el pueblo al pie del Sinaí.

David Brandt descubrió que la música era más poderosa que las predicaciones. Cantaban durante horas y se sentían unidos, como un solo cuerpo, como los primeros discípulos de Jesucristo durante el Pentecostés. Unos levantaban las manos, otros bailaban libremente haciendo movimientos hipnóticos; había otros que lloraban hasta terminar con dolor de cabeza; se abrazaban, oraban unos por otros y se sentían plenos, llenos, fuertes y comisionados para la gran misión que se les había encomendado a través de *Pa,* su líder y profeta, para hacer llegar el Reino de Dios en un avivamiento que alcanzaría los confines de la Tierra.

Pa había pedido a Marius que se hiciera cargo del grupo en su ausencia. Marius se sintió honrado y asumió su liderazgo con esmero. Durante una reunión en *Gordita Beach*, mientras cantaban sentados en la arena, cerca de las 6 de la tarde, uno de los muchachos cayó de súbito, golpeándose la cabeza contra unas rocas. De inmediato empezó a convulsionar con los ojos en blanco, lanzaba espumarajos blancos y verdes por la boca, tras lo cual se detuvo y quedó inconsciente como un trapo. Unos decían que había sido poseído por un demonio, otros decían que era el Espíritu Santo, unos oraban, otros hacían improvisados exorcismos ordenándole al demonio que abandonara el cuerpo del pobre chico. Marius supo que se trataba de una sobredosis de heroína. El chico tenía los ojos abiertos y parecía ver todo lo que ocurría a su alrededor, ahora murmuraba algo ininteligible. Marius acercó su cabeza para escuchar y el chico suplicó que no llamaran a urgencias.

Tras los 40 días de ausencia, David telefoneó a Marius. Fue breve, había un mensaje importante que Marius debía transmitir a la *Familia del Amor* antes que *Pa* regresara. En *Laurentides* David recibió una "revelación directa de Dios".

–He recibido el mensaje –dijo a través del teléfono mientras Marius escuchaba atentamente–. Escúchame bien: Estados Unidos será destruido. Sucederá pronto. Tenemos que advertir a todos. Debemos apresurarnos a decirle a este país que su iniquidad ha enfurecido al Señor y que deben arrepentirse.
–¿Qué debemos hacer *Pa?* –preguntó Marius sin atreverse a dudar ni un segundo.
–Por el momento nada. Dales el mensaje y espérame.
Tras su regreso, *Pa* dijo que Dios le había mostrado exactamente qué debían hacer.
–Dios nos ha pedido que realicemos vigilias de denuncia espiritual frente a los lugares que han sido tomamos por el poder de las tinieblas. Empezaremos en el Capitolio. Habrá que vestirse con la ropa más incómoda que podamos. Para eso utilizaremos vestidos de yute, porque dan urticaria y son espantosos a la vista. También lanzaremos cenizas negras sobre nuestras cabezas en señal de penitencia por nuestra nación. Llevaremos bastones como los de Aarón, con ellos golpearemos rítmicamente el suelo o las barandas para llamar la atención.

En efecto, primero realizaron la vigilia delante del Capitolio y luego frente a la Casa Blanca. Algunos miembros de *La Familia del Amor* llevaban una especie de rollos de papel *craft* con terribles profecías de destrucción sacadas del Antiguo Testamento.

Algo muy poderoso debió suceder en *Laurentides* porque *Pa* no volvió a ser el mismo. Ahora era más reservado, más callado y pasaba menos tiempo con la gente. Se apartaba durante días y solo se comunicaba con unos cuantos. Marius era uno de los privilegiados y hacía las de mensajero. De hecho, *Pa* simplemente no se aparecía en ninguna actividad pública. Otra cosa había cambiado durante su retiro en Quebec: *Pa, David,* ahora se llamaría diferente. Su nuevo nombre sería Moisés. Marius contaba que ahora *Pa* era el nuevo Moisés, que traería la nueva ley a este mundo, la ley del amor. Pero para que eso ocurriera, debían sacrificarse mucho debido a la gran iniquidad que imperaba en la sociedad. Debían apartarse de todo, vivir una vida radicalmente diferente, dejar su familia, sus estudios, sus trabajos, sus amigos y emprender el camino del gran avivamiento, el último de la historia.

Las vigilias de protesta espiritual se sucedían por todas partes. *La Familia del Amor* crecía sin parar y podían organizar vigilias simultáneas. La revolución había comenzado. Podían estar en Times Square, Washington, Los Ángeles o en Filadelfia. La vigilia en Nueva Orleans fue una de las más importantes. Ese día casi un centenar de policías los rodearon con perros y garrotes. Los periodistas acudieron para contarle al país la historia de los cristianos hippies que predicaban la destrucción de Estados Unidos. Marius fue arrestado y tuvo que permanecer en prisión durante 3 meses. Pero *La Familia del Amor* no se detuvo. Cada dificultad fortalecía su sentido de misión y cobraban nuevas fuerzas. *Pa* ordenó desde un lugar desconocido que debían hacer una caravana gigante que recorriera el país predicando el mensaje. A estas alturas habían crecido tanto que pocos habían visto a *Pa* en persona. El nuevo Moisés se había convertido en una figura casi mítica, sus mensajes eran leídos en grupos y sus enseñanzas debían ser memorizadas por todos. Cuando la bulliciosa caravana llegó a Houston experimentó un crecimiento sin precedentes. Fue entonces que *Pa* envió un mensaje con una nueva revelación que lo cambiaría todo. Esta vez el mensaje había sido grabado en una cinta de audio que todos debían escuchar.

Marius sube el volumen. Lo primero que se escucha es el saludo de *Pa*, pero no es un saludo normal, está llorando. Se escuchan sollozos conmovedores y, a continuación, la voz suplicante de Moisés pidiéndole a Dios que no le pusiera esa carga tan pesada. Todos hacen silencio mientras los altavoces continúan reproduciendo la voz del profeta. Para la mayoría de ellos esta es la primera vez que lo escuchan y cierran sus ojos para imaginar el rostro amoroso y compasivo de *Pa*. Los sollozos continúan y las quejas se suceden una tras otra. *Pa* dice que la carga es demasiado pesada pero que la asumirá porque es la voluntad de Dios. Todos aplauden emocionados, algunos lloran sintiendo empatía por el dolor de *Pa*. Entonces su voz cambia. Ahora se escucha más clara y animada.

–Dios quiere que sepamos que él hace todas las cosas nuevas, como dice su Palabra en Segunda de Corintios 5:17. Y cuando dice que hace todas las cosas nuevas, se refiere, verdaderamente a todas, no solo a algunas.

Aplausos y gritos de alegría. *Amén, aleluya, gloria a Dios*. Alguien pide que hagan silencio.

–Dios hace una nueva iglesia, nueva totalmente. Ahora ya no está bajo la ley opresora sino bajo la ley del amor. Hace nuevas todas las cosas, repite la voz constantemente. También los matrimonios son nuevos, nuestra mentes son nuevas, nuestros cuerpos son nuevos y tienen un nuevo propósito. Y Dios quiere que les muestre cómo son hechas todas las cosas nuevas, poniéndome una de las cargas más duras. Debo dejar mi matrimonio con Eva para unirme a María.

María es su secretaria de 23 años, hija de un pastor metodista de Tucson.

–Esto es muy duro para todos nosotros, pero es la voluntad de Dios. Él quiere que entendamos que la iglesia debe dejar su forma pasada para empezar algo totalmente nuevo. En el viejo orden a esto se le llamaría adulterio. Pero ahora Dios ha santificado el sexo y nuestras relaciones, porque "todas las cosas son puras, para los puros" (Tito 1:15). Mi matrimonio es un símbolo de lo que Dios quiere para la iglesia. La quiere hacer nueva.

Aplausos, sollozos, cantos y aleluyas. Los altavoces dejan de reproducir la voz de *Pa* y una nueva realidad ha llegado a *La Familia del Amor*.

En el Rancho de Texas, un enorme terreno prestado por un viejo amigo de David Brandt, *La Familia del Amor* construye algo así como una base de operaciones, su Nueva Jerusalén, una especie de capital del Reino de Dios. Nuevas revelaciones dadas a *Pa* llegan continuamente y determinan cómo debe funcionar todo. Primero se divide el Rancho en 12 zonas equivalentes a las 12 tribus de Israel. Benjamín para el cuido de los niños, Gad para la producción audiovisual, Simeón para la alimentación. Sin embargo *Pa* no se aparece por el Rancho, su imagen cada vez se vuelve más abstracta y mitológica. Envía sus mensajes desde diferentes ciudades del mundo. Madrid, Londres, Barcelona, Berlín, donde continuamente se fundan nuevas comunidades de *La Familia del Amor*.

Niños preciosos: ¡Saludos en el querido nombre de Jesús! ¡Gracias nuevamente por sus muchos recuerdos atentos! Ya estamos recibiendo muchas fotos encantadoras de ustedes con parte de la información que les pedimos y realmente las apreciamos. Nos sorprendió especialmente que algunos de ustedes recordaron mi cumpleaños ¡Gracias por su consideración, y gracias a todos mis pequeños amantes por sus amorosos San Valentín también! ¡Dios los bendiga a todos! ¡Yo también los quiero! ¡Una maravillosa ola mundial de testimonio! Ya a partir de este escrito, desde esa última carta, hemos aumentado a aproximadamente 100 comunidades, ¡Y la poderosa ola está aumentando! ¡Confiamos en que se está preparando febrilmente para el maremoto que pronto vendrá! Según las últimas noticias, hemos aumentado a razón de diez nuevas comunidades por semana durante las últimas dos semanas, duplicando nuestra tasa de crecimiento de los últimos dos meses.[39]

En el Rancho leen con atención las cartas y escuchan devotamente sus grabaciones. Ahora se sienten eufóricos, tienen una actividad frenética de evangelismo que parece imparable. Salen en pequeños grupos, cantan en las esquinas, conversan con las personas, regalan abrazos e invitan a cafés. Están convencidos de que el mundo se acaba pronto y trabajan como hormigas para rescatar a la mayor cantidad posible de almas.

Es la época en que Scott Mckenzie hace cantar a millones, una especie de himno llamado *San Francisco:*

> *If you're going to San Francisco*
> *Be sure to wear some flowers in your hair*
> *If you're going to San Francisco*
> *You're gonna meet some gentle people there*

---

39 David Berg, Cartas de Mo, lunes 21 de febrero de 1972, Londres.

Y es la época en que Larry Norman hace que miles de jóvenes coreen el rock cristiano. Así fue como Jeremy Spencer, uno de los guitarristas de la famosa banda británica Fleetwood Mac, se unió a *La Familia del Amor.* Era 1971 y la banda estaba de gira por Los Ángeles. Spencer solo tenía 22 años y fue impactado por esta comunidad de hippies cristianos. Desapareció de súbito y sin decir nada. Lo dejó todo. Unos días después lo encontraron en el Rancho de *La Familia del Amor.* Había entregado todo su dinero a la causa de *La Familia* y había decidido dejar a su esposa e hijos, que vivían en Londres.

En 1974 *Pa* tuvo una nueva y revolucionaria revelación. En realidad, era la continuación de sus enseñanzas anteriores con respecto a la urgencia de evangelizar al mundo caído. Con esos ojos pequeños, de un profundo azul metálico, heredados de sus ancestros, los Brandt de Stuttgart, *Pa* proclamó la visión del bombardeo del amor. Su sonrisa indefinida, aquella voz melancólica y calma, su pelo blanco y esa convicción con la que decía las cosas, todo en él era misterioso y atractivo a la vez. El bombardeo del amor sería el terremoto final que desencadenaría el gran avivamiento mundial que tanto habían esperado y que ocurriría justo antes del *eskaton* final, el regreso triunfal de Jesucristo, la irrupción del Reino en todo su esplendor.

David era un hombre verdaderamente introvertido, más bien inseguro. Pero había logrado convertir en fortaleza toda aquella espesa pátina de inseguridad. Ese halo de misterio, que no era más que el temor a encontrarse con la gente, le hacía ver como un verdadero Juan el Bautista predicando desde el desierto y preparando un nuevo camino para la salvación de los hombres. El día que anunció la revelación del bombardeo del amor, también profetizó algo tan específico que, para muchos, quedó en el olvido por largo tiempo. *Pa* dijo que, tras el bombardeo del amor, vendría el fin. Y la señal del inicio del fin se vería en el cielo. Un nuevo cometa sería descubierto justo el 25 de abril de 1983. Eso quería decir que el bombardeo del amor debía ejecutarse con toda virulencia durante 3 285 días sin descanso y, entonces, ocurriría el regreso de Cristo.

David había nacido a inicios de 1919. Le costaba relacionarse con otros niños y prefería jugar en silencio, le fascinaban las bibliotecas y leía, con una avidez rayana en la obsesión, libros sobre civilizaciones antiguas y literatura fantástica que lo transportaban a otros mundos y otras realidades. Pese a su timidez David se las ingeniaba para salir con chicas y en 1941 se casó.

La nueva revelación del bombardeo del amor trajo consigo una conmovedora faceta humana de *Pa*. Sus confesiones sobre una terrible infancia, llena de castigos, miedos y culpas hicieron llorar a *La Familia del Amor* que escuchaba las cintas en silencio reverencial. El pobre *Pa* había sufrido terriblemente bajo una estricta educación religiosa que lo había llenado de dolor y miedo.

–Si lo sigues haciendo te irás al infierno –le dijo su madre cuando lo atrapó jugando con sus partes íntimas–, pero antes de que te vayas al infierno yo misma te lo voy a cortar. Eres un niño sucio, muy sucio.

La culpa se mezclaba con deseo y el deseo mutaba en obsesión. Era un agujero negro que lo succionaba irremisiblemente en una caída libre que nadie podía evitar. Entre más secreto y oscuro era el deseo, más profundo y doloroso era el sentimiento de culpa. Pero ¿Cómo liberarse de aquella culpa? ¿Cómo librarse de aquel deseo? Todo parecía imposible y creaba para sí mismo secretas penitencias que aplacaban el infierno por un cierto periodo, pero los demonios del deseo regresaban cada vez con más violencia.

Me tomó 49 años llegar a descubrir mi verdadera vocación. 49 es el número de Dios, 7 veces 7. Y ahora les digo que disfruten de ustedes mismos y del sexo que Dios les ha dado para disfrutar. Disfrútenlo sin miedo ni condenación ¡Porque el amor perfecto echa fuera todo temor', pero 'el temor trae tormento', particularmente los miedos sexuales que pueden ser tortura física! ¡Lo sé, porque yo mismo sufrí personalmente durante años las torturas de los demonios del infierno con sus malditas actitudes eclesiásticas hacia el sexo con las que me habían llenado! ¡Y no quiero que ustedes sufran, como lo hice yo, los horrores de tales frustraciones y condenas sexuales![40]

El bombardeo del amor vendría a sanar a la humanidad en su parte más dañada y caída. *Pa* les dijo que sabía que nadie se escapaba de ese dolor, de esa culpa, ese agujero negro que nos succiona a todos sin piedad.

---

40 *Berg, 1973a, p.1358*

¡El diablo odia el sexo! Por eso lo ha roto, lo ha ensuciado y lo ha llenado de culpa. Y ha usado a la iglesia para sus terribles propósitos: robarnos la alegría del amor. El mundo necesita un verdadero bombardeo de amor. Y nosotros somos los llamados a prodigarlo generosamente, como Cristo se dio sin escatimar su propio cuerpo para salvarnos. Él no guardó ni un centímetro de su piel, se dio enteramente ¿Por qué no haríamos nosotros lo mismo con nuestro cuerpo?

La voz de *Pa* vibraba con más potencia que nunca, se le escuchaba eufórico a través de los altavoces. "¡Amén!" Decían unos. "¡Aleluya!" Decían otros. Alguien pedía silencio mientras la alegre voz del profeta continuaba:

Mateo 4:19 dice que Jesús nos hace pescadores de hombres. ¿Cómo podríamos pescar el corazón de los hombres con odio o indiferencia? La única manera de convertirnos en pescadores de hombres es a través del amor y el amor se expresa a través del sexo. Porque Dios ama el sexo, pero el diablo lo odia. Seremos pescadores de hombres por todo el mundo entregándonos en sacrificio vivo a quien esté necesitando unos brazos de amor. ¡Haremos la revolución espiritual de hacer el amor al mundo entero! Bombardearemos este mundo triste y lleno de ataduras con la alegría del sexo santificado por Dios. ¿Hay alguien triste y abandonado? El amor salvará su vida, un abrazo, un te amo, el calor de nuestro cuerpo y de nuestros besos y, finalmente, el mensaje: Jesús te ama y te muestra su amor y aceptación por medio de mi amor y mi aceptación. Yo te amo, yo te acepto.

¿No es eso lo que significa ser pescadores de hombres?

El bombardeo del amor fue puesto en práctica de inmediato. Prodigar amor sin condición. Abrazos sin culpa. Besos, caricias y orgasmos. Le llamaron *Flirty Fishing*. Las mujeres debían sacrificarse por amor a Cristo. Si estaban casados, los hombres debían compartir a sus mujeres, por amor a Dios. Iban a bares y discotecas, conocían hombres y les daban un amor puro y generoso.

¡Vamos, quema tu sujetador! No temas, el amor perfecto echa fuera el temor. ¡He estado pensando en eso nuevamente hoy, que la muerte y el rapto serán como un orgasmo o una explosión que nos catapulta hacia el futuro, hacia el Próximo Mundo! Creo que fue una verdadera revelación, ¡nunca había pensado en eso! ¿Qué mejor que pensarlo de esa manera en lugar de la triste forma en que el mundo trata la muerte? ¡Será el momento más emocionante de nuestras vidas! ¡Deberíamos esperarlo y anticiparlo, al igual que esperamos el orgasmo al hacer el amor! ¡Hacemos el amor con el Señor toda nuestra vida y finalmente llegamos al orgasmo, una explosión que nos catapulta al mundo espiritual puro! Siempre he dicho que un orgasmo es realmente algo espiritual. Hay algo al respecto que es muy espiritual, al igual que tus sensaciones físicas de repente explotan en lo espiritual.[41]

Pa habla exaltado, eleva el volumen mientras predica sobre el orgasmo de Dios. La cinta es escuchada en todas las comunidades de *La Familia del Amor* alrededor del mundo.

---

41   David Berg, Cartas de Mo, DO 761.

El Señor me recordó cómo esa palabra "rapto" se usa constantemente en la literatura, especialmente en la literatura inglesa antigua, para significar o simbolizar el orgasmo sexual. Usan la palabra cortés "rapto" todo el tiempo. ¡Es sorprendente que ese término fuera adoptado por los cristianos como el nombre para la venida del Señor, como la Novia es raptada por su Marido! ¿Cuándo y dónde es raptada? ¡En el acto de amor y orgasmo final! ¡Es un éxtasis! ¡Es un éxtasis en el Mundo del Espíritu, la unión con su Novio!

Justo en ese instante se puede escuchar la voz de una mujer a través de los altavoces. Se trata de María, que en realidad se llama Karen, es un momento que rompe con el ritmo de la revelación, que desinfla el tono *aleluyático* de *Pa*.

–Creo que algunas personas lo sienten más que otras, dice María refiriéndose al orgasmo. Entonces *Pa* retoma el hilo con ánimo redoblado.

Bueno, esa es la forma en que diferentes personas reaccionan a los orgasmos físicos. Ni siquiera todos los orgasmos son exactamente iguales en la misma persona. Todos son maravillosos y hermosos, pero diferentes. Algunas son explosiones tremendas, y otras son solo un pequeño toque de luz. A veces es solo una oleada moderada de placer, a veces es una explosión. Depende del grado de energía que se libera. ¡A veces es solo una sensación agradable, y otras veces realmente explotas!

La voz de *Pa* se vuelve a interrumpir para dar paso a la melódica voz de María, que se escucha un poco más lejos.

¡Si no experimentas grandes orgasmos ahora, seguro que lo harás! ¡En tu "Orgasmo final" serás explotado hasta el Cielo!

A menudo miro esa foto allí arriba. Es Jesús diciendo ¡Ven! Es una imagen tan hermosa del rapto, que muestra nuestro éxtasis a la Ciudad Celestial. Pensé que era lindo como alguien lo expresó anoche: "¡Él viene y nosotros vamos!" ¡Eso ciertamente es un orgasmo! Él viene y nosotros vamos! Esas dos palabras "venir" e "ir" se usan mucho para describir esa experiencia: "Me voy" o "Me vine", "Me voy", "¿Te fuiste?" ¡Aleluya![42]

---

42 *Ibídem*

MYSTERIUM SALUTIS

"Las sectas son las cuentas impagadas
de la Iglesia"
J. K. Van Baalen

27

Nunciatura Apostólica, Tel Aviv
7 de marzo del 2007

Anke llegó a la Nunciatura renqueando ayudada por un bastón telescópico que culminaba en una especie de trípode. Aquella alta mujer, de labios diminutos y memoria enciclopédica ahora se sentía un tanto inútil. Había sufrido una caída fortuita que le provocó un esguince en los ligamentos del tobillo izquierdo. En el salón de la Nunciatura ya se encontraban los demás. Esta vez las monjas les habían ofrecido café, té, unas galletas y vino. El profesor Freedman estaba sentado en uno de esos austeros sillones amarillos de comodidad más bien rudimentaria, que habían sido diseñados sin la más mínima noción ergonómica. Era un hombre de aspecto jovial, de unos 70 años, muy delgado, cara perfectamente afeitada, vestía un chaleco de lana azul marino por encima de una camisa beige de manga larga, sus piernas estaban cruzadas y sonreía con naturalidad. Monseñor Pietro Arcari, Nuncio Apostólico, lo presentó diciendo que era un biblista erudito, experto en asuntos del Antiguo Cercano Oriente, famoso por su trabajo en *The Anchor Series*.

–En 1991 –dijo Monseñor Arcari alargando la presentación–, el profesor Freedman dio una elogiada conferencia en la Universidad de Oslo titulada *"La simetría de la biblia hebrea"*. Esa simetría sería la semilla de un curioso descubrimiento sobre el

Decálogo que desarrollaría tiempo después. El descubrimiento suscitó una gran controversia en los círculos académicos. Se trata de una especie de patrón escondido en la Biblia, concretamente en el Antiguo Testamento. Es un patrón de crímenes que conforman una trama de brutales castigos. Desde entonces el doctor Freedman se ha dedicado a contribuir al esclarecimiento de ciertos crímenes basados en la religión.

–Escondido en la Biblia –dijo el profesor Freedman con las piernas cruzadas y una taza de café en la mano–, hay un patrón que había pasado desapercibido por más de dos mil años. El patrón inicial es el siguiente. Se puso de pie y escribió en una pizarra blanca con un marcador negro:

mandamiento → *violación del mandamiento* → *exilio*

–Este patrón aparece muy pronto en la Biblia, de hecho, desde el mismo comienzo –continuó aleccionando Freedman con voz lijosa–. Cuando Dios creó a Adán le dio solo un Mandamiento: *Puedes comer de todos los árboles del jardín, pero, del árbol del conocimiento del bien y del mal no deberás comer. El día que de él comas, ciertamente morirás."* (Génesis 2:16-17). Adán y Eva violaron ese mandamiento (Génesis 3:8) y su destino fue el exilio del Jardín del Edén (Génesis 3:23). El mismo patrón lo podemos ver en el caso de Caín y Abel. Ya en Génesis 4:7, Dios le dice a Caín que debe *"hacer lo bueno"*, pero Caín mató a su hermano (Génesis 4:8) y el resultado de esa violación fue el exilio de Caín (Génesis 4:14). Lo mismo sucede con el pueblo de Israel, una vez que violó progresivamente los Mandamientos, terminó experimentando el exilio de la tierra prometida. El número diez puede representar el límite de la paciencia divina en el Antiguo Testamento. Diez plagas, diez mandamientos, diez rebeliones de Israel y, finalmente, el exilio. En este último caso, el patrón se vería así:

Diez mandamientos → violación de los mandamientos → exilio

La frase sobre el límite de la paciencia divina realmente llamó la atención. Anke tenía el ceño fruncido y se acariciaba el tobillo inflamado con la mano derecha. Ainhoa había quedado con la cucharada de azúcar a medio verter en el café. Nikademus estaba absorto y observaba con sumo respeto al profesor Freedman.

–El patrón se pone aun más interesante cuando lo vemos en la práctica. Los Diez Mandamientos son dados en el libro de Éxodo, que es el segundo libro de la Biblia y en el que se rompen los primeros dos Mandatos. A partir de ese segundo libro de la Biblia, cada uno de los Mandamientos se irá rompiendo en orden. El tercer Mandamiento en el tercer libro de la Biblia (Levítico), el cuarto Mandamiento se romperá en el cuarto libro de la Biblia (Números) y así continuará hasta agotar la paciencia de Dios y acabar en el exilio. Pero antes de que se agote la paciencia divina se derramará mucha sangre. El resultado es una serie de crímenes con sus correspondientes castigos como vemos en la siguiente tabla:

MANDAMIENTO	RUPTURA Y CONSECUENCIA
1	**1 y 2** No tendrás otros dioses ni harás imágenes	Éxodo 32:2-6
2	**3** No tomarás el nombre de Dios en vano	Levítico 24:10-23
3	**4** Acuérdate del día de descanso	Números 15:32-36
4	**5** Honra a tu padre y a tu madre	Deuteronomio 21:18-21
5	**6** No robarás	Josué 7:20-26
6	**7** No matarás	Jueces 19-21
7	**8** No cometerás adulterio	2ª Samuel 12:11-12
8	**9** No darás falso testimonio	1ª Reyes 21 2ª Reyes 9:30-37

–Muy interesante –dijo Modi caminando hacia la mesa para tomar una galleta– ¿Pero qué tiene que ver todo ese patrón con el caso de Liese?

–Estudié toda la documentación que ustedes me enviaron sobre el caso de Liese. Pasé mucho tiempo observando las imágenes. Creí que iba a morir sin que mi trabajo más importante hubiera servido de algo. –¿A qué se refiere señor Freedman? –preguntó Robert con su acento británico y la voz engolada.

–Acepté venir porque creo que tengo algunas pistas, sobre todo basadas en las fotografías de los tatuajes. A mi edad no perdería el tiempo jugando al detective si no tuviera la honesta impresión de poder aportar algo al caso.

–Cuando telefoneé al profesor Freedman –acotó Monseñor Arcari–, le dije que necesitábamos resolver un asunto delicado y que yo creía que estaba relacionado con la religión porque la Nunciatura estaba involucrada. Le dije que necesitábamos un sabio, un erudito y un amigo en quien confiar. El profesor Freedman no es católico, ni tendría por qué serlo. Pero lo conozco desde hace muchos años y confío en su criterio. El Vaticano no tiene policías especializados o detectives como ustedes, pero puede poner a su disposición a personas como Freedman, que pueden ayudarnos a resolver casos como este.

El equipo parecía dudarlo. Todo aquello de un patrón escondido en la Biblia sonaba demasiado fantasioso para un caso de la vida real.

–Los patrones en la Biblia no son asuntos secretos –dijo Freedman sentándose en la incómoda silla–. Eso lo diría el farsante de Drosnin, pero en realidad los patrones están ahí, a la vista de cualquier buen observador. Yo solo fui un atento lector de la Biblia. Eso no quiere decir que no existan otros lectores aviesos…, aunque, evidentemente, no todos usan sus hallazgos para los mismos fines.

–¿Quiere decir que alguien más pudo haber encontrado el patrón de crímenes? –dijo Robert.
–Afirmativo –contestó Anke haciendo sentir a Robert como un idiota.
–Miren, en las fotografías pude reconocer algo. Es algo muy pequeño pero de capital importancia. Liese tenía dos tatuajes, en esos tatuajes aparecen dos símbolos llamados *asterisco* y *óbelo*. Proyectemos las imágenes por favor. Monseñor Arcari encendió el proyector y la primera imagen se empezó a ver con claridad.

–En el tatuaje de la muñeca izquierda –dijo Freedman luego de aclararse la garganta con un graznido áspero–, separé el *asterisco*, mientras que en el tatuaje de la muñeca derecha separé el *óbelo*.

–Son símbolos de la Biblia aramea, llamada *Peshitá* –intervino Nikademus eufórico.
–Sí, se utilizan ahí porque primero fueron utilizados en el texto Hexaplar de Orígenes, Quinta columna

¿Podemos proyectar la siguiente imagen?

Monseñor obedeció.

Cap. IX. 20. καὶ τὸν οἶκον ✳ Μααλώ◄.¹⁰³ ✳ καὶ ἐκ τοῦ οἴκου Μααλώ◄.¹⁰⁴ 36. — υἱὸς Ἀβέδ ◄.¹⁰⁵ 37. — κατὰ θάλασσαν ◄.¹⁰⁶ 52. καὶ ἤγγισεν — Ἀβι- μέλεχ ◄.¹⁰⁷

6. וַיַּעַבְדוּ ἐλά? אֲרָם · Alit 6, 7. זִים

–*Asterisco, óbelo* y *metóbelo*. Olvidémonos por ahora del *metóbelo*. Cuando el texto de la versión griega
del Antiguo Testamento, llamada Septuaginta, contenía una palabra, frase, o pasaje, que no se encontraba
en el texto hebreo, Orígenes señalaba el inicio y el
final de la palabra o frase en cuestión con un *óbelo*
y un *metóbelo* respectivamente. Si, por el contrario,
el texto de la Septuaginta omitía una palabra o frase
contenida en la versión hebrea, entonces insertaba en
ese lugar la traducción griega del mismo y la aislaba
del resto colocando un *asterisco* al inicio y otro al
final. Estos signos dejaron de utilizarse porque pro-
vocaban más confusión que otra cosa. Solo existe un
palimpsesto hallado en 1896 en la Biblioteca Ambro-
siana de Milán por el Cardenal G. Mercati, que conserva el texto de todas las columnas de las Hexaplas,
excepto el de la primera columna hebrea. Eso quiere
decir que Liese o alguien muy cercano a ella, ha tenido conocimiento de estos textos y símbolos y los
ha utilizado en la piel de las muñecas de Liese para
decirnos algo concreto.

–¿Y el resto del tatuaje? –preguntó Modi con impaciencia.

–Es una lengua desconocida. He enviado las imágenes a unos amigos de la Universidad, expertos en lenguas antiguas. Ya veremos.

A la mañana siguiente, once días después del hallazgo del cadáver de Liese, el equipo regresó a la Nunciatura, donde se hospedaba el Profesor Freedman. La sede diplomática del Vaticano se había convertido en la nueva base de operaciones del grupo. El día había amanecido nublado y caía una lluvia polvorienta que dejaba todo embadurnado con una delgada película de barro amarillo. Monseñor Arcari los esperaba con zumo de cítricos, café, té y pan.

–Anoche tuve insomnio –comenzó a decir Robert, el hombre de la *New Scotland Yard*–. Me di cuenta que el número Diez, tal como el Profesor Freedman nos relató ayer, puede guiarnos por el camino correcto. Como no podía dormir leí "Los Diez Negritos" de Agatha Christie.

Robert empezó a entonar, con una voz pasmosamente desafinada, la famosa canción basada en la obra de la escritora Agatha Christie:

> *Diez negritos se fueron a cenar.*
> *Uno de ellos se asfixió y quedaron Nueve.*
> *Nueve negritos trasnocharon mucho.*
> *Uno de ellos no se pudo despertar*
> *y quedaron Ocho.*
> *Ocho negritos viajaron por el Devon.*
> *Uno de ellos se escapó y quedaron Siete.*

Siete negritos cortaron leña con un hacha.
Uno se cortó en dos y quedaron Seis.
Seis negritos jugaron con una avispa.
A uno de ellos le picó y quedaron Cinco.
Cinco negritos estudiaron derecho.
Uno de ellos se doctoró y quedaron Cuatro.
Cuatro negritos fueron a nadar.
Uno de ellos se ahogó y quedaron Tres.
Tres negritos se pasearon por el Zoológico.
Un oso les atacó y quedaron Dos.
Dos negritos se sentaron a tomar el sol.
Uno de ellos se quemó y quedó nada más que Uno.
Un negrito se encontraba solo.
Y se ahorcó y no quedó...
¡Ninguno!

El Profesor Freedman miraba seriamente a Robert y el resto del equipo se echó a reír. Entonces Modi canturreó *Ten Little Indians* e Itzel completó la broma cantando *Ten little Monkeys*. Ainhoa notó que algo sucedía entre Itzel y Modi, algo así como una distensión inusual en la forma de mirarse entre ellos. El viejo Freedman parecía empezar a perder la paciencia, luego de que el día anterior Robert le había expuesto su hipótesis basada en *Astérix* y *Obélix* añadiendo que esos dos símbolos también se usaron en el siglo XIX como advertencia de agua envenenada en algunas ciudades al sur de España.

–En los años 90 hubo un caso de asesinato –dijo Freedman acercándose a la pizarra–. En el brazo derecho del cadáver había un tatuaje muy curioso. Se trataba de una forma muy poco conocida del Tetragrammaton o el nombre de Dios –Freedman escribió en la pizarra los cuatro caracteres hebreos de Yahvéh יהוה– Un nombre hecho solo de cuatro consonantes. Pero existe otra forma muy curiosa de escribir el nombre de Dios. La encontramos en la segunda columna de la Hexapla. Esta segunda columna no es más que la transliteración del texto hebreo, que se escribe de derecha a izquierda, vertido en grafías griegas, que se escriben de izquierda a derecha. No es una traducción, sino que cada letra del hebreo es sustituida por su equivalente en griego. Al parecer el copista de la segunda columna vio una similitud enorme entre la letra *He* del hebreo, que se ve así ה –aleccionó Freedman escribiendo en la pizarra–, y la letra *Pi* del alfabeto griego, que se ve así Π y entonces el Tetragrammaton acabó convertido por la similitud gráfica en ΠΙΠΙ que leeríamos como *pipi*.

Las sucesivas copias y ediciones de los textos bíblicos en griego acabaron por hacer desaparecer el Tetragrammaton y prefirieron la forma griega de Señor, que se ve así: Κύριος, perdiéndose el ΠΙΠΙ. Sin embargo, a comienzos del siglo VII Pablo de Tela tradujo al arameo la *Hexapla* de Orígenes. En ella usa el término ܦܝܦܝ, *pypy* para referirse a la divinidad. O sea que Pablo de Tela reintrodujo el *pipi* en los textos bíblicos. En el mismo siglo VII Jacobo de Edesa, comentando algunas homilías de Severo de Antioquía, escribió que ܦܝܦܝ, *pypy* era un engaño de inspiración satánica. Y Jerónimo, en una carta a Marcela decía que: *Nonum* tetragrammum, *quod* ἀνεκφώνητον *id es «ineffabile», putauerunt et his litteris scribitur: iod, he, uau, he. Quod quidam non inteligentes propter elementorum similitudinem, cum in Graecis libris reppererint,* πιπι *legere consueuerunt.* Lo que traducido es: *El noveno nombre de Dios es el tetragrammo, que consideraron* ἀνεκφώνητον, *esto es, «inefable» y se escribe con estas letras: yod ['], he [ח], waw [ז], he [ח]. Lo que algunos, sin entenderlo a causa de la semejanza de los caracteres, al hallarlo en códices griegos, acostumbraron a leer* πιπι pues, continuó diciendo Freedman, el tatuaje del cadáver era πιπι. Tanto en los tatuajes de Liese como en el del cadáver del crimen de los 90, se trata de detalles muy específicos y escondidos de la versión del Antiguo Testamento llamada Hexapla. Alguien está obsesionado con el patrón de asesinatos de la Biblia y con la Hexapla. Ese alguien es el mismo responsable de la muerte del hombre del *pipi* y de Liese.

–Lamento interrumpir tan interesante clase de Biblia –dijo Ainhoa sin levantar la vista de la pantalla de su portátil–. Tenemos listos los resultados de los análisis realizados al embrión encontrado aquí, en el patio trasero de la Nunciatura.

Freedman extendió la mano con la palma abierta hacia Ainhoa, lo que provocó que la oficial desistiera de continuar.

–Antes de escuchar los resultados –dijo Freedman cruzando las piernas en la vetusta silla amarilla–, permítanme decirles lo que yo creo que sucedió con Liese.

Cuando terminó de decir el nombre de Liese se hizo un silencio en el frío salón de la Nunciatura. Era un silencio distinto, porque hay diferentes tipos de silencio. El silencio absoluto es el de los muertos, que ya no escuchan ni esperan nada. También está el silencio del cerebro que absorbe la información, ese es un silencio dialogal, como el de los alumnos cuando escuchan a su profesor o los discípulos que aprenden de su pastor. Pero también existe el silencio de expectación. Este último es el que anticipa el momento, adivina lo que sucederá, es ese silencio que antecede al beso o a la misma muerte.

El Profesor Freedman había nacido en una familia de inmigrantes judíos. Su padre David Freedman nació en la ciudad de Botoşani, al norte de Rumania, en lo que se conoce hoy como Moldavia. Sus abuelos Israel y Sara huyeron de Rumania en calidad de refugiados políticos. Para cuando llegaron a Estados Unidos, a inicios de 1900 David, el padre, tenía 2 años de nacido. Se graduó del City College de Nueva York en 1918, transformándose así en el primero de su familia en completar una educación formal. En septiembre de ese mismo año se casó con Beatrice, una compañera de estudios neoyorquina cuyos padres habían huido de Kishinev, en el Imperio Ruso. La pareja tuvo 3 hijos en 5 años. Benedict, David y Toby. Una década más tarde nació la única hija, a la que llamaron Laurie. David padre se dedicó a escribir. Sus obras se presentaron en Broadway durante once años consecutivos, desde 1926 hasta 1937. Colaboró en una biografía del showman Florenz Ziegfeld, llamada *Ziegfeld: the Great Glorifier* que se utilizó para la película Ziegfeld Follies en 1945. Lo mismo sucedió con su obra *Phantom Fame*, que se convirtió en la base de la película *La verdad medio desnuda* de 1932. Freedman padre sufrió un ataque cardíaco la noche del lunes 7 de diciembre de 1936.

El Profesor Freedman aparentaba 70, pero en realidad tenía 84. Su aspecto delgado y su jovialidad le sacudían el polvo a su verdadera edad. Cuando nació, en 1922, sus padres Beatrice y David lo llamaron Noel. Pero la muerte de su padre, cuando solo tenía 14 años, le produjo un impacto tan profundo que decidió cambiar su nombre y adoptar el de su padre para honrar su memoria. Se convirtió en uno de los expertos más importantes del mundo en las investigaciones hebreas de la Biblia. Había escrito más de 300 libros académicos y había coordinado uno de los proyectos más ambiciosos en la investigación de las *Escrituras* llamado *The Anchor Bible.* Desde que murió su esposa Cornelia Anne hacía solo 3 años, se había entregado obsesivamente a la culminación de su obra, una edición del Códice Leningrado y al *Patrón de Crimen y Castigo de la Biblia.* Aceptó colaborar en el caso de Liese solo porque su amigo, el Cardenal Arcari se lo había pedido con insistencia. Pietro Arcari y el Profesor Freedman se habían conocido en medio de un revuelo del Vaticano. Se trataba del caso *Shapira.*

Moses Wilhelm Shapira era un comerciante de todo tipo de antigüedades radicado en Jerusalén. En 1883 apareció de improviso en el Museo Británico de Londres cargando un tesoro entre sus manos. Shapira afirmaba que era el manuscrito bíblico más antiguo del mundo, compuesto por fragmentos de Deuteronomio escritos en cursiva hebraico-fenicia, la escritura que se conocía por la famosa estela moabita de Mesa, fechada en el siglo IX antes de Cristo. Alegó que el manuscrito había sido descubierto por tribus beduinas nómadas en una cueva con vistas a

Wadi Mujib y ofreció venderle al British Museum el preciado pergamino en un millón de libras. Durante las siguientes semanas Shapira disfrutó de su momento de gloria. La prensa mundial enloqueció y su descubrimiento se convirtió en una bomba atómica. El contenido del manuscrito, decía él, atentaba contra algunos presupuestos de la Iglesia de Roma. Las entrevistas se sucedían en un frenesí publicitario sin precedentes y su prestigio ascendió a las nubes. Antes de aceptar comprar los rollos, el Museo Británico contrató a Christian David Ginsburg, uno de los grandes eruditos bíblicos de la época, para verificar la autenticidad del manuscrito. Pronto Ginsburg sentenció la fama de Shapira. El manuscrito era falso. La reputación del comerciante se vino abajo y terminó arruinado y solo. Su cuerpo fue encontrado en un sórdido hotel de Rotterdam con un tiro en la cabeza. Todo parecía haber acabado ahí, pero 64 años después del suicidio de Shapira, fueron encontrados los llamados Rollos del Mar Muerto. Y, para sorpresa de toda la comunidad científica y teológica, estos rollos tenían un impresionante parecido con el pergamino del infame Shapira. Los Rollos del Mar Muerto cayeron como otra bomba atómica sobre el Vaticano. Todo tipo de especulaciones se publicaban en los periódicos socavando la credibilidad de la fe cristiana y, por consiguiente, la estabilidad del Vaticano. Fue en ese momento, a inicios de 1948, cuando Freedman y Arcari se estrecharon la mano por primera vez en medio de una acalorada discusión que, por poco y acaba en puñetazos. La idea era regresar al manuscrito de Shapira para compararlo con los nuevos descubrimientos. Pero el pergamino había desaparecido misteriosamente. A la muerte de Shapira le sucedieron varias otras en los siguientes años. Ninguna de ellas ha sido esclarecida.

–Liese estaba en una relación de infidelidad –empezó Freedman con aplomo–. Esa relación la hacía sentir muy culpable, pero no sabía cómo escapar de ella.

–¡Tenía que ser un pedazo de machista! –dijo Itzel colérica.

–No pasó mucho tiempo antes de que Liese quedara embarazada de su amante. Ahora su frustración y culpa habían aumentado sobremanera y experimentó mucha ansiedad.

–Eso explicaría el extraño comportamiento que describió el señor Awada –intervino Anke arrastrando las palabras–. Él dijo que últimamente Liese había estado extraña. Que no dormía, no comía o comía desaforadamente. No hablaba mucho y salía largas horas en absoluta soledad.

–Claro, estaba deprimida –continuó Freedman–. Liese entonces buscó ayuda en un guía espiritual. Uno de esos líderes con Síndrome de Jerusalén[43], el típico enajenado que se cree salvador o, como mínimo, la reencarnación del mismísimo Moisés. Un Sumo Sacerdote con un enorme poder de persuasión tomó la mente de Liese y ella se desprendió de todo su instinto de supervivencia, le entregó su mente y su confianza.

---

43 "El *síndrome de Jerusalén* es una enfermedad psíquica con carácter de una psicosis y se exterioriza con signos de delirios: el afectado se identifica completamente con un personaje de la historia del Antiguo o del Nuevo Testamento y actúa como tal" (Witztum, E.; M. Kalian (1999). «The "Jerusalem syndrome"--fantasy and reality a survey of accounts from the 19th century to the end of the second millennium». *The Israel Journal of Psychiatry and Related Sciences*).

–¿Pero cómo puede alguien como Liese caer en las manos de un loco como ese? –preguntó Anke sirviéndose una taza de café.

–Bueno –dijo Robert desabrochándose el botón del saco y dejando ver una elegante corbata azul sobre una camisa blanca perfectamente planchada–, tal parece que ese Sumo Sacerdote podría haber influido también en la dieta de Liese. Se sabe que algunas dietas nos predisponen a ser más vulnerables a la manipulación. Algunos alimentos nos deprimen, otros nos ponen alerta. El sistema nervioso es más vulnerable que los otros tejidos del organismo; por eso, ciertas dietas carentes de vitaminas tienden a repercutir antes en el estado psíquico que en la piel, los huesos, las membranas mucosas, los músculos y las vísceras. El primer resultado de una dieta inadecuada, lo dice Huxley, es una disminución de la eficiencia del cerebro como instrumento de sobrevivencia biológica. La persona desnutrida tiende a sentir angustia, depresión, hipocondría y sentimientos de ansiedad. También es propensa a experimentar visiones, porque la válvula reductora del cerebro tiene su eficiencia reducida. Es decir si, como en la mayoría de cultos de corte extremista y sectario, el Sumo Sacerdote de Liese aplicaba los ayunos prolongados para limpiar el espíritu y desprenderse de los deseos pecaminosos de la carne, podríamos explicar parte de los síntomas de sumisión que la llevaron a entregar su voluntad en las manos del gurú espiritual.

Afuera seguía lloviendo, ahora más copiosamente. El recinto de la Nunciatura no ofrecía mayores comodidades, pero el conventículo de investigadores se sentía seguro dentro de las dependencias pontificias, ya que carecían de cámaras de monitoreo y corrían menos riesgo de estar siendo vigilados.

–Es interesante que los discípulos de Jesús no ayunaban –dijo Nikademus seriamente–. Y los hombres de Juan el Bautista les achacaban esa falta con severidad.

–Si combinamos los síntomas de fragilidad que provoca una dieta deficiente con el temor al infierno o la condena eterna, obtenemos resultados terroríficos. La persona puede llegar, en su delirio, a tener visiones espantosas que luego interpreta como anuncios divinos sobre la destrucción del mundo o de su propia existencia. Huxley explica que en la Edad Media cada frío y largo invierno era igual a un ayuno involuntario, al que le seguían, durante la Cuaresma, cuarenta días de voluntaria abstinencia. Entonces la Semana Santa le llegaba al devoto en el momento justo en que su química orgánica estaba perfectamente predispuesta a la sumisión y la entrega absoluta.

–Estoy de acuerdo con usted –dijo Freedman disponiéndose a continuar su relato–. Liese estaba en manos de un líder de una secta. Y este émulo de Moisés le aplicó a Liese la legislación mosaica del Antiguo Testamento, lo que le provocó el aborto.

–¿El Antiguo Testamento ordena abortar? –preguntó Itzel sorprendida.

–Eso coincide exactamente con los resultados de los análisis del embrión –dijo por fin Ainhoa–. El embrión es hijo de Liese, pero no del señor Awada, sino del difunto juez Ronny Guillaume, quien ahora pasa a ser reconocido como el amante de Liese. Es obvio que Liese se provocó un aborto. Las pruebas toxicológicas mostraron la presencia de varios fármacos.

Principalmente succinilcolina que es la sustancia que le provocó la muerte. Pero también hallamos mifepristona junto con un análogo de prostaglandina llamado misoprostol, utilizado comúnmente para provocar la interrupción del embarazo. En los análisis anatomopatológicos se encontraron alteraciones en el endometrio con hallazgo de vellosidades coriónicas y trofoblasto, lo que confirma que estaba embarazada. Adicionalmente se encontraron evidencias de dilatación en el cuello del útero con secreción sanguinolenta, lo que es evidencia de una reciente expulsión del embrión.

–Lo hizo en estricto apego a las órdenes del líder de la secta –acotó el Profesor Freedman–. También se tatuó las muñecas y, finalmente, se quitó la vida. Liese estaba desesperada y 24 horas antes de su muerte bebió la sustancia abortiva.

–Profesor –preguntó Nikademus–, usted dijo que el líder de la secta aplicó la legislación mosaica ¿A qué se refiere?

–Sí, además mencionó que en esa legislación se ordena abortar –repitió Itzel.

–En la Biblia encontramos un caso, más o menos escondido, en el que no solo se conduce a una mujer al aborto, sino que lo considera aceptable por razones de honor. Veamos en la pantalla el texto de Números 5:11-22.

El Señor le ordenó a Moisés que les dijera a los israelitas: «Supongamos que una mujer se desvía del buen camino y le es infiel a su esposo acostándose con otro; supongamos también que el asunto se mantiene oculto, ya que ella se mancilló en secreto, y no hubo testigos ni fue sorprendida en el acto. Si al

*esposo le da un ataque de celos y sospecha que ella
está mancillada, o le da un ataque de celos y sospecha de ella, aunque no esté mancillada, entonces la
llevará ante el sacerdote.*

Se trata de una ley sobre casos de celos. En esta ley
los celos son un derecho únicamente de los hombres
y, además, les otorga el privilegio de acudir al sacerdote para realizar un procedimiento encaminado a
esclarecer el asunto.

*El sacerdote llevará a la mujer ante el Señor, pon-
drá agua pura en un recipiente de barro, y le echará
un poco de tierra del suelo del santuario. Entonces
el sacerdote pondrá a la mujer bajo juramento, y le
dirá: "Si estando bajo la potestad de tu esposo no
te has acostado con otro hombre, ni te has desviado
hacia la impureza, estas aguas amargas de la maldición no te dañarán. Pero, si estando bajo la potestad
de tu esposo te has desviado, mancillándote y acos-
tándote con otro hombre —aquí el sacerdote pondrá
a la mujer bajo el juramento del voto de maldición—,
que el Señor haga recaer sobre ti la maldición y el
juramento en medio de tu pueblo, que te haga estéril,
y que el vientre se te hinche. Cuando estas aguas de
la maldición entren en tu cuerpo, que te hinchen el
vientre y te hagan estéril".*

El procedimiento, en resumen, consiste en hacer beber a la mujer un líquido abortivo. Si ella es inocente,
no abortará, si ella es culpable, abortará. Los celos
son validados, la mujer no tiene derecho sobre su vida ni sobre su cuerpo, es considerada propiedad de
su esposo, del sacerdote y de Dios. Liese –continuó

Freedman– recibió la orden de beber una sustancia abortiva. Si el Señor perdonaba su pecado, la sustancia no haría efecto, pero si Dios, según el émulo de Moisés, consideraba que seguía siendo culpable, abortaría a la criatura. Cerca de 12 horas después de beber el líquido Liese experimentó terribles dolores en el vientre, dilatación, contracciones, mareo, sudoración y, finalmente, expulsó el embrión. Al anochecer del 25 de febrero Liese ya tenía un plan para quitarse la vida. Una vez dentro de la embajada se encaminó a su oficina y puso el video de Uchida Mitsuko interpretando las sonatas 545, 570, 576, 533/494 de Mozart en 432 Hertz. Escuchó durante unos minutos sentada en el sillón. Todo estaba perfectamente planificado. Sacó de su bolso una *ziploc* que contenía el embrión, los implementos para la aplicación de la succinilcolina y una bolsa de basura mediana. Subió el volumen de la música. Luego entró al baño, orinó y tiró del desagüe. Se desnudó, guardó toda su ropa en la bolsa de basura, colocó la bolsa con el embrión junto a la de la ropa y se acostó en la bañera. Fue entonces cuando se aplicó la succinilcolina y esperó. Cuando empieza a perder el conocimiento experimenta violentas convulsiones agónicas hasta que sobreviene el fracaso cardio-respiratorio final. Por la boca y orificios nasales salen fluidos de aspecto sanguinolento muy diluidos. Una mezcla entre la saliva y la sangre, que se esparcen por su cara y cuello hasta caer en la superficie de la bañera. Liese ahora está muerta.

–¿Y las 12 partes? –preguntó Modi con ansiedad.
–Al perder al bebé Liese se da cuenta de que no ha encontrado el perdón de Dios y suplica al líder que

le ayude a encontrar la salvación. El pseudo Moisés entonces aplica a rajatabla y de la forma más abracadábrica posible el *Patrón de Crimen y Castigo del Antiguo Testamento*, basado en los Diez Mandamientos. En este caso estamos ante la consecuencia del rompimiento del séptimo Mandamiento, *No Matarás*. El Patrón nos lleva directamente a un caso de infidelidad y separación descrito en Jueces 19-21. La protagonista del relato bíblico le fue infiel a su esposo y se refugió en casa de su padre. Su esposo procura la reconciliación y llega a casa del padre, donde se encuentra ella. Tras la reconciliación de la pareja, emprenden el camino de regreso a casa, pero deben pernoctar en casa de un anciano en otro pueblo. La gente del pueblo quiere linchar al extraño visitante, pero, conforme a la costumbre, les es dada la mujer considerada pecadora. Ella es violada hasta la muerte por una turba durante toda la noche y su esposo la encuentra ya sin vida al amanecer. La historia bíblica remata como sigue. Veamos en la pantalla:

Cuando llegó a su casa, tomó un cuchillo y descuartizó a su esposa en doce pedazos, después de lo cual distribuyó los pedazos por todas las regiones de Israel. Todo el que veía esto decía: «Nunca se ha visto, ni se ha hecho semejante cosa, desde el día que los israelitas salieron de la tierra de Egipto. ¡Piensen en esto! ¡Considérenlo y díganos qué hacer!" (Jueces 19:29-30).

En el salón de la Nunciatura se escucharon varias exclamaciones de asombro. La mujer de la Biblia había sido descuartizada en 12 partes, igual que Liese. Las 12 partes de la mujer de la Biblia habían sido repartidas en las 12 tribus de Israel, tal como las partes de

Liese, que habían sido repartidas en 12 embajadas diferentes.

–Como William Wallace –dijo Robert secándose el sudor de la frente con un pañuelo–. Luego de la sádica ejecución fue descuartizado. Su cabeza se conservó sumergida en alquitrán y fue colocada en una pica encima del Puente de Londres. Sus extremidades fueron repartidas por distintas partes de Inglaterra: su brazo derecho lo enviaron a Newcastle, su brazo izquierdo a Berwick, su pie derecho a Perth y su pie izquierdo a Aberdeen. Y así enviaron una poderosa advertencia a los cuatro extremos del reino.

Freedman esperó que el británico terminara de comentar la ejecución del héroe escocés gesticulando afirmativamente con la cabeza y continuó:

–No hace falta decir que esta acción atrajo la atención de todo Israel. El envío de las 12 partes del cadáver a cada una de las 12 tribus de Israel está destinado a llamar la atención. El viudo indignado quería que se hiciera justicia. Vean la última frase del relato:

¡Piensen en esto! ¡Considérenlo y dígannos qué hacer! (Jueces 19:30).

–¡Y el texto de la Biblia dice algo realmente acertado con respecto al caso de Liese! –se aventuró Modi algo exaltado–. Fíjense que dice: *«Nunca se ha visto, ni se ha hecho semejante cosa, desde el día que los israelitas salieron de la tierra de Egipto.* Puedo asegurarles que lo que ha sucedido con Liese es algo que jamás había sucedido en Israel, a excepción del caso de la mujer de la Biblia.

–¡Piensen en esto! ¡Considérenlo y dígannos qué hacer! –salmodió Freedman con voz de ultratumba–. ¿No les parece que es un mensaje para nosotros? ¿Qué deberíamos hacer? –remató el Profesor octogenario.

–Entonces es cuando entra en acción el juez Ronny Guillaume –continuó Ainhoa, animándose a reconstruir los hechos– está escondido en el Mercedes Benz desde muy temprano, aparcado en el espacio C32. Aún las cámaras están desactivadas. Entra al baño donde encuentra el cadáver de Liese. Coloca una bolsa en la cabeza del cadáver. No puede realizar una disección cuidadosa, pero le basta un pequeño cuchillo para seccionar las extremidades ya que esto es lo primero para manipular con más comodidad el cadáver. Por eso comienza cortando cada pierna entera por las ingles, respetando un tiempo para que la sangre brote libremente al seccionar las arterias femorales. Esta primera acción le lleva minutos, pero sabe que luego, lo que queda, le va resultar mucho más sencillo. Mientras, aprovecha para introducir en otra bolsa de plástico los objetos utilizados para el suministro del fármaco, también introduce el bolso. Esto le obsesiona para no dejar evidencias y repasa mil veces la instalación. Necesita algo para limpiar las huellas dactilares y por eso vuelve al baño para obtener papel higiénico y aprovecha para supervisar la hemorragia masiva en la bañera. Sabe, además, que luego debe limpiar la bañera y eliminar el ADN. Por eso recuerda que al buscar las bolsas de plástico en la pequeña habitación del cuarto de limpieza, ha visto también lejía que va a utilizar para esta función. Pero no quiere cometer el error final de que la estancia huela a lejía y por eso es muy cuidadoso. El papel lo introduce en la bolsa de plástico. Uchida Mitsuko sigue sonando desde afuera del baño. Solo queda acabar la tarea. No es un experto y ha ido improvisando algunas cuestiones. Ha pasado media hora desde que inició. Primero abre el agua para retirar toda la sangre posible. Corta los brazos por los codos. Luego por los hombros. Ya tiene cuatro porciones que deja en el fondo de la bañera. Sigue saliendo sangre. Todo se vuelve a impregnar. Faltan las piernas. Las corta por las rodillas. En el fondo de la bañera hay un amontonamiento de partes anatómicas que ha seccionado. El cuchillo ya casi no corta. Precisamente lo que más le cuesta es cortar el cuello y es donde el cuchillo se ha desafilado porque al tratar de cortar entre las vértebras cervicales, lesiona mucho el hueso y reitera y repite con mucha fuerza hasta conseguirlo. Cortar el cuello con un cuchillo es más complicado que cortar las caderas o rodilla entrando de forma directa por sus articulaciones. Pero no va a seguir seccionando más trozos. Ha realizado los cortes por las articulaciones. No ha cortado los huesos, no hace falta. Ahora queda limpiarlo todo con mucha agua, luego esperar que se seque todo lo posible. Lleva más de una hora en la oficina y debe irse. Prepara nuevas bolsas de basura donde introduce cada parte anatómica. Ahora tiene 11 bolsas de basura correspondientes a 11 partes del cuerpo más una pequeña bolsa *ziploc* con el embrión, 12 partes en total. Durante todo este tiempo no ha visto el rostro. Así le ha resultado más sencillo. Parece que no ha desmembrado a una persona, sino a un objeto. Ya no hay cadáver, son restos cadavéricos y hay que sacarlos del lugar.

En ese momento Monseñor Arcari se levantó con las manos unidas como si fuera a emprender una oración.

–No sé si después de esto ustedes tengan hambre. Pero es la hora de comer y creo que deberíamos tomar un descanso.

Freedman se notaba exhausto. El octogenario anciano aún no superaba los efectos del *jetlag* y los años se le empezaban a notar en el rostro. Se incorporó con cierta dificultad. Monseñor Arcari se apresuró a asistirlo y juntos se retiraron al interior de las residencia apostólica. La lluvia cedía, aunque las nubes amenazaban con más.

El equipo decidió ir a comer al restaurante *Haj Kahil*, en la calle *David Raziel*. El *Haj Kahil* era un restaurante elegante, de techo abovedado al estilo de *Las mil y una noches*, ubicado sobre una calle curva. Al extremo de la mesa estaba Robert, que tomó la cabecera. A su izquierda se sentó Nikademus, el callado armenio. A la izquierda de Nikademus se sentó Anke, que caminaba con dificultad debido al esguince en el tobillo. Modi se sentó a la derecha de Robert y cuando Itzel se disponía a sentarse al lado de él, Ainhoa tiró de ella con poco disimulo y la obligó a sentarse en la otra cabecera de la mesa, lejos de Modi. Ainhoa entonces tomó su lugar al lado de Modi. Itzel le lanzó una mirada de enfado sin lograr comprender aún porqué Ainhoa había tirado de ella.

–¿Puedes decirme qué es lo que pasa entre ustedes dos? –inquirió Ainhoa abriendo bien los ojos.
–¡Sabía que ibas a preguntar! –respondió Itzel sonriendo–. Han pasado cosas… ¡Es intenso!

—Pero tía, es un sionista declarado —reclamó Ainhoa con cierto cabreo—, se la pasa validando las acciones del ejército de Israel contra los palestinos.

—¿Te parece? Yo no he notado eso, parece que tus anhelos independentistas te nublan la mirada.

—¿Mis anhelos independentistas? Mucha sangre se ha derramado en el País Vasco, mucha gente fue torturada o asesinada, incluido mi padre. Y no puedo más que oponerme a los regímenes que impiden a un pueblo vivir en paz.

Las dos mujeres discutían en voz baja, gesticulaban con grandilocuencia y la tensión parecía ir en aumento. Del otro lado de la mesa Robert inició la tertulia con una copa de tinto en la mano.

—El secreto es harina de maíz y frotar la superficie a contrapelo —decía el agente de la *New Scotland Yard*—. Así se eliminan las manchas de sangre de un abrigo de piel. Algo muy diferente se debe hacer si lo que se quiere es eliminar la sangre de las teclas de un piano o de un ordenador. Lo que se debe hacer es pulir con polvos de talco. En Inglaterra muchas paredes están forradas con papel, en ese caso hay que aplicar grumos de almidón con agua, entre más fría mejor es el resultado.

—La sangre no es siempre el problema para un asesino —dijo Modi procurando tener un oído en cada extremo de la mesa.

—Bueno, si te estás refiriendo a los agujeros de balas —continuó ufano el británico—, lo mejor es pasta de dientes. Para calibres grandes, se hace una pasta compuesta a partes iguales de almidón y sal. Ahora bien, para ocultar una excoriación sangrante en una víctima, el lápiz hemostático corta de cuajo la hemorragia, seguidamente se debe cerrar la herida con *Crazy Glue.*

–¿Y qué me dices de los agresores sexuales? –preguntó Anke.

–Muchos agresores machistas, luego de una discusión, exigen a sus mujeres maquillarse con lápiz de ojos color malva o cian, para que los ojos enrojecidos parezcan blancos.

Itzel bebía cerveza y Ainhoa una limonada con albahaca. El olor a ajo y aceite de oliva del restaurante les había abierto el apetito y esperaban con impaciencia la comida.

–¿Al menos coge bien? –bombardeó Ainhoa adelantando su cuerpo.

–¡Órale! –reaccionó Itzel en su versión más mexicana mientras soltaba una carcajada–. Mejor dejémonos de tonterías y brindemos por algo.

Dos horas más tarde se encontraban de nuevo en la Nunciatura junto a Monseñor Arcari y al viejo Freedman.

–Todo lo que han dicho parece coherente y coincide con las evidencias objetivas que hemos ido recabando –dijo Modi–. Hace unos días nuestros agentes obtuvieron permiso de la Embajada de Alemania para levantar el piso del baño y analizar el interior de las tuberías. Como nadie más había utilizado ese cuarto de baño, pudimos obtener restos de sangre y otros fluidos de Liese en varios puntos del desagüe. Para el Profesor Freedman todo esto es obra de una mente religiosa, un líder de una secta ¿Pero cómo puede estar tan seguro de eso?

—Para mí —se apresuró Freedman con la voz más gastada que nunca—, esto no es más que un eslabón más que se une a una larga investigación que he venido haciendo desde los años 90. Sabemos que existe una secta que sigue el *Patrón de Crimen y Castigo* basado en los 10 Mandamientos.

—Yo aún no logro comprender ese asunto del *Patrón* —dijo Itzel con sinceridad.

—No te preocupes —acotó Freedman en tono paternal—, en seguida lo voy a explicar. Todo parece haber iniciado en los años 70 con un grupo de *hippies* revolucionarios liderados por un pseudo mesías que se hacía pasar por el nuevo Moisés.

—Esto me recuerda un caso ocurrido en España —dijo Ainhoa interrumpiendo a Freedman—. Concretamente en Santa Cruz de Tenerife.

Ainhoa se tomó el tiempo para relatar la macabra historia de la familia Alexander en 1970. La familia Alexander había llegado a la isla huyendo de Alemania. Allá los acusaban de practicar una nueva y oscura religión e incesto. Todo explotó cuando Harold tenía 39 años y nombró como mesías a su hijo Frank. Harold había sido un fiel seguidor de las enseñanzas esotéricas del profesor austriaco Jakob Lorber, quien en el siglo XIX decía que había recibido mensajes proféticos dictados directamente por el Espíritu Santo. Para Harold, su hijo Frank era el elegido, el Mesías esperado por la humanidad. A los 16 años Frank era un intocable y todo giraba en torno a él. Un día dijo que la mujer no era más que una mala imitación del hombre, por eso Dios había decidido relegar la mujer a un puesto secundario, por debajo del hombre. Como pensaban que todas las mujeres fuera de la secta eran pecadoras, Frank solo podía tener relaciones sexuales con las mujeres de su familia. Así que copulaba con su madre llamada Dagmar y con sus tres hermanas, llamadas Marina y las gemelas Sabine y Petra. Justo en ese momento es que la familia Alexander decide huir de Alemania y establecerse en la calle Jesús Nazareno número 37 de Santa Cruz de Tenerife. Pronto los vecinos empezaron a notar los extraños comportamientos de la familia. Escuchaban cánticos y observaban eventos similares a rituales satánicos. El 16 de diciembre de 1970 al final de la tarde, Frank creyó ver que su madre le miraba de forma distinta, como si la mujer le lanzara una mirada de rebeldía que lo desafiaba. Así que decidió coger una percha de madera del armario y golpearla brutalmente en la cabeza hasta que quedó inconsciente en el suelo. Harold, que estaba presente, se limitó a tocar el acordeón y a recitar unos salmos. Después, padre e hijo tomaron una tijera de podar y varias cuchillas de afeitar y mutilaron los órganos sexuales de Dagmar, que consideraron, a partir de ese momento "partes ofensivas y diabólicas". Lo mismo hicieron con los pezones y los clavaron en la pared, para después abrirle un canal y arrancar su corazón que quedaría suspendido de una cuerda también en la pared.

–¡Qué terrible acto de violencia de género! –dijo Itzel frunciendo el ceño y apretando los puños–. La religión es una amenaza para la humanidad, sobre todo para las mujeres.
–Te equivocas –predicó Freedman–, ninguna religión es peligrosa por sí misma. Todas las religiones predican el amor y buscan el bien de la humanidad. El problema está en los grupos extremistas que generan cultos peligrosos. No todos cometen violencia física,

pero la mayoría, y en eso sí tienes razón, someten a la mujer privándola de su valor y dignidad.

Ainhoa continuó su relato de la manera más descarnada posible.

–Las hermanas Petra y Marina correrían la misma suerte que su madre al ser mutiladas y desvisceradas. Solo Sabine, una de las gemelas, salvó su vida porque se encontraba fuera de casa. Tras matar y descuartizar a las 3 mujeres, padre e hijo se cambiaron la ropa y emprendieron la fuga. Pero no lograron salir de la isla porque habían destrozado sus pasaportes. Aquel era uno de los ritos que tenían que llevar a cabo, destruir todo lo que podía atarles a su antigua vida.

El periódico El Caso recoge el crimen de la familia Alexander

–Durante el juicio, realizado el 17 de diciembre de 1970, Frank, notoriamente alterado, parecía fuera de sí. Ambos se mantuvieron en silencio. Posteriormente se supo que Frank había llegado a afirmar que "El arcángel San Gabriel me habló en doce tonos distintos", "quería conquistar el reino de David".

Frank y Harald Alexander durante el juicio (Alamy)

–Una terrible historia de otra secta –dijo Freedman retomando el hilo.

El Profesor Freedman entonces se puso de pie y se acercó a la pizarra blanca, disponiéndose a explicar lo que él consideraba que era el asunto más importante. Según Freedman todo había iniciado con un líder típico de culto sectario con síndrome de Jerusalén. Se trataba de una secta que había logrado crecer por todo el mundo. Su líder máximo había reinterpretado la Biblia de una forma muy peculiar permitiendo las relaciones sexuales libres bajo el pretexto del amor. Además, había instaurado lo que llamaban *Flirty Fishing* como método para atraer seguidores. Las mujeres invadían bares, discotecas y clubs nocturnos para bombardear con amor sexual y evangelizar por medio de la entrega total y desinteresada de sus cuerpos. El líder permanecía oculto, cambiando continuamente de residencia. Sus seguidores leían sus cartas, escuchaban sus grabaciones y veían sus videos. Lo veneraban. Se había auto proclamado el nuevo Moisés. En una de sus cartas animaba a las mujeres a practicar el *Flirty Fishing* diciendo: *"Ustedes solían hacerlo por mera diversión, por puro placer ¿Por qué han de avergonzarse de ser llamadas Prostitutas de Dios, si lo están haciendo ahora para el Señor."*[44] También se permitía el sexo con niños y el incesto: *"No tiene absolutamente nada de malo el sexo, siempre que se practique en amor, lo que sea o con quien sea, no importa la edad que tenga ni qué familiar sea ni de qué manera se lleve a cabo."*[45]

–Pero sabemos que un día alguien quiso cambiar las cosas –avanzó Freedman animado–. Al parecer uno de los líderes más importantes de la secta se rebeló contra el pseudo Moisés y ocurrió algo terrible. El líder rebelde creyó que la forma en que se idolatraba David Brandt, el fundador y líder supremo, había rebasado los límites de lo permitido por Dios y la secta había pecado de idolatría, violando los primeros dos Mandamientos. Tras largas discusiones la secta sufrió una violenta escisión en la que hubo muertes y envenenamiento. El pseudo Moisés se escondió entre España y Francia, cambiando continuamente su apariencia y enviando videos y cartas a sus discípulos, pero el líder rebelde desapareció del todo, se escondió sin dejar rastro. Ahora hay dos sectas hermanas y antagónicas, como Caín y Abel. Una predica el sexo libre y el bom-

44 MOISES DAVID, "Platos Sucios", DFO N° 566, 22/10/76, puntos 43-36.
45 MOISES DAVID, "El Diablo Odia el Sexo", DO N° 999, 20/5/80, puntos 20 y 69. También en "Cartas de Mo" - Vol. VIII".

bardeo del amor, la otra se ciñe al cumplimiento de los 10 Mandamientos a rajatabla. Las dos sectas son peligrosas, ambos extremos causan muerte.

En el salón de la Nunciatura reinaba el silencio. Freedman continuó:

–Quiero que volvamos a ver el cuadro del *Patrón* que les mostré ayer:

	MANDAMIENTO	RUPTURA Y CONSECUENCIA
1	1 y 2 No tendrás otros dioses ni harás imágenes	Éxodo 32:2-6
2	3 No tomarás el nombre de Dios en vano	Levítico 24:10-23
3	4 Acuérdate del día de descanso	Números 15:32-36
4	5 Honra a tu padre y a tu madre	Deuteronomio 21:18-21
5	6 No robarás	Josué 7:20-26
6	7 No matarás	Jueces 19-21
7	8 No cometerás adulterio	2ª Samuel 12:11-12
8	9 No darás falso testimonio	1ª Reyes 21 2ª Reyes 9:30-37

—Aquí es donde van a poder comprenderlo todo. Los primeros dos mandamientos se rompen en el segundo libro de la Biblia, que es el Éxodo. Se rompen de forma simultánea, ambos a la vez. La mayoría conocemos la historia. Moisés estaba en lo alto del monte Sinaí y Aarón organizó una especie de fiesta al pie de la montaña. Dos líderes, dos visiones. Aarón mandó fundir las joyas de oro de los israelitas y con ellas mandó crear una imagen de un toro y comenzaron a adorarlo. En ese momento Aarón y todo el pueblo violaron los dos primeros Mandamientos en un santiamén. Imaginen esto: Moisés va descendiendo a toda prisa, sabe que algo malo está ocurriendo en el campamento y lo primero que escucha lo describe así: *Lo que escucho no son gritos de victoria, ni tampoco lamentos de derrota; más bien, lo que escucho son canciones* (Éxodo 32:18). Estaban cantando y bailando, era una gran fiesta en honor al toro de oro. Esto era una confrontación directa. La consecuencia es terrible. Moisés manda pulverizar el toro de oro, lo disuelve en agua y lo da a beber a la gente que cae envenenada. Posteriormente ordena a los levitas matar a todos aquellos que habían sido cómplices en el crimen.

... maten a todos, incluso a sus hermanos, amigos y vecinos. (Éxodo 32:27).

—¿Notan el estricto parecido con lo ocurrido durante la escisión de la secta del pseudo Moisés? advirtió Freedman con severidad. Pero no se confundan, al loco de David Brandt se le puede achacar de todo, desde incesto hasta prostitución, pero esto que ocurrió no lo perpetró David, lo hizo el líder rebelde, sin duda alguna. Los dos primeros mandamientos se rompen en el libro número dos de la Biblia. Y esto es solo el inicio de una historia descendente. Continuamos...

–En algún momento del mes de Octubre de 1994 corre la noticia de la sorpresiva muerte de David Brandt, el líder supremo de *La familia del Amor*. El viejo hippie obsesionado con el sexo ahora está muerto. ¿Quién lo mató? Las circunstancias de su muerte nunca se lograron esclarecer, pero coinciden con el *Patrón*. El tercer Mandamiento, *no tomarás el nombre de Dios en vano*, es roto en el tercer libro de la Biblia, que es Levítico. Una lista aparentemente infinita de leyes se ve interrumpida por un acontecimiento terrible. En Levítico 24:10-23 un hombre anónimo es acusado de blasfemia y el pobre viejo es sentenciado a muerte. No es difícil imaginar que el líder de la nueva secta piense que David Brandt ha blasfemado contra Dios, ha tomado el Nombre de Dios en vano y merece que se le aplique el *Patrón* para hacer cumplir la Ley de Dios a rajatabla. El tercer Mandamiento se ha roto en el tercer libro de la Biblia. Continuamos...

–A finales de la década de 1990 e inicios del 2000 una empresa francesa de telecomunicaciones, fue centro de las crónicas noticiosas por una ola de suicidios de sus empleados. Era algo sin precedentes. Fueron 19 personas las que se suicidaron, 12 más lo intentaron y 8 sufrieron depresión. Sus jefes abusaban de ellos y los acosaban continuamente sometiéndolos a presiones excesivas. Entonces una mañana apareció el cuerpo ensangrentado de uno de los ejecutivos de la empresa. Estaba muerto dentro de su auto en el aparcamiento de su oficina. En la muñeca del cadáver había un extraño tatuaje. Se trataba del logo del impresor de una extraña Biblia del año 1807 y repartida únicamente a esclavos negros. Aquella edición de la Biblia carecía de los textos que podían incitar a la libertad, por ejemplo *"No hay judío ni griego; no hay esclavo ni libre; no hay hombre ni mujer; porque todos vosotros sois uno en Cristo Jesús". Gálatas 3:28.* Y ya sabemos que el líder de la secta ha utilizado tatuajes para dejarnos pistas. La cronología del *Patrón* nos lleva a pensar en el cuarto Mandamiento, que es "Acuérdate del día de descanso". El cuarto Mandamiento se rompe en el cuarto libro de la Biblia. Un hombre, también anónimo, al igual que el personaje del tercer Mandamiento, rompe el día de descanso. *Un sábado, durante la estadía de los israelitas en el desierto, un hombre fue sorprendido recogiendo leña* (Números 15:32-34).

En la Biblia no existe pena para el rompimiento del *shabat*. Así que, al principio, este hombre es retenido mientras se determina qué hacer con él. Casualmente se repite la misma sentencia del Mandamiento anterior: muerte por lapidación. La pena debe ser ejecutada por toda la comunidad. Es una manera de aleccionar a toda una sociedad. Un castigo público, ejecutado por toda la comunidad. Nadie podría olvidar eso. Los niños y las niñas que observarían de lejos, aprenderían a "respetar" los Mandamientos por temor a ser ejecutados públicamente. El cuarto Mandamiento se ha roto en el cuarto libro de la Biblia. Continuemos...

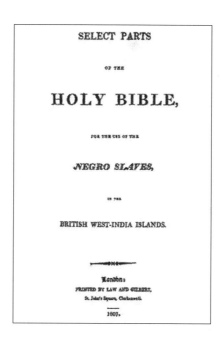

SELECT PARTS

OF THE

HOLY BIBLE,

FOR THE USE OF THE

NEGRO SLAVES,

IN THE

BRITISH WEST-INDIA ISLANDS.

London:
PRINTED BY LAW AND GILBERT,
St. John's Square, Clerkenwell.

1807.

–El siguiente caso ocurre a mediados del año 2001 en Estados Unidos. El protagonista es un joven, al parecer, adicto a los videojuegos. Ya de niño había sucedido algo extraño. Estaban en la cocina solos la madre y el hijo, que entonces tenía 7 años. Conversaban alegres. Pero, sin ninguna explicación aparente, el niño tomó un cuchillo mientras su madre estaba de espalda y lo intentó clavar a la altura de la cadera. Hizo una herida que mereció varias puntadas. Pero la madre encubrió el hecho. Ahora que es joven, el padre acaba de salir enfermo del hospital y se encuentra en la cama de la casa. Apenas puede moverse y por tal motivo necesita la asistencia para asearse y alimentarse. Este proceso en casa dura varios meses. En esta situación de vulnerabilidad, el hijo va sustrayendo el dinero de su padre que ahora consigue con mayor facilidad mediante engaño. Eso mismo le sirve para aumentar sus gastos en cuestiones adictivas. El padre es engañado al tomar una medicación que supuestamente el hijo ha adquirido por indicación médica. Por eso el padre no mejora y sigue en estado de incapacidad física. Su habitación e higiene han empeorado. El hijo frecuenta menos la vivienda y hay días en los que no aparece. En este estado, el padre comienza a tener episodios de pérdida de conciencia y no tiene fuerza para plantearse otras alternativas. El hijo promete llevar a un médico a la casa, pero nunca realiza tal gestión. Sigue gastando el dinero. El padre ya no se alimenta correctamente por la debilidad. Ni siquiera consigue el agua que necesita. Se instaura un cuadro de insuficiencia renal. La postración e inmovilización en la cama comprometen su capacidad respiratoria. Se añade un cuadro de bronconeumonía. Las secreciones respiratorias le comprometen durante días y apenas respira. La muerte se produce en un contexto de ahogamiento por las flemas. Finalmente, no respira. Ha fallecido estando solo en la habitación durante una noche que nadie viene a atenderle. ¿Qué pasa con la madre? Tiene un cuadro de depresión como consecuencia de lo que pasa en el hospital y primeros días de su marido en casa, se puede entender que no hizo gran cosa ante el desbordamiento de la situación y con la carga de conciencia de haber encubierto a su hijo desde la infancia. El cuadro final es una mujer en la cama, totalmente bloqueada y, en la habitación de al lado, su esposo ya sin vida. El cadáver tiende a secarse, apenas huele y se momifica, con lo que se puede mantener mucho tiempo. El proceso de momificación se ve favorecido porque la persona muere estando muy enferma, sin alimentación ni hidratación. Muy delgada, consumida, casi en los huesos. Su mujer se percata de lo ocurrido, no por el olor, sino por la cantidad de moscas que hay en la casa, en todas las habitaciones. Es más, la mujer se sorprende que en el suelo, en los pasillos de toda la casa, hay algo que hace ruido al pisar. Son como granos de arroz de color negro y no entiende lo que es. Se trata de los puparios, es decir el envolvente de quitina de la fase larvaria de las moscas que ya han salido del cadáver. Al entrar en la habitación de su marido, obviamente huele mucho. Y el suelo está plagado de puparios. Luego de lo ocurrido con el padre, es la propia madre quien denuncia a su hijo por abuso, malos tratos, robo, negligencia y parricidio. Es sentenciado a pena de muerte. Esta vez el tatuaje es encontrado en la muñeca del anciano padre. Se trata del tatuaje PIPI, la extraña transliteración hexaplar del nombre de Dios que ya les describí y que se veía así:

$$\pi\iota\pi\iota$$

–Este caso coincide con el rompimiento del quinto mandamiento "Honra a tu padre y a tu madre" y con la consecuencia descrita por el *Patrón*, ubicada en el quinto libro de la Biblia, Deuteronomio 21:18-21

»Si un hombre tiene un hijo obstinado y rebelde, que no escucha a su padre ni a su madre, ni los obedece cuando lo disciplinan, su padre y su madre lo llevarán a la puerta de la ciudad y lo presentarán ante los ancianos. Y dirán los padres a los ancianos: "Este hijo nuestro es obstinado y rebelde, libertino y borracho. No nos obedece". Entonces todos los hom-

bres de la ciudad lo apedrearán hasta matarlo. Así extirparás el mal que haya en medio de ti. Y todos en Israel lo sabrán, y tendrán temor.

Freedman se detuvo abruptamente, se llevó una mano a la cabeza y caminó lentamente hacia el austero sillón amarillo. Se sentó en silencio mientras todos lo observaban absortos. Finalmente la voz rasposa del octogenario anciano volvió a surgir de su garganta.

–El quinto Mandamiento se ha roto en el quinto libro de la Biblia. Y este es el inicio del fin.

–Entonces –intervino Itzel resoluta–, el patrón consiste en que los dos primeros Mandamientos, promulgados en Éxodo 20, se rompen simultáneamente en el segundo libro de la Biblia, el tercer Mandamiento se rompe en el tercer libro, el cuarto en el cuarto, el quinto en el quinto…

–Y la secta que se separa del grupo de los *flirty fishing* o ligadores para el Señor – explica Freedman con sarcasmo–, ejecuta cada uno de los castigos en un estricto calco del *Patrón*, creyendo que cumpliéndolo en forma estricta y literal agradan a Dios y cumplen sus leyes.

–La pregunta que yo me hago ahora es –intervino Nikademus echándose hacia atrás en su silla y mostrando una fotografía familiar de Liese en la que se la podía ver de vacaciones junto al señor Awada y sus dos hijas– ¿Cómo en 2007 una mujer como Liese cae en las redes de una secta como esta? ¿Cómo reclutan a la gente?

–Esto de las sectas es tan antiguo como las religiones mismas –afirmó Freedman.

–Sí, concuerdo –dijo Nikademus con voz de antropólogo–. Las primeras muestras de religión tienen que ver con la muerte. Ahí donde los arqueólogos encuentran signos de enterramiento ritual de seres humanos, sabemos que existe alguna noción religiosa del más allá. Y muy pronto podemos encontrar diferentes versiones de enterramientos en la misma comunidad, lo que nos hace suponer que algunos miembros del conjunto no se conforman con la versión oficial del ritual y se separan religiosamente del resto versionando cada vez más complejos rituales mortuorios. La competencia aparece pronto. La forma de reclutar nuevos adeptos tiene más que ver con el miedo al más allá que con el amor a los difuntos. Entre más miedo difunde un grupo, más adeptos gana. Algo similar sucedía en la Edad Media, continuó el armenio, al saber se llegaba por medio de una fórmula que consistía en CONOCIMIENTO = ESCRITURA X LÓGICA. Es decir, la fuente de todo conocimiento era la Biblia. Ella bastaba para proporcionar todo el saber natural y sobrenatural. Así lo enseñaban los escolásticos. A ese conocimiento bíblico se le aplicaba toda la lógica posible. Todas las discusiones, científicas o no, tenían el mismo orden. Si querían determinar si la Tierra era plana o redonda, debían ir primero a la Biblia. Unos llegarían a Job 38:13 y asegurarían que la Tierra era plana mientras que otros llegarían a Isaías 40:22 y empeñarían su vida por defender que la Tierra es redonda. Y así surgirían cada vez más sectas que competían por ganar adeptos provocando violentas discusiones, persecuciones, quemas de herejes y matanzas de brujas. Ahora, nosotros conocemos que hay una persona sin vida, que su cuerpo fue desmembrado y enviado a 12 embajadas, bueno el cuerpo de ella a 11 y el de su bebé a una doceava. Según la fórmula medieval, esta muerte tiene su explicación en las

Escrituras. Nada escapa al ojo divino ni a su voluntad. Esto bastaría para cerrar el caso y dejarlo todo a la justicia divina.

Nikademus hizo una pausa para tragar saliva y Robert aprovechó para replicar.

–Pero como no vivimos en la Edad Media, esa fórmula simplemente es descabellada. No podemos acusar a Dios como autor de estas muertes y cruzarnos de brazos tan tranquilos.
–Eso decían los escolásticos, pero nosotros cambiaremos esa fórmula y la transformaremos así: CONOCIMIENTO + ESCRITURA X LÓGICA. Eso quiere decir que al conocimiento de cualquier hecho actual habrá que añadirle, sumarle, superponerle el conocimiento bíblico y ambos habrá que multiplicarlos por otro factor lógico. Pero ese es el factor que no tenemos, ¿cuál es la lógica detrás de todo esto? –remató el armenio.
–Y mucho antes –dijo Freedman recobrando la vitalidad–. Hace unos 2 mil años el judaísmo se componía, o descomponía, en diversas sectas, algunas peligrosas y otras no. Unas querían tomar el poder por la fuerza, otras solo meditaban y oraban esperando la llegada del Mesías con obstinada resignación. Uno de los casos más interesantes es el de los esenios, una secta del siglo IV antes de Cristo que vivía en el desierto y que fue la responsable de copiar los textos del Antiguo Testamento encontrados en las cuevas de Qumrán. Los himnos mesiánicos de los esenios sugieren que ellos creyeron que el tiempo había llegado. La redención estaba aquí. Los lamentos quedarían atrás, el dolor y la opresión se acabarían, vendría

una era de gozo y alegría. Lo malo es que la realidad fue muy diferente. El mesías que habían designado fue ajusticiado y humillado por los soldados romanos. Su cuerpo fue dejado en las calles para que se pudriera sin recibir sepultura[46]. Tiempo después, ya en el siglo XVII sucedió algo similar. Se trataba de Shabetai Zeví, un nuevo mesías y su secta de seguidores radicales. La secta aseguraba que Shebetai era el mesías enviado por Dios. Dejaron todo para seguirlo hasta que un día Shebetai abjuró del judaísmo y se convirtió al Islam. En el cristianismo sucede lo mismo desde sus inicios. Incluso durante la Reforma se multiplican las sectas, algunas pacíficas y otras peligrosas. No olvidemos el caso de Thomas Müntzer que surge como un líder sectario radical que se separa de la Reforma de Lutero, dice tener la última revelación y profetiza el regreso de Cristo provocando una matanza inmisericorde de campesinos, siendo ajusticiado públicamente para escarnio del pueblo. Algunos anabaptistas como Jan Van Leiden enloquecieron de forma similar predicando el apocalipsis y procurando crear reinos mesiánicos y gobiernos teocráticos. Las sectas son casos siempre excepcionales que pueden podrirlo todo en un instante. El problema no son las religiones, sino el legalismo de la interpretación literalista de los libros sagrados. Pero continuemos con el *Patrón* porque esto se pone cada vez más interesante–.

Las monjas trajeron café, té y las mismas galletas de siempre. En Tel Aviv caía un inusual aguacero. Modi

---

46 Cf. S. Lieberman, *Texts and Studies, New York*, 1974, p. 258.

aprovechó para levantarse e ir al baño. Anke observaba la foto familiar de Liese con cierta nostalgia. Al fin y al cabo habían sido amigas y compañeras de trabajo en la embajada de Alemania.

–Estamos a mitad de camino. Los restantes Mandamientos serán rotos pronto. Pero antes de continuar con el siguiente Mandamiento nos encontramos con un enigma. El orden de los Mandamientos en las listas de Éxodo y Deuteronomio, ya no calza con los subsiguientes rompimientos y este enigma debe ser resuelto, de lo contrario todo el Patrón se reduciría a un artificio inconsecuente. Los Mandamientos seis al ocho son extremadamente concisos. En hebreo cada uno de ellos consta únicamente de dos palabras. Estos tres Mandamientos aparecen enlistados en Éxodo 20 y Deuteronomio 5, de la siguiente manera:

6. No matarás.
7. No cometerás adulterio.
8. No robarás.

Y este es el orden más conocido de estos tres Mandamientos –aleccionó Freedman desde la pizarra–. La primera traducción del Antiguo Testamento al griego, llamada *Septuaginta*, sigue el orden de la Biblia hebrea hasta el quinto Mandamiento, luego hace un interesante cambio de orden de los Mandamientos seis, siete y ocho.

6. No cometerás adulterio.
7. No robarás.
8. No matarás.

Para mayor confusión existe una tercera lista con un orden diferente. En 1902 se hizo un importante hallazgo en Egipto. Era un papiro de 2 mil años de antigüedad que fue llamado *Papiro Nash*. Este notable hallazgo contiene tanto la oración *Shemá* de Deuteronomio 6:4 (*¡Escucha, oh Israel! El Señor nuestro Dios, el Señor uno es*), así como el Decálogo, donde nuevamente la secuencia de los Mandamientos del seis al ocho difiere. Estos tres mandamientos según el papiro de Nash deben ser ordenados de la siguiente manera:

6. No cometerás adulterio.
7. No matarás.
8. No robarás.

Sería fácil culpar a los escribas y decir que cometieron un grave error y copiaron mal el orden de estos tres Mandamientos. Pero el asunto se pone sumamente interesante cuando nos damos cuenta que existe al menos otra fuente en la que aparece el orden del *Papiro Nash*. Y, de hecho, esta otra fuente es mucho más conocida que el papiro hallado en Egipto. La segunda fuente que contiene el orden *No cometerás adulterio → No matarás → No robarás* nos la proporciona Filón de Alejandría, el escritor judío del primer siglo después de Cristo.

Y como si tres listas diferentes no fueran suficientes, existe aún otra variante en el orden de estos misteriosos tres Mandamientos. En el libro de Jeremías, en su famoso sermón en el patio del Templo (Jeremías 7), el profeta menciona estos tres Mandamientos en el siguiente orden:

317

6. No robarás.
7. No matarás.
8. No cometerás adulterio.

Esta nueva opción hace que el Patrón coincida con el orden de los Mandamientos. El sexto Mandamiento, según la lista de Éxodo 20 y Deuteronomio 5 sería *No matarás,* pero la palabra específica que aparece en el hebreo para "asesinar" no la encontramos en ninguna parte del sexto libro de la Biblia, que es Josué. De la misma forma el séptimo Mandamiento en la lista de Éxodo y Deuteronomio prohíbe el adulterio y el libro que correspondería sería Jueces, pero tampoco encontramos la palabra correspondiente en ese libro. ¿Cómo se soluciona este enigma?

Sabemos que los libros de Deuteronomio, Josué, Jueces, Samuel y Reyes fueron compilados por un mismo individuo. Este redactor utiliza intencionalmente muchos de los temas, frases y motivaciones de Deuteronomio en el resto de los libros mencionados. Consecuentemente los eruditos llamaron a este redactor como *Deuteronomista.* Los estudiosos también han encontrado una relación muy cercana entre los libros compilados por el *Deuteronomista* y el libro de Jeremías. De hecho, muchos rabinos adjudican la autoría del libro de Reyes a Jeremías. Es sorprendente que tanto el libro de 2ª de Reyes como el libro de Jeremías terminan exactamente igual. El capítulo 25 de 2ª Reyes termina con el sitio de Jerusalén y el capítulo 52 de Jeremías termina con la catástrofe del sitio de Jerusalén. Este hecho unido a que el lenguaje y la forma son extremadamente similares, reafirma la sospecha de que estos dos libros fueron escritos por la misma persona. ¿Quién es este redactor llamado *Deutoronomista*?

Existe suficiente evidencia para pensar que el nombre del *Deutoronomista* que compiló los libros de Deuteronomio, Josué, Jueces, Samuel y Reyes, junto al libro de Jeremías, fue un tal Baruc, el hijo de Nerías, que era el escriba personal del profeta Jeremías: *Jeremías llamó a Baruc hijo de Nerías, y mientras le dictaba, Baruc escribía en el rollo todo lo que el Señor le había dicho al profeta* (Jeremías 36:4).

En una excavación realizada a mediados de 1970 en Jerusalén, encontraron la siguiente inscripción en un trozo de arcilla: "Perteneciente a Baruc, hijo de Neriyahu, el escriba[47]".

Al parecer, Baruc es el responsable de que haya un patrón perfecto que narra la manera en que cada uno de los Mandamientos se van rompiendo, libro por libro, hasta la destrucción de Jerusalén. Ahora los Mandamientos que se rompen en Josué, Jueces y Samuel coinciden a la perfección con la secuencia enlistada en el libro de Jeremías (capítulo 7). Me apresuraré aquí a responder otra pregunta. Ustedes estarán pensando que, en realidad, el noveno libro de la Biblia no es Samuel sino Rut, por lo que el rompimiento del octavo Mandamiento se situaría en Rut y no en Samuel. Pero este es un problema muy sencillo de resolver.

En la Septuaginta y en la mayoría de las traducciones de la Biblia, el libro de Rut sigue inmediatamente a los Jueces, haciendo de Samuel el noveno libro. Sin

---

47 Bruce y Kenneth Zuckerman, West Semitic Research

embargo, ese es un orden posterior. El canon hebreo original coloca a Rut dentro de los Cinco Rollos (en hebreo, *megillot*). Eso quiere decir que para nuestro redactor, el *Deutoronomista* Baruc, el orden de los libros corresponde al original hebreo. Rut era parte del libro de Jueces, de la misma manera que Lamentaciones era parte del libro de Jeremías así:

Josué → Jueces/Rut → Samuel

De esa forma el patrón encaja a la perfección en la lista de los diez Mandamientos que se van rompiendo uno a uno. El orden coincidente quedaría de la siguiente manera:

No robarás (Josué) → No matarás (Jueces/Rut) → No cometerás adulterio (Samuel).

–Eso quiere decir –aseveró Ainhoa–, que el siguiente crimen debe corresponder al sexto Mandamiento del orden de Baruc, que sería *No robarás*.
–Afirmativo, dijo Anke.
–Además es el más cercano a la muerte de Liese – ahora Freedman se había arrollado las mangas de la camisa–. Sucede hace no mucho tiempo en Colombia. Un pastor pentecostal, que predicaba la llamada *Teología de la Prosperidad* ante una iglesia de más de mil fieles es encontrado muerto en el templo junto a toda su familia. Su casa fue incendiada, sus perros quemados vivos, sus caballos descuartizados, su *Harley* incendiada junto a sus tres vehículos, un Aston Martin Valkyrie, un Ferrari *LaFerrari* FXX K y un Bugatti Chiron. Al principio la masacre se relaciona con el narcotráfico y el asunto se cierra sin ser esclarecido. Pero cuando supe de él me las ingenié

para que reabrieran el caso porque coincide perfectamente con el rompimiento del sexto Mandamiento y su consecuencia descrita en Josué 7:20-26. Es sorprendente que la palabra que se traduce por *robar* en el sexto Mandamiento no aparece después de la promulgación del Decálogo sino hasta el sexto libro de la Biblia, que es Josué. El sexto Mandamiento se rompe en el sexto libro de la Biblia.

–Los israelitas han entrado a la tierra prometida y han conquistado Jericó. Pero justo antes de entrar en la ciudad Josué advierte a su gente:

Cuídense de no tomar nada de lo que hay en la ciudad y que el Señor ha consagrado a la destrucción, pues de lo contrario pondrán bajo maldición el campamento de Israel y le acarrearán la desgracia. Pero el oro y la plata, y todas las cosas de bronce y de hierro, serán dedicadas al Señor, y se pondrán en su tesoro (Josué 6:18-19).

La ciudad fue consumida por el fuego, los utensilios de metal serían dedicados al culto a Yahvé, y Josué, el líder que sustituyó a Moisés, se dispone a conquistar la siguiente ciudad llamada *Ai*. Sin embargo, los israelitas experimentan una terrible derrota. Josué cae de rodillas y le pregunta a Yahvé la razón de tan triste fracaso. Así que Dios le responde:

Levántate. ¿Qué haces ahí, en el suelo? Los israelitas han pecado, y han roto la alianza que yo hice con ellos. Tomaron de las cosas que debieron ser destruidas; las robaron sabiendo que hacían mal, y las han escondido entre sus pertenencias (Josué 7:10-11).

El sexto Mandamiendo prohíbe el robo y en el sexto libro de la Biblia alguien ha robado y ha escondido el botín. Al día siguiente Josué se dispone a descubrir al culpable mediante un proceso de adivinación. Probablemente Josué utilizó el sistema más conocido por los israelitas: *Urim y Tumim*. *Urim y Tumim* parecen ser dos piedras aplanadas cuyo anverso y reverso están tallados con una letra hebrea. El lado de la piedra correspondiente a *Urim* contiene un *aleph*, que es la primera letra del alefato hebreo y la primera letra de la palabra *Urim;* en el lado correspondiente a *Tumim,* la letra *taw*, última letra del alefato y primera de la palabra *Tumim.* Así cada piedra tendría un lado que simboliza "cabeza" y el otro que simboliza "cola". Mientras que *Urim* significaría *culpable*, *Tumim* significaría *inocente*.

Mediante una serie de partidas de *Urim y Tumim*, Josué va descartando tribus y clanes hasta encontrar un sospechoso llamado Acán. Al increparlo este confiesa su pecado: *"Confieso que he pecado contra el Señor y Dios de Israel. Entre las cosas que tomamos en Jericó, vi un bello manto de Babilonia, doscientas monedas de plata y una barra de oro que pesaba más de medio kilo. Me gustaron esas cosas, y me quedé con ellas, y las he enterrado debajo de mi tienda de campaña, poniendo el dinero en el fondo* (Josué 7:20-21).

Acán fue apedreado hasta la muerte. Pero antes de eso, fueron ejecutados todos sus familiares, sus animales y destruidas todas sus posesiones. Una pena desproporcionada. El robo no se pagaba con la vida y, mucho menos, con la vida de toda la familia. Según la legislación mosaica el ladrón debía restituir lo robado (Éxodo 22:1). ¿Por qué Josué castigó con tal severidad el robo de Acán? El caso de Acán es el único caso de pena de muerte por robo en toda la Biblia. La palabra hebrea usada para este castigo es *karet*, y literalmente significa *cortar*. En Éxodo 34:6-7, Dios dice que visita la iniquidad *"hasta la tercera y cuarta generación"*. Esto en realidad no quiere decir que las desgracias, los males o la culpa se hereden de generación en generación. Más bien, significa que toda una generación se borraría de la faz de la Tierra. En la mayoría de las legislaciones existe una prohibición para impedir que los familiares sean castigados por los delitos de una persona. Deuteronomio también contiene una ley así: *Los padres no podrán ser condenados a muerte por culpa de lo que hayan hecho sus hijos, ni los hijos por lo que hayan hecho sus padres* (Deuteronomio 24:16). Esta era la legislación normal aplicable a cualquier robo u otro delito menor. Pero lo que sucede con Acán es que cometió el peor robo posible, que es robarle a Yahvé. Y este pecado es comparable con los peores delitos enlistados en los primeros cuatro Mandamientos. La secta ha aplicado este severo castigo al pastor colombiano. El sexto Mandamiento se ha roto en el sexto libro de la Biblia y ahora llegamos al séptimo Mandamiento, que es el caso de Liese y las 12 embajadas.

El Nuncio Apostólico, Monseñor Arcari, se levantó de su silla, caminó con cierto sigilo hacia la pizarra y abrazó a su viejo amigo. Fue un abrazo lleno de ternura y admiración. En el aire se movió algo. Una sensación dulzona a nostalgia y despedida. Era como una misteriosa premonición, como si los dos amigos se estuvieran abrazando por última vez.

—Sé que esto ustedes no lo saben —comenzó a decir el Nuncio con voz de predicador—. Es un secreto que he guardado desde el primer día que puse un pie en este edificio y tomé el cargo que Su Santidad me delegó en representación de la Santa Sede en Israel. Pero justo antes de recibir esta designación diplomática, David telefoneó desde California. Yo me encontraba en Roma y me sorprendió su llamada. Lo que me dijo me hizo dudar mucho, no sabía si me estaba tomando el pelo o si mi viejo amigo había perdido la cordura. Pero me advirtió. Hace ya 4 años de esa llamada. Me dijo que el siguiente crimen ocurriría pronto y sería en Israel. Recuerdo que mencionó que ocurriría a unos 5,5 kilómetros al norte de Jerusalén. Lo dijo porque la antigua ciudad de Guibeá, donde ocurre la muerte de la mujer descuartizada de la Biblia, estaba a esa distancia de Jerusalén. Pero en eso se equivocó. Me dio el texto bíblico que la secta utilizaría para perpetrar el crimen y me pidió que le avisara cuando ocurriera. Cuando supe de la extraña muerte de una mujer que había sido descuartizada y repartida en diferentes embajadas no sospeché, a fin de cuentas eran solo 11 partes y no 12 como dictaba el Patrón de Crimen y Castigo. Pero la aparición del embrión aquí en la Nunciatura completaba, de alguna manera, las 12 partes. La predicción de mi viejo amigo se había cumplido a cabalidad y entonces recordé mi promesa de llamarlo de inmediato.

—Lo que yo no sabía —remató Freedman satisfecho—, era que, al igual que los Mandamientos 1 y 2, el 7 y el 8 se romperían de forma simultánea. Liese muere producto del rompimiento del séptimo Mandamiento, que es No matarás. En ella se realiza el extraño acto de suicidio, aborto y asesinato a la vez. Primero el aborto, luego el suicidio. En ambos casos el acto de Liese puede interpretarse como el rompimiento del Mandamiento. Pero en Liese se rompe también el octavo Mandamiento, que es No cometerás adulterio, cuya mortal consecuencia sufre también el juez Ronny Guillaume, que era su amante.

Aquella noche Nikademus le dijo a Modi que necesitaba conversar con él. Modi lo invitó a lo que él llamaba su apartamento. En realidad no era un apartamento, sino una enorme casa en una zona privilegiada de la ciudad. Nikademus se sentía algo intimidado y la timidez le empezaba a ganar la partida. Modi se lanzó en un sofá, tomó un control remoto diminuto y Pavarotti empezó a sonar por toda la sala. Nikademus tuvo que sacudirse de la impertinente imagen que se le vino a le mente en la que aparecía Itzel escuchando música suave en ese mismo lugar. Modi ofreció bebidas y también abrió una caja de habanos que Nikademus rechazó.

–Me quedé pensando en ese Baruc. Y creo que es una pista. Si Baruc es quien diseñó y creó el *Patrón* en la Biblia, el líder de la secta debe tenerlo en muy alta estima. Baruc codificó el *Patrón.* Lo codificó, no sé si me entiendes. Un código.
–No mucho –dijo Modi lanzando una bocanada de humo–, pero continúa con tu idea.
–Baruc no es una persona, tampoco es un grupo de personas, Baruc es Inteligencia Artificial creada colaborativamente por gente que quizás nunca se conoció en persona. Los primeros crímenes fueron inducidos y planeados por una persona solitaria, el

psicópata que se separó de la secta de los hippies. Su idea era crear una comunidad que viviera bajo los preceptos del Decálogo, que cumpliera cada uno de los 10 Mandamientos a rajatabla. Pero nadie lo siguió. Pasados los años y después de cometer varios crímenes por su cuenta, creó un sistema de Inteligencia Artificial que fue perfeccionándose para poder contactar con personas vulnerables por internet. ¿No te ha pasado que te llega publicidad de viagra? ¿O que parece que Google, YouTube o Amazon leyeran tu mente y supieran tus deseos más íntimos? Este sistema emula al Baruc bíblico, al deuteronomista que compila toda la información y la ordena, para luego formular patrones como lo ha demostrado Freedman.

–¡Un algoritmo! –dijo Modi–. ¡Eso es!

–Y un algoritmo nunca tomará decisiones únicamente emocionales o influenciado por la opinión de otro, no cae en tentación, no tiene malos deseos o pensamientos, no es sobornable ni corrupto solo sigue las reglas, 1+1 siempre será 2, como si fuera Dios mismo, que no cambia, que es el mismo ayer hoy y por los siglos y a quien no podemos manipular con nuestras pataletas ni actúa guiado por sus emociones. El líder de la secta quería asegurarse de que nada perturbara el estricto cumplimiento del *Patrón*. Quien rompiera uno de los 10 Mandamientos debía ser castigado con las sentencias bíblicas del *Patrón*, por macabras que fueran. Solo así se conservaría la pureza de un remanente fiel en la Tierra. Este tipo de sistemas inducen a las personas a tomar decisiones: Qué comprar, por quién votar o de quién enamorarse o si deben morir o no. Recordemos el juego de la ballena azul.

Modi probó el whisky y luego saboreó lentamente el humo del habano. Nikademus se animó a servirse un trago.

–Te sigo con mucha atención Nikademus. En el *Shabak* o Servicio de Seguridad General, nos compete todo lo concerniente a la criminalidad y el terrorismo en Israel y yo me he especializado en la Ciberseguridad. Mira, los sistemas *antispam* muchas veces usan lo que se llama un clasificador bayesiano ingenuo. Este algoritmo es la aplicación de un teorema probabilístico, el Teorema de Bayes. Este clasificador, como su nombre indica, lo que hace es clasificar. Es posible que el nuevo *Ciber Moisés* escindido de la secta de los hippies ligadores haya utilizado algo como eso para iniciar. Podemos crear un Baruc nosotros mismos para probarlo.

–Sin embargo, aquí nos encontramos con varios problemas. El primero es fácil de ver: Hay que tener el conocimiento base, en este caso sería La Biblia. No nos sirve de nada razonar si no tenemos nada sobre qué hacerlo. Hay que crear esa base, en este caso son los 10 Mandamientos y puede no ser fácil. Por un lado, es complicado enumerar todas las reglas y relaciones de un campo en concreto, en este caso sería el *Patrón de Crimen y Castigo de la Biblia.* El algoritmo, propuesto de forma literaria es:

Conocimiento Base: Biblia
Base de normas: 10 Mandamientos
Reglas limitadas ligadas a los 10 mandamientos: Patrón.

Entonces:

Biblia - 10 mandamientos - Patrón = Baruc.

–Las personas reciben lo que buscan y dejan huellas cibernéticas que predisponen los anuncios que ven. Si la persona busca soluciones para una crisis de fe, el sistema le ofrecerá alternativas, si lo que busca es como salir de una infidelidad e incluso el aborto, Baruc atrapará su atención. A eso le llamamos predestinación. Las personas buscan libremente, pero Baruc las guía en sus decisiones de una manera sutil e imperceptible. Lo que hace Baruc, siguiendo los estudios de neurociencia, es provocar vulnerabilidad mental por medio de ayuno y vigilia. Lo primero que Baruc va a recomendar para sanar, calmar, salvar o liberar es el ayuno y la vigilia. Se sabe que el ayuno prolongado y la vigilia prolongada pueden producir alucinaciones, alteraciones de la realidad y caída de los sistemas de "defensa mental". Baruc determina cuando las personas están más débiles de tal manera que creen con todo su corazón que tuvieron una visión, o escucharon a Dios. No tienen duda de eso. A esto le llamamos revelación, voz de Dios y fe. Baruc los conoce mucho más de lo que cada uno de ellos puede conocerse a sí mismo. Puede saber qué consumen, qué compran, qué desean, qué colores les atraen más, que imágenes les llama más la atención, que gustos sexuales tienen, etc. Baruc es Dios… En ese sentido el algoritmo sigue las normas de razonamiento de los escolásticos de la Edad Media: Conocimiento = Biblia x lógica. No es más que eso. Y eso es justo a lo que se reduce el pensamiento binario de un fundamentalista común y silvestre.
–Pero Baruc siempre necesitará de la intervención de humanos... aunque tiene capacidades fabulosas, no es más que un algoritmo que une cabos. Mira, lo tengo casi listo. Lo podemos probar en unos minutos. A

nuestro Baruc le llamaremos B.A.R.U.C, que es el acrónimo de *Bible Authority Rules Under Control.*

–Sabía que esto te iba a gustar –sonrió Nikademus que ya se sentía algo mareado–. Otra cosa, y esto te va a encantar. Estuve investigando las grafías de los tatuajes de Liese. Se trata de *Lingua Ignota,* una especie de lengua espiritual creada en el año 1200 por una monja católica alemana llamada Hildegard von Bingen. Al transliterar las grafías de *Ignota* del tatuaje ocurre esto, mira. Nikademus sacó un papel de la bolsa del pantalón.

ƀ	ɤ	ɤ	ɑ	ɀ	✳/÷
B	A	R	U	C	✳/÷

A la mañana siguiente Nikademus y Modi llegaron ojerosos y cansados a la Nunciatura. Habían pasado toda la noche diseñando y probando a B.A.R.U.C. Monseñor Arcari había dejado todo listo para recibir al equipo en el salón. Pero él no estaría. Su ausencia provocaba una sensación extraña. Monseñor no era una pieza clave en la conversación, pero su aporte contactando al Profesor Freedman había sido decisivo para la investigación. Pietro Arcari salió muy temprano, su viejo amigo aún dormía. "Está viejo" pensó Monseñor. Se dirigió al número 3 de la calle Eliezer Kaplan en Jerusalén, a poco más de una hora de camino, donde el Primer Ministro Ehud Ólmert lo recibiría en su despacho.

Freedman apareció un poco tarde. Debieron esperarlo un cuarto de hora. Parecía enfermo, su cara denotaba cansancio y su voz se escuchaba mustia y ahogada. Se sirvió té y no comió nada. Robert se sentía inquieto, no estaba acostumbrado a los retrasos. Por su parte Anke subió su pie a la silla de al lado para mimar su esguince. Ainhoa e Itzel conversaban animadamente disfrutando de un plato de dátiles y frutas. Nikademus y Modi se sentaron uno al lado del otro y cuchicheaban mirando la pantalla de la *laptop* de Modi.

–Bueno amigos –comenzó Freedman trabajosamente–, hemos llegado hasta aquí. El caso de Liese es un eslabón en la lista de crímenes de la secta. Pero no será el último. Aún falta un eslabón final para completar todo el *Patrón*.

–Un momento Profesor –se apresuró a decir Ainhoa con patente desconcierto– usted dijo que el *Patrón* está basado en los Diez Mandamientos. El caso de Liese corresponde al séptimo Mandamiento y usted dice que solo resta uno para completar el *Patrón*. Eso solo sumaría ocho Mandamientos. No entiendo.

–Consideremos que los Mandamientos 7 y 8 se rompieron de forma simultánea en el caso de Liese, como comenté ayer. Nuestro viaje nos ha traído ya al octavo libro de la Biblia, donde se rompe el octavo Mandamiento No cometerás adulterio. El adulterio en la Biblia consiste en relaciones sexuales entre una mujer casada y cualquier otro hombre que no sea su esposo. El estado civil del hombre no es relevante –aclaró el viejo profesor–. Las cosas iban bastante bien para David, el rey más famoso de Israel. Pero todo eso cambió cuando vio a Betsabé bañándose.

Betsabé no estaba en un baño ordinario cuando David la espió. Estaba practicando un baño ritual para purificarse después de su período menstrual (2ª Samuel 11:4). Esto deja claro que ella no está embarazada cuando David envía por ella. David sabía bien que Betsabé estaba casada con Urías el hitita. Él sabía que estaba cometiendo adulterio. El pecado de David adquiere dimensiones insospechadas cuando planea la manera de deshacerse de Urías, luego de verse imposibilitado de adjudicarle el embarazo de Betsabé. No sabemos a ciencia cierta si el juez Ronny Guillaume planeaba asesinar al señor Salah Udin Awada, esposo de Liese. La parábola del profeta Natán describe el incidente y consigue la confesión de David, culminando con la siguiente sentencia:

Por lo que has hecho, haré que tu propia familia se rebele en tu contra. Ante tus propios ojos, daré tus mujeres a otro hombre, y él se acostará con ellas a la vista de todos. Tú lo hiciste en secreto, pero yo haré que esto suceda abiertamente a la vista de todo Israel (2ª Samuel 12:11-12).

¡Y vaya que el adulterio de Ronny Guillaume ha quedado a la vista de todo el mundo! Noten que el castigo correspondiente al octavo Mandamiento no es la muerte. El juez de La Haya murió de un paro cardiaco mientras conducía. Sabía que no soportaría el escándalo que se le venía encima. El octavo mandamiento, como se enumera en Jeremías, es roto en el octavo libro de la Biblia. Solo queda un libro y un Mandamiento antes del colofón.

–¡Pero eso sumaría 9 y no 10 Profesor! –espetó Ainhoa con cierta premura.

–Son 9 y no 10 –acotó Freedman–. El Patrón contiene los 10 Mandamientos, es cierto, pero hay consecuencias solo para los primeros 9, como si la paciencia divina no se agotara nunca, como si siempre quedara una nueva oportunidad de enmendar y recobrar el camino. Además, son solo 9 consecuencias porque la codicia, que es la prohibición del décimo Mandamiento, al ser solo un deseo requiere una acción para convertirse en un pecado. Es decir, la codicia solo es pecado cuando su poder nos lleva a actuar y siempre que actuamos por codicia rompemos alguno de los 9 Mandamientos anteriores. La codicia te lleva a robar, el adulterio es codicia en esencia, la codicia está presente en la mayoría de asesinatos y en todas las guerras, la deshonra de los padres reside en la codicia de los hijos, violentar el mandamiento del descanso es consecuencia de la codicia y siempre la idolatría y la blasfemia contra Dios están motivadas por la codicia de poder.

–Eso modifica un poco lo que hemos hecho –dijo Modi levantándose de su silla para tomar la palabra–. Anoche Nikademus y yo hicimos varios descubrimientos importantes que queremos mostrarles.

Nikademus cruzó los brazos y se dispuso a escuchar la exposición de su amigo israelí. Le pareció que, a pesar de no haber pegado ojo durante toda la noche, Modi transmitía suficiente entusiasmo como para contagiar al resto. Modi se esmeró. Habló con rapidez pero con aplomo y midiendo cada una de sus palabras. Fue convincente. Inició desvelando el misterio de los tatuajes de Liese. La palabra en Ignota señalaba a Baruc, el genio arquitecto del Patrón en la Biblia. Luego demostró cómo Liese había realizado cientos de búsquedas sobre cómo escapar de una relación asfixiante, cayendo en un sistema de ayuda online llamado BARUC.

–Esa fue su perdición –sentenció el israelí–, BARUC se convirtió en su gurú espiritual. Por eso pasaba largas horas nocturnas ensimismada en la pantalla de su computadora o por eso su conducta empezó a cambiar drásticamente. Sus rutinas cambiaron, su dieta cambió, su cerebro fue víctima de una incepción de ideas religiosas que se reafirmaban por medio de severas prácticas litúrgicas y espirituales destinadas a romper su voluntad.

–Es como funciona el lavado de cerebro –dijo Robert abriéndose paso en la conversación–, en la naturaleza hay ejemplos que nos ayudan a entender todo esto. Los ratones poseen un miedo innato a los gatos, por ejemplo. Basta con percibir el olor de su orina para que huyan despavoridos. Pero ese miedo cerval puede anularlo un organismo unicelular llamado Toxoplasma gondii. Este parásito se introduce en el cerebro con gran precisión, se aloja en la amígdala y es capaz de controlar el miedo innato de los roedores. ¿Cómo funciona? El Toxoplasma gondii necesita de esos ratones para sobrevivir. Su estrategia es algo diabólica: los ratones infectados, en lugar de huir, sienten fascinación por los gatos, y se convierten así en presa fácil. De esta manera el gato se come al ratón infectado y el parásito puede saltar al gato para comenzar a reproducirse de nuevo. Los ratones no son los únicos animales que sufren lavado de cerebro. Las hormigas han aprendido a secuestrar bebés de otras colonias para lavarles el cerebro. Las exploradoras rojas buscan nidos de hormigas negras. Se las ingenian para robar sus pupas o huevos blancos, que son del tamaño de un arroz gordo, y los transportan a sus colonias. Las hormigas viven en un mundo químico, utilizan principalmente su sentido del olfato para desenvolverse en su entorno. Como las hormigas no tienen narices, como nosotros, utilizan sus antenas, que están llenas de pequeños agujeros, golpeándolas en cada superficie con la que se encuentran. A eso se le llama antenación. Las hormigas también crean sus propios olores. Cada nido tiene su propio olor específico. Cuando una hormiga bebé sale de su capullo, es como un lienzo en blanco, no ha codificado ningún olor. El bebé no tiene forma de saber que ha sido secuestrado. Los secuestradores engañan a la bebé robada haciéndole creer que pertenece a este nuevo nido. Básicamente lo que hacen las secuestradoras es bañar a los bebés secuestrados con el perfume específico que quieren que sigan el resto de sus vidas. Cuando crecen las hormigas negras no saben que son diferentes, aunque sus captoras sean rojas. Y han sido codificadas para trabajar incansablemente, para conseguir alimento y defender el nido de sus captoras al punto de dar su vida por ellas. Lo mismo hace la mariposa *Narathura japónica*. Cuando la mariposa aún es una oruga, necesita protegerse de los depredadores. Entonces ofrece un delicioso néctar a las hormigas. Éstas, a cambio de recibir tan suculento manjar, se quedan cerca de la oruga y la protegen a capa y espada. Pues resulta que ese néctar es una droga con unos altísimos niveles de dopamina que mantiene a las hormigas completamente bajo su merced.

–Gracias Robert –dijo Modi retomando el hilo–, es lo que hacen las sectas. En el caso de BARUC, ese lavado de cerebro se da por medio de Internet. Nosotros creamos un sistema similar al que llamamos B.A.R.U.C. Que es el acrónimo de *Bible Authority Rules Under Control*. Estuvimos probando y funciona de manera rudimentaria. Los tomamos a ustedes como conejillos de indias, nos disculpamos de antemano por eso. Lo alimentamos con datos tomados de Amazon, Google, YouTube y otros. Ahora sabemos hasta qué alergenos causan desastres en sus intestinos. Sabemos sus gustos, dolencias, preferencias de colores e ideas recurrentes. Ahora nos sería muy fácil empezar a sugerirles un camino para la felicidad y la salvación. Funciona con todos excepto con el Profesor Freedman, ya que casi no usa internet.

El Profesor Freedman parecía ausente. Estaba ensimismado con una mirada más bien vacía e inexpresiva. Cuando escuchó su nombre se levantó como un resorte y se dispuso a terminar su participación en el caso de Liese.

–No entiendo muy bien eso de la Inteligencia Artificial. Pero, según veo, esto nos impide saber quién está detrás de todo esto desde el principio. Lo que nos deja en el mismo punto que hace meses. He gastado muchos años de mi vida en esto. Y me temo que moriré sin ver la solución. Ahora quiero dejarles una predicción similar a la que le hice a Monseñor Pietro Arcari.

Freedman demudó su rostro y abrió gravemente sus ojos. Otra vez el silencio expectante inundó el lugar, interrumpido únicamente por el gorjeo de un pájaro que se había colado en la Nunciatura. Freedman dio dos pasos al frente, recorrió cada uno de los rostros con sus cansados ojos y dijo:

—El noveno Mandamiento está por romperse. No tardará en suceder. Y sucederá cerca de Israel, en Medio Oriente. Será una muerte atroz, la más violenta y macabra de todas. La historia está llegando a su final. El camino descendente de violaciones a los Mandamientos está llegando a su clímax y la paciencia de Dios está llegando a su final.

El gorjeo del pájaro invasor interrumpía de vez en cuando la débil voz del anciano. Todos estaban inclinados hacia Freedman para escucharlo con más claridad.

—El noveno Mandamiento, No darás falso testimonio, se rompe en el noveno libro de la Biblia. Llegamos al libro de Reyes. El Mandamiento se rompe por las acciones egoístas de la familia real israelita. El falso testimonio también se castiga en la Biblia hebrea con una pena bastante similar al código de Hamurabi, que dice: *Si un hombre acusa a otro hombre de asesinato, pero no lo logra demostrar, el acusador será condenado a muerte.* Deuteronomio 19:16–21, prescribe que, si una persona acusa erróneamente a otra, el castigo por el presunto delito se aplicará al acusador. Es decir, si uno acusa falsamente a otro de un delito punible con la muerte, el acusador será condenado a muerte. La Biblia hebrea también se opone al problema del falso testimonio al exigir generalmente, que dos o más testigos condenen a una persona de un delito.

Hay un solo caso en el que un personaje de la Biblia hebrea da falso testimonio contra un vecino (1ª Reyes 21). Es el caso de Jezabel y Acab, la familia real. Ellos tenían un vecino llamado Nabot, dueño de una viña que los reyes querían comprar. Ante la negativa de Nabot de venderles el terreno, Jezabel idea un plan criminal. Primero escribe cartas falsas en nombre de su esposo. Les pone el sello real y las envía a los ancianos y líderes. En ellas dice lo siguiente:

Convoquen a todos los ciudadanos a que se reúnan para tener un tiempo de ayuno y denle a Nabot un lugar de honor. Luego, sienten a dos sinvergüenzas frente a él que lo acusen de maldecir a Dios y al rey. Después sáquenlo y mátenlo a pedradas (1ª Reyes 21:9-10).

No hay nada que el pobre Nabot pueda hacer. Él y toda su familia son llevados fuera de la ciudad y ejecutados por lapidación pública. Jezabel y Acab toman la viña que Nabot no quiso venderles. Este castigo de *karet* es necesario para que el plan de Jezabel funcione, ya que implica la confiscación de los bienes de Nabot para la corona.

Pero la historia no termina ahí. Ese es el crimen, Jezabel había roto el noveno Mandamiento y eso no quedaría impune. El profeta Elías trae un mensaje fatídico para la pareja de reyes. Primero la sentencia para el rey: *Esto dice el Señor: ¿No te bastó con matar a Nabot? ¿También tienes que robarle? Por lo que has hecho, ¡los perros lamerán tu sangre en el mismo lugar donde lamieron la sangre de Nabot!* (1ª Reyes 21-19).

Y luego, la sentencia para Jezabel: *En cuanto a Jezabel, el Señor dice: «Los perros se comerán el cuerpo de Jezabel en la parcela de Jezreel»* (1ª Reyes 21:23).

Pero Acab se arrepintió y "rasgó su ropa" y rogó por el perdón, el cual le fue concedido (1ª Reyes 21:27-28). En cuanto a Jezabel..., Jehú, quien usurparía el trono, hizo que la lanzaran por una ventana y su sangre salpicó la pared. Luego Jehú la pisoteó con las patas del caballo, la dejó ahí y se fue a comer. Al regresar, los perros habían desmembrado el cuerpo y *solo encontraron el cráneo, los pies y las manos* (2ª Reyes 9:35). Fue entonces cuando Jehú exclamó: *Eso cumple el mensaje que el Señor dio por medio de su siervo Elías de Tisbé, quien dijo: «Los perros se comerán el cuerpo de Jezabel en la parcela de Jezreel. Sus restos quedarán desparramados como estiércol en la parcela de Jezreel, para que nadie pueda reconocerla»* (2ª Reyes 9:36-37).

El noveno Mandamiento ha sido roto en el noveno libro de la Biblia. El Patrón ha llegado a su final. Y el líder de la secta se ha salido con la suya. Una mujer morirá atrozmente por haber sido parte de una gran mentira que llevó al mundo entero a una situación límite. Una mentira tan grande como un imperio que invade y se roba un país entero. Esa mentira no quedará imp

28

Universidad del País Vasco
Marzo del 2010
Ainhoa Garay

Hace tan solo dos años, el 17 de abril del 2008, murió el Profesor David Freedman. Murió sin haber visto cómo su trabajo había logrado resolver uno de los casos más enigmáticos y macabros de un líder sectario cuyas retorcidas interpretaciones de la Biblia provocaron un sinnúmero de muertes espantosas y un agudo dolor en cientos de personas.

El 31 de marzo de 2009, una unidad militar internacional fue movilizada de emergencia a la localidad de Nayif en Irak. En el interior de una casa de 2 pisos, un hombre mantenía secuestrada a una mujer de 42 años, madre de cinco hijos, militar retirada del Ejército estadounidense. Al llegar al lugar, los agentes encontraron a un solitario anciano, vestido en pijama, fumando pipa y escribiendo en una computadora portátil. El nombre del decrépito anciano era Marius, de nacionalidad estadounidense. Marius tenía solo un antecedente penal. En 1971 había sido arrestado en Nueva Orleans por protestar con mensajes apocalípticos y amenazantes en contra del gobierno de Estados Unidos junto a un grupo de discípulos de David Brandt, líder de una secta religiosa. Mientras lo interrogaban, unos perros se peleaban en la calle. Fue entonces que se percataron de que los perros se peleaban por trozos de carne humana. La mujer había sido lanzada por la ventana del segundo piso, luego había sido abandonada mientras se desangraba. Posteriormente los perros habían comido gran parte de su cadáver dejándolo completamente desfigurado. Durante el juicio, Marius alegó que se había cumplido la ley de Dios y que él no era más que el siervo del Señor que cumple Su voluntad. La mujer, dijo Marius en el juicio, había sido parte de la Gran Mentira sobre las armas de destrucción masiva que había desatado la invasión de Irak en el 2003. Y esa mentira rompía el noveno Mandamiento del Patrón, cuyo castigo se describía en el noveno libro de la Biblia y citó de memoria:

Eso cumple el mensaje que el Señor dio por medio de su siervo Elías de Tisbé, quien dijo: «Los perros se comerán el cuerpo de Jezabel en la parcela de Jezreel. Sus restos quedarán desparramados como estiércol en la parcela de Jezreel, para que nadie pueda reconocerla» (2ª Reyes 9:36-37).

En la única muñeca conservada del cadáver de la víctima se encontró un tatuaje con los siguientes cuatro

caracteres en Lingua Ignota ⴑⴎⴆⴏ relacionados con un sello antiguo encontrado en 1964, un ópalo oscuro que ahora forma parte de la colección privada Voss-Hahn y que pudo haber pertenecido a Jezabel. En su computadora se encontró un extenso documento inconcluso que detallaba los hechos acaecidos desde el inicio de lo que él llamaba BARUC.

Yo, Ainhoa Garay, he querido que ese extenso documento inconcluso esté al alcance de todos para advertir del peligro de las sectas fundamentalistas. Al mismo tiempo, el equipo internacional que investigó el caso de las 12 embajadas, con el permiso de Modi y Nikademus, y en honor al Profesor David Freedman, hemos dejado accesible el modelo simulado llamado B.A.R.U.C. (Bible Authority Rules Under Control) para aleccionar y prevenir sobre estos siniestros mecanismos de evangelización que tanto daño han hecho y pueden hacer. El lector podrá accesar el modelo traduciendo la siguiente frase en *ignota*:

ꞷꞷꞷ.ƃɣɣˉꞷ1.ɣ99

Quizás haya terminado todo. O quizás vuelva a empezar todo de nuevo una y otra vez. ¿Habrá algún loco por ahí intentando hacer cumplir la Biblia de forma literal? ¿Habrá dos o muchos? ¡Tendremos que seguir alerta!

EL CAMINO DE
MYSTERIUM

GUÍA DE LECTURA
JOSE CHACON

TODOS SOMOS ASESINOS, VÍCTIMAS Y SUICIDAS AL MISMO TIEMPO

EDITORIAL ABYAD

EL CAMINO DE
MYSTERIUM

GUÍA DE LECTURA
JOSE CHACÓN
TODOS SOMOS ASESINOS, VÍCTIMAS Y SUICIDAS AL MISMO TIEMPO

El Camino de Mysterium es una guía de lectura interactiva de la novela. Encontrarás curiosidades, guías, mapas, datos y esquemas. Te convertirás en un agente más del equipo de investigadores que procura desvelar el misterio de la muerte de una mujer en la Embajada de Alemania en Tel Aviv (2007). Estos epilegómenos son el resultado de la lectura conjunta realizada por el grupo "El Círculo de Mysterium" quienes leyeron la novela en medio de la pandemia provocada por el virus SARS-CoV-2 y que se reunieron virtualmente durante el año 2020.

TODOS SOMOS ASESINOS, VÍCTIMAS Y SUICIDAS AL MISMO TIEMPO

Hay un cadáver, o algo parecido a un cadáver femenino en una embajada.

¿Has sentido vértigo alguna vez? ¿Has tenido esa certidumbre aterradora de que una fuerza inexorable te succiona o te empuja? Como cuando la punta de los zapatos se acerca demasiado al vacío de un farallón escarpado en la costa, o como cuando asomamos demasiado la cabeza por el balcón del décimo quinto piso del edificio de apartamentos y esa fuerza terrible nos quiere succionar. Entonces nos aferramos a la baranda, cualquier baranda. O damos un paso atrás y respiramos aliviados al creer que nos hemos salvado, al menos por hoy. O tal vez nos demos cuenta de que, en realidad, hemos dado un paso en falso y la suerte está echada.

¿Cuál es esa fuerza misteriosa que nos succiona? ¿De dónde viene ese miedo cerval a la muerte? ¿Por qué queremos salvarnos de todo y de todos? ¿De qué te estás queriendo salvar ahora mismo? ¿Del futuro? ¿De la muerte? ¿De la soledad, la culpa o el dolor? ¿Del fuego eterno o de la vergüenza?

Un cadáver y un gran misterio. ¿Todo empieza ahí?

347

Una palabra sin márgenes:

Luego de ser publicada la novela, el título suscitó muchas preguntas. Su misión se había cumplido. El título de la novela es un mar hondo y sin márgenes, como el vértigo o el miedo a la muerte. Mysterium Salutis en latín: el Misterio de la Salvación.

Umberto Eco afirma que una novela es "una máquina de interpretaciones". El autor no debe interpretar, pero puede contar sus razones y métodos. Yo no debo darte mis interpretaciones, pero sí puedo contar cuál fue ese largo camino que tomé para llegar al final de mi historia. Este documento es El Camino de Mysterium.

Mi novela tuvo muchos títulos. Todos ellos fueron descartados paulatinamente porque eran demasiado claros, demasiado evidentes, demasiado concretos. Todos carecían de la hondura que el libro reclamaba. Cuando hablamos de la salvación, eterna o terrena, necesitamos una palabra sin límites de interpretación. Mysterium Salutis es como el Círculo de Pascal (Borges), que describe a Dios como "una esfera ininteligible, cuyo centro está en todas partes y la circunferencia en ninguna". A Dios nada lo limita y el mismo Borges lo ejemplifica con la cita de 1ª Reyes 8:27: "El cielo, el cielo de los cielos, no te contiene". Todos queremos salvarnos, pero no sabemos cómo. Sentimos el vértigo de la condena, del fuego eterno, de la soledad y la pérdida y no sabemos por cuál callejón hay que huir para estar a salvo. Nunca lo sabremos.

Con el nombre también quise burlarme de los dogmas y del legalismo, los cajones en los que nos meten desde que nacemos. Los convencionalismos, lo concreto: lo que tiene que ser y lo que debemos ser y hacer. Existe un libro de teología, homónimo de mi novela, del cual hago cierto escarnio porque la salvación no puede ser un dogma, ni siquiera un teologúmeno. Un día, o una noche, llegamos al convencimiento de que "todos somos asesinos, víctimas y suicidas al mismo tiempo". Pero llegar ahí no es fácil. Mientras tanto, vivimos sintiéndonos víctimas y buscando a los culpables. Y ahí está el misterio: Mientras señalamos a esos "asesinos" Pablo nos recuerda en Romanos 3:1 que:

Propter quod inexcusabilis es, o homo omnis qui judicas. In quo enim judicas alterum, teipsum condemnas: eadem enim agis quae judicas.

Es decir:
Por eso no tienes ninguna excusa cuando juzgas a otros, no importa quién seas. Al juzgar a otros te condenas a ti mismo.

Así que hay un cadáver, o algo parecido a un cadáver femenino en una embajada. De momento no se sabe mucho, una mujer sin vida, una escena atroz, un silencio convulso. Una muerte que tendrás que investigar junto a mí. Y para ello viajaremos por mundos, geografías y épocas. Iremos juntos allá donde inicia todo. Donde mujeres y hombres, con sus pasiones y tristezas, sus amores y locuras se aferran una y otra vez a la baranda de salvación más cercana, queriendo evitar ser succionados por la fuerza misteriosa que tira de ellos hacia el vacío.

Pero Mysterium Salutis también es un recuerdo fresco de otro texto (los libros siempre son libros de otros libros), me refiero al Mysterium Liberationis de Ignacio Ellacuría y Jon Sobrino. No puede haber salvación sin libertad. En la novela te encontrarás con un sinnúmero de personajes cuyos nombres nos recuerdan constantemente y con juegos de palabras, este misterio de la salvación.

Johann Baptist Pastorius: Nos recuerda al Juan el Bautista bíblico que procura llevar a los judíos al arrepentimiento.

Luego tenemos tres duplas que son extremadamente simbólicas:

Jacob Brandt-Jacobo Pastorius: Jacob en hebreo puede interpretarse como el que arrebata algo.

David Brandt-David Freedman: Mientras David Brandt nos lleva a la perdición, David Freedman nos abre la ventana de la libertad.

Jan Mathys-Jan Van Leiden: Los dos *Jan* constituyen una dupla siniestra que prefigura a cientos o miles de casos, ellos son una (¿otra?) radiografía de la locura religiosa.

Pero estas tres duplas no son las únicas. Toda la novela está llena de símbolos y juegos de palabras que tendrás que descubrir por tu propia cuenta.

El uso de la Biblia

La novela puede leerse como una crítica burlona de las diferentes formas en que las personas se acercan a la Biblia y el peligro subyacente, que emana de las interpretaciones de las páginas sagradas.

Jorge Luis Borges, en un histórico discurso sobre la poesía dictado en el teatro Coliseo de Buenos Aires en 1977, lo expresó así:
Señoras, señores:

El panteísta irlandés Escoto Erígena dijo que la Sagrada Escritura encierra un número infinito de sentidos y la comparó con el plumaje tornasolado del pavo real. Siglos después un cabalista español dijo que Dios hizo la Escritura para cada uno de los hombres de Israel y por consiguiente hay tantas Biblias como lectores de la Biblia. Lo cual puede admitirse si pensamos que es autor de la Biblia y del destino de cada uno de sus lectores.

Tantas Biblias como lectores, es decir que al acercarse a la Biblia ningún ser humano podrá jamás leerla de la misma manera que otro. Y esto está bien en tanto pensemos que ese Dios que habla a través de las páginas de la Biblia puede tener un trato personal con cada alma. Pero al mismo tiempo esto plantea el problema de la imposición de las interpretaciones personales al resto de la humanidad. Es ahí donde aparecen los Thomas Münster, los dos Jan y un sinfín de líderes, locos, criminales, sectas y cultos que oprimen, imponen, seducen, violentan y procuran el poder político.

¿No sucede acaso lo mismo con cada libro? ¿Con Mysterium Salutis? ¿Con este mismo opúsculo que estás leyendo ahora mismo?

¿Realidad o ficción?

Una novela como esta también debe guardar el misterio de lo que es histórico y lo que es ficción.

¿Cuánto de toda la historia es real? ¿50%? ¿90%? No te lo diré, no lo sé con certeza. La mayoría de los personajes de la novela son reales. Las figuras históricas más relevantes hicieron y dijeron lo que narra la novela, aunque para fines de la narrativa se haya ampliado y ficcionado el contexto y los fragmentos dialogales. La mayoría de los personajes aparecen por su nombre verdadero, como Conrad Grebel, David Freedman o Thomas Müntzer, entre otros; algunos aparecen con nombres ficticios o sus caracteres han sido creados fusionando varias figuras históricas en una sola. Las figuras menores de relleno que normalmente aparecen sin nombre o se mencionan una única vez a lo largo del libro, son mayormente ficticias. Lo mismo podemos decir de los hechos y lugares, edificios, calles, fechas, conciertos, festivales, restaurantes y celebraciones. Pero, dependiendo de tu propia curiosidad, deberás asumir el reto de investigar cada hecho, nombre, ciudad o batalla, para descubrir por tu cuenta hasta dónde lo narrado es real.

El narrador sabe que hay cierta complejidad en todos esos *flashbacks* -el constante adelante y atrás- entre 2007, 1745 y 1525 y comprende que esa discrasia entre *story* y *plot* podría confundir un poco al lector.

Pero esos saltos, no serán impedimento para que un lector atento y curioso avance sin dificultades por los entresijos de la historia.

El Camino de Mysterium, sin embargo, te podrá ir guiando por entre los pequeños y grandes laberintos de la narración. Aquí te invitaré a participar junto a mí de la investigación de esa extraña muerte y juntos podremos disfrutar estas interesantes páginas.

Lo primero que te compartiré, es un cuaderno de investigación criminal con el que podrás unirte al equipo investigador de Mysterium. Podrás ir añadiendo tus propias sospechas, conclusiones, indicios y descripciones ¿Será que descifras el misterio antes que los investigadores del Equipo Internacional?

Cuaderno de Investigación

1. **Pesquisas** (Pistas o detalles importantes para descubrir):

2. **Sospechosos** (Personas con motivos para cometer el crimen):

3. **Lesiones post mortem** (Información que brinda el cadáver sobre el crimen):

4. **Perfil victimológico** (Características de la víctima):

5. **Reconstrucción de eventos** (Paso a paso como
   sucedió el crimen):

6. **Escenario del crimen** (Lugar donde se ha cometido el crimen, anota todas las características):

7. **Retrato del crimen** (Aquí deberás llenar las cajas vacías conforme vayas descifrando la trama):

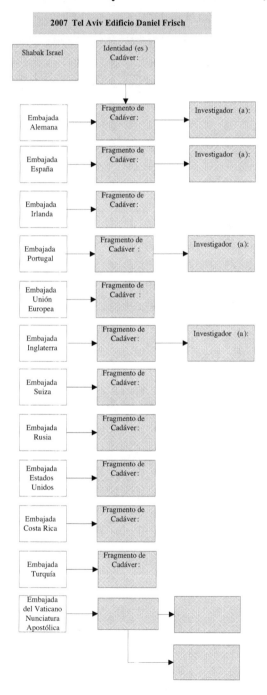

PERSONAJES

Te presento algunos de los personajes más importantes de Mysterium.

Conrad Grebel
Nació en Suiza en el año 1498. Se convirtió en discípulo de Ulrico Zwinglio, de quien se separó por diferencias de pensamiento. Uno de los fundadores de los anabaptistas. Murió en 1526 a causa de la peste mientras se encontraba escondido.

Bárbara
De clase baja, muy inteligente. Se casó con Conrad con quien procreó dos hijos, a pesar del rechazo de la familia Grebel, debido a su clase social.

Thomas Müntzer
Religioso emancipado de la causa de Lutero. Estaba convencido de que el Reino de Dios se instauraría por la vía violenta. Lideró la batalla de Frankenhausen el 15 de mayo de 1525, en la que murieron 8000 personas.

Jacob Brandt
El menor de los hermanos Brandt. En 1742 se dirigió a la comunidad de Krefeld en busca de trabajo y

sustento para su familia, donde laboró en una fábrica de tinturas de seda. Huyó a Rusia al saber del embarazo de Sonia y regresó en 1753 siendo un exitoso mercader.

Sonia Pastorious

Hija de Johan Baptist y Katharina Pastorius. Se enamoró del judío Jacob Brandt, relación que se vio marcada por a la tragedia. Terminó sus días en Estados Unidos.

David Brandt

Predicador en la misión de David Wilkerson, posteriormente fundó la secta *La familia del amor*, una comunidad de hippies cristianos en las playas de California. Se autodenominó como el elegido para salvar el mundo y su agrupación creció exponencialmente utilizando el sexo como mecanismo de evangelización.

Liese

Nacida en Alemania. En 1980, con 18 años, se independizó de su madre para irse a vivir con Bruno Mayers. Llegó a Tel Aviv en el año 2002, donde vivía con su esposo y sus dos hijas. Desempeñó diversas labores diplomáticas. En el 2007 a los 45 años, laboraba como agregada cultural de la Embajada de Alemania en Israel.

Salah Udin Awada

Músico nacido en Beirut. Musulmán no practicante, vivió en Líbano durante la guerra civil. Estudió música en Alemania y Londres. Radicado en Tel Aviv donde vivía con su esposa e hijas.

Bruno Mayers
Nació en 1960, neonazi simpatizante de la ultraderecha alemana, vinculado a la operación Gladio. Amigo de Gundolf Kohler, autor de la masacre del Oktoberfest.

Biografía de los personajes del equipo de investigación

Anke Schumann
Teniente de la Unidad de Operaciones Especiales Contraterrorista de la Policía Federal Alemana (GSG9).

Ainhoa Garay
Oriunda del país Vasco. Criminalista, miembro de la Brigada de Homicidios y desaparecidos del Cuerpo Nacional de Policía. Doctora en Medicina Forense por la Universidad del País Vasco y en Antropología y Biología Forense por la Complutense de Madrid.

Itzel Ferreira
Oriunda de México. Especialista en Medicina Forense, con experiencia en crímenes vinculados al narcotráfico en México. Luego de un episodio de violencia machista se trasladó a Portugal para trabajar en el Laboratorio de Policía Científica.

Mordechai Rovinski (Modi)
Especialista en ciberseguridad, miembro del Shabak o Servicio de Seguridad General, órgano cuya función consiste en atender todo lo concerniente a la criminalidad y el terrorismo en Israel.

Robert Gardener
Miembro del *New Scotland Yard* de Inglaterra. Aficionado al Cómic "Asterix y Obelix" y a los escritos de Agatha Christie.

Pietro Arcari
Nuncio Apostólico en Tel Aviv, amigo cercano de David Freedman.

Nikademus Yukhanaev
De origen armenio, fue desplazado en 1990 por la guerra entre Armenia y Azerbaiyán. Decidió conservar la nacionalidad rusa luego de la desintegración de la U.R.S.S. Era creyente de la iglesia ortodoxa Asiria del Este. Miembro del Instituto de Antropología y Etnología de Rusia.

David Freedman
Nacido 1923 en una familia de inmigrantes judíos. Biblista, erudito, experto en asuntos del Antiguo Cercano Oriente. Descubrió un patrón oculto en el Antiguo Testamento.

DIAGRAMA GENERAL DE PERSONAJES

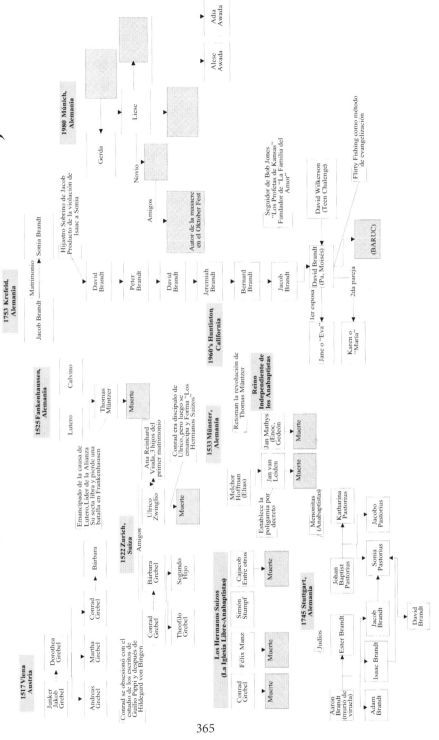

Mapas y rutas

Te comparto ahora algunos mapas y las rutas más importantes para que los explores conmigo.

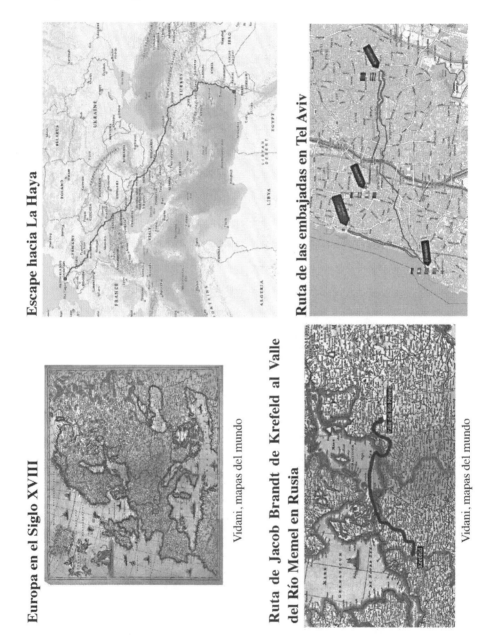

Escape hacia La Haya

Ruta de las embajadas en Tel Aviv

Europa en el Siglo XVIII

Vidani, mapas del mundo

Ruta de Jacob Brandt de Krefeld al Valle del Río Memel en Rusia

Vidani, mapas del mundo

EL MARTIRIO DE LOS ANABAPTISTAS

Las guerras entre cristianos fueron encarnizadas y desembocaron en innumerables muertes que se sucedían con una creatividad cruel e inhumana.

En Mysterium acontece el martirio de Félix Manz. La sentencia de muerte, dictada el 5 de enero de 1527, detalla como deberá ser la ejecución:

"…porque contrario a la ley y las costumbres cristianas se ha involucrado en el anabaptismo [...] debe ser entregado al verdugo quien amarrará sus manos, lo pondrá en un bote y lo llevará a la cabaña más abajo; allí el verdugo meterá sus rodillas entre las manos atadas, pasará un palo entre sus rodillas y brazos y en esta posición lo lanzará al agua para que perezca en el agua. Con eso se habrá apaciguado la ley y la justicia [...] Sus propiedades también deberán ser confiscadas por sus señorías."

José Chacón representando dicha técnica de ahogamiento
(Ilustración por Stephanie Ureña)

Joris Wippe (1558):

A Joris Wippe le ataron las manos y lo empujaron de cabeza dentro de un barril lleno de agua. Podemos imaginar el tormentoso sufrimiento que padeció hasta su muerte.

Imagen tomada de "El espejo de los mártires, año 1660.

Dirk Willems (1569):

La historia de Dirk Willems es icónica. Un hombre que ayudó a su perseguidor para que este no se ahogara, cuando se rompió el hielo de un río congelado y este cayó al agua helada. Después de ser rescatado, el perseguidor quería dejarlo libre, pero el magistrado no lo permitió. Entonces capturó a Dirk y lo sentenciaron a morir quemado.

Imagen tomada de "El espejo de los mártires, año 1660.

Gerit Cornelio (1571):

A Gerit lo torturaron de muchas maneras por no delatar a otros creyentes. Finalmente lo suspendieron en el aire, colgando del dedo de su pulgar de la mano derecha y con un peso colgado de los pies. Luego, convaleciente, fue quemado.

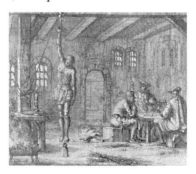

Imagen tomada de "El espejo de los mártires, año 1660.

369

Las jaulas de la iglesia de San Lamberto

Al fracasar la revuelta de Thomas Münster (1534-35), los cabecillas anabaptistas fueron sentenciados a muerte y sus cadáveres fueron colgados en las jaulas que aún hoy se ven en la torre de la iglesia de San Lamberto.

LINGUA IGNOTA

La *lingua ignota* es un detalle muy especial de Mysterium. Por eso aquí te comparto un maravilloso texto redactado por la lingüista M.Sc. Jeanina Umaña A. También un breve glosario con algunas palabras en *ignota* (podrás encontrar un glosario más amplio en mi página web josechacon.org). Finalmente te comparto una especie de cuaderno de práctica caligráfica, para que te animes a aprender a escribir las grafías *ignotas*. No podían faltar, tampoco, unas plantillas para quienes quieran tatuarse las bellas palabras *ignotas* creadas en Mysterium.

Lenguas artificiales

A partir de la experiencia comunicativa humana, se han desarrollado "lenguajes artificiales" con diversas características y objetivos. Tenemos máquinas que "se comunican" entre sí, ya sea de forma limitada, como el robot que acata la orden de levantar un objeto y ponerlo en otro lugar, repetidamente y *ad infinitum*, o de forma tan sofisticada como el buscador que en un segundo o menos encuentra la información que buscamos en esa biblioteca interminable que es la Internet. Incluso decimos que dos máquinas son "incompatibles" cuando naturalmente responden a lenguajes diferentes, ¡como una Babel informática! Esto, porque todo lenguaje artificial tiene una estructura, es decir, una sintaxis determinada, tal y como sucede con las lenguas naturales. Y al igual que los humanos, hay máquinas que responden a diferentes lenguajes y por lo tanto necesitan un traductor, llamado interfaz, para comunicarse entre sí. Estos lenguajes llamados "formales", están en la frontera de lo que muchos considerarían lengua, porque carecen de oralidad.

Un caso interesante de lenguaje artificial es el esperanto. Creado para que fuera una lengua humana universal, algo así como la antítesis de Babel, en realidad tiene características de las lenguas occidentales indoeuropeas en que se basa. Pero esta familia de lenguas es una de las casi veinte que existen en el mundo, muchas con estructuras muy diferentes entre sí. Y si una generación fuera criada hablando esperanto como su lengua materna natural, con el tiempo experimentaría el mismo proceso de cambio lingüístico de las lenguas que constituyen su sustrato.

El cine y la literatura de ficción, y su combinación, han promovido la invención de otro tipo de lenguas artificiales, cuyo objetivo es dar credibilidad a la historia y los personajes de la obra. Tal es el caso de la lengua elvish -después llamada quenya- y sindarin, inventadas por J. R. R. Tolkien para las novelas *El señor de los anillos* y *El Hobbit*. Son lenguas artificiales parecidas al finlandés, con elementos del griego y el latín. Los aficionados a la saga Star Trek recordarán el idioma klingon, desarrollado por

Marc Okrand. En este caso, para que no fuera tan obvia para el anglohablante, el orden natural sujeto-verbo-objeto (Juan/rescató/gato) se cambió a objeto-sujeto-verbo (gato/Juan/rescató), algo común en muchas familias de lenguas naturales.

Hay otras lenguas artificiales o ficticias ideadas con fines artísticos, e incluso existen escuelas con diferentes métodos para elaborar esos sistemas de comunicación. La escuela naturalista trata de crear gramáticas flexibles como las de las lenguas naturales. Quizás, los casos más recientes y exitosos sean el idioma vernáculo de la raza na'vi en el universo de la película *Avatar* y dothraki, utilizado en la serie *Juego de Tronos*. Fueron desarrolladas con el concurso de lingüistas profesionales pues requerían sistematización de la sintaxis y el léxico, pero también de la fonética, para asegurar una pronunciación dada. Así, la conocida cantante y compositora irlandesa Enya, quien además es lingüista profesional y políglota, fue parte del equipo dirigido por el Prof. Paul Frommer, constructor de la lengua na'vi de *Avatar*, y ya ella había colaborado con canciones para *El Señor de los Anillos* y para su propio álbum *Amarantin*e, en el que usa loxian, otra lengua artificial artística en cuya creación participó.

Otro ejemplo complejo y sofisticado, con fines militares, fue la manipulación del vocabulario de la lengua indígena navajo, para transmitir mensajes en las misiones estadounidenses en el Pacífico Sur durante la Segunda Guerra Mundial. Este código no pudo ser descifrado por las fuerzas contrarias.

Lingua ignota

Es poco lo que podemos agregar a lo que encontramos en *Mysterium Salutis* sobre esta lengua, que tiene carácter de código y es considerada la primera lengua artificial de la historia, por lo que no es de extrañar que su autora sea la patrona de los esperantistas. Fue creada en el siglo XII por Hidelgarda de Bingen (1098-1179) quien, muy niña, fue llevada al monasterio de Disibodenberg, Alemania, para ser educada allí, ya que decía tener visiones místicas.

Su amplia educación incluyó diversas disciplinas (medicina, filosofía, botánica, música y más) y aprendió varias lenguas incluyendo griego y latín. Se convirtió en una monja renacentista mucho antes de ese período histórico y llegó a ser abadesa del monasterio de Rupertsberg. Fue una prolífica compositora musical y escritora en temas tan diversos sobre cómo construir iglesias con buena acústica, recetas de cocina, política, teología, feminismo, etc. Su obra ha suscitado estudios en varios campos y se encuentra recopilada en cuatro códices europeos: el Riesenkodex, en la biblioteca de Hesse; el de Berlín, en la Biblioteca del Estado Prusiano de Berlín; el Codex Hildegardensis de Viena; y el de Stuttgart.

Se desconoce con qué objetivo creó la *lingua ignota*. Se especula si fue para recopilar sus experiencias místicas, ya que atribuía a Dios sus dones y visiones y hasta la fecha la rodea una cierta aura de misticismo, o para encubrir sus conocimientos científicos, tan poco aceptables en una mujer en esa época medieval, o para enviar mensajes en código, ya que parece haber evidencia de que personas afines a ella sabían sobre la existencia de esa lengua. Sus composiciones musicales rompieron con algunos cánones de la época medieval, como el uso de registros amplios para los coros (de muy graves a sobreagudos), y algunas de sus composiciones musicales incluyen palabras en *lingua ignota*. Por eso hay quienes suponen que con la nueva lengua buscaba expresar los matices que encontraba en la música y que lenguas como el latín no podían pintar y describir, o bien una tonalidad particular ausente en la lengua germánica de entonces.

Sobrevive un único y breve texto titulado *Ignota Lingua per simplicem hominen Hildegarden prolata*, que contiene 1011 palabras (sustantivos y unos pocos adjetivos organizados según categorías), con su significado en alemán y latín, para cuya escritura utilizó 23 letras también inventadas por ella. La primera lectura da la impresión de un latín medieval inventado, pues algunas palabras tienen carácter neolatino. Al usar palabras aisladas de este código en cánticos religiosos en latín, podríamos suponer que los sonidos eran o los del latín medieval de la época, o los de la lengua germánica que hablaba la autora.

La *lingua ignota* recurre a la transliteración, que es la sustitución de caracteres y palabras de una lengua por otros, en este caso los de una construida. Sustituyó palabras del latín y del alemán medieval por otras creadas por ella misma y reemplazó con letras también creadas por ella, las letras que se utilizaban para escribir las lenguas que conocía. Es por eso que con la tabla de la página 59 de *Mysterium Salutis* podemos escribir castellano u otra lengua indoeuropea con las letras de *lingua ignota* y la pronunciación será la de la respectiva lengua indoeuropea. Por eso también, Conrad y Bárbara, personajes de la novela, podían comunicarse mediante ese código secreto y además podían aumentar el vocabulario según sus necesidades, si bien solo existen adjetivos y sustantivos en los textos originales de *lingua ignota* que sobreviven.

Medievalistas, feministas, constructores de lenguas, estudiosos de lenguas construidas, entre otros, estudian el legado de Hildegard de Bingen. Además, la obra poética y musical de la abadesa es parte del rock folclórico que interpreta la banda sueca Garmarna. El álbum *Hildegard von Bingen,* con composiciones de la abadesa interpretadas con instrumentos de época y que incluyen algunas palabras en *lingua ignota*, se puede escuchar en diferentes sitios de internet. Melodías como *Euchar* y el *Kyrie* son tan extrañas como hermosas y constituyen un reto de interpretación vocal.

Fuentes básicas:

Rydwlf.blogspot.com

Higley, Sara *et all*. 2007. Hildegard of Bingen´s Unknown Language: An Edition, Translation and Discussion (The New Middle Ages). Palgrave Macmillan.

www.htp://musiki.org.ar/Lingua_ignota

Cuaderno
de caligrafía ignota

Repite a mano y con un lápiz cada una de las grafías
hasta que logres perfeccionarla.

a	b	c	d	e	f	g	h	i	k	l	m
૪	૬	૧	૪	૭	૮	૭	૪	૪	૨	૪	✢

n	o	p	q	r	s	t	u/v	w	x	y	z
ꝑ	ꝓ	ꝙ	ꝗ	ꝛ	ꞩ	ꞇ	ꝸ	ꝡ	ꝝ	ꝥ	ꝫ

¿TE TATUARÍAS ALGUNA DE ESTAS PALABRAS CREADAS EN LA NOVELA?

(filiabiz) del griego *fhilia*, que se refiere a la amistad, a esa profunda relación de camaradería que nace entre hermanos de armas que han luchado uno al lado del otro en el campo de batalla.

(agapobiz) del griego *ágape* o amor desinteresado, como en latín *cáritas*.

(erobiz) del griego *eros*, para describir la pa-sión y el deseo sexual.

(pragmabiz) del griego *pragma*, es el amor maduro o firme, el amor que a pesar de todo permanece *de pie*.

GLOSARIO LINGUA IGNOTA

Español	Transliteración	Ignota
Amante	Salziz	
Ángel	Aieganz	
Borracho	Bizioliz	
Cannabis (cannabis sativa)	Aseruz	
Cerveza	Briczinz	
Diablo	Liuionz	
Dios	Aigonz	
Esposa	Kaueia	
Fuego	Buirizindiz	
Hijo	Scirizin	
Investigador	Sparfoliz, Spartoliz	
Libro	Libizamanz	
Madre	Maiz	
Mujer	Vanix	
Nalgas	Duoliz	
Ombligo	Stranguliz	
Pene	Creueniz	
Sangre	Rubianz	
Santo	Zuuenz	
Útero	veriszoil	
Vagina	Fragizianz	

SOUNDTRACK

En Mysterium Salutis vas a encontrar mucha música. Te recomendaría hacer una lista de reproducción o *playlist* para escuchar cada canción cuando aparezca en el libro, o para repasar los momentos más emblemáticos de la historia. A continuación, te comparto una lista de la música de Mysterium.

Morgen Kommt der Weihnachtsmann:
Mejor conocida como "Estrellita, ¿dónde estás?". Su versión original es en francés y fue compuesta en el año 1761. Aunque Mozart no es el autor, tiende a atribuírsele a él, ya que hizo alrededor de 12 variaciones de la pieza.

Sonatas 545, 570, 576, 533/494 en 432 Hertz.
Todas ellas escritas por Wolfgang Amadeus Mozart entre los años 1774 y 1789, en 432 Hertz, la frecuencia vibratoria de la Tierra, por eso se está en mejor armonía con el mundo y el cuerpo.

Algo está cambiando – Julieta Venegas
Canción lanzada en el 2004 por Julieta Venegas. Su letra se puede relacionar mucho con lo que sucede en el libro porque habla de que muchas cosas no están a simple vista.

Veni Creator Spiritus

Canto litúrgico ecuménico, es decir, que no pertenece a una denominación religiosa en específico, originalmente escrito en latín que data del siglo IX. El canto es utilizado para invocar al Espíritu Santo.

Este canto efectivamente se entonó al unísono por 8 000 personas en la batalla de Frankenhausen, el 15 de mayo de 1525; un grupo de campesinos sublevados, dirigidos por el autoproclamado profeta Thomas Müntzer, quienes murieron a manos del ejército imperial comandado por Felipe I de Hesse, tras ser convencidos de que Dios les daría el triunfo.

The Train Kept a Rollin

Inicialmente fue grabada por Tiny Bradshaw en 1951, pero muchos otros artistas han hecho sus propias versiones, incluyendo Led Zeppelin, que la interpretó en el concierto al cual asistieron Liese y Bruno en 1980.

Get Up, Stand Up – Bob Marley

Grabada en 1973 por Bob Marley and The Wailers, es una de las canciones más reconocidas de este artista. Trata sobre los derechos de las minorías y la libertad, especialmente de los jamaiquinos.

Ein Prosit

Es una canción típica de los *Oktoberfest*, les recuerda cada 20 minutos a los asistentes porqué están ahí y los invita a estar bebiendo la típica cerveza bávara. Cada vez que suena esta canción es obligatorio levantarse, brindar y celebrar con todos alrededor.

Right Here Waiting - Richard Marx

Canción que habla sobre la tristeza de una persona por alguien que ya no está, fue lanzada en 1989 por Richard Marx. En la novela suena justo luego del funeral de Liese.

Cuántos cuentos cuento – La Oreja de Van Gogh

De "La Oreja de Van Gogh". La canción se escucha justamente en el momento en que Ainhoa e Itzel van camino hacia la Nunciatura. Trata sobre un amor insano y frustrado que aún no ha sido superado desde el punto de vista de una mujer.

Himno "San Francisco"

Este es un himno de la paz y del amor. Fue escrito por John Phillips integrante de The Mamas & The Papas en 1967 e interpretado por Scott McKenzie. Hace referencia a la Ciudad de San Francisco, el epicentro del movimiento hippie y en un momento en donde había protestas contra la Guerra de Vietnam.

EL CAMINO DE
MYSTERIUM

TABLA DE IMÁGENES

Páginas 20, 37, 87, 189, 245, 172 Codex Ephremi, Wikipedia (https://upload.wikimedia.org/wikipedia/commons/c/cc/Codex_ephremi.jpg)

Página 44 Krampus "Morzger Pass" Salzburg 2008.

Página 50 Agostino Carracci: Angélica y Medoro.

Página 67 Portada, El Árbol de Guernika, George L. Steer.

Página 68 Ainhoa (R.P.) Le Calvaire et la Chapelle Noutre-Damme-de-l'Aubépine R.D.

Página 89 La batalla de Frankenhausen, Werner Tübke, 1982.

Página 120 Frühbürgerliche Revolution in Deutschland, Werner Tübke, 1989.

Página 125 Martirio de Félix Manz, mediante ahogamiento en el río Limmat, el 5 de enero de 1527. Dibujo de Heinrich Thomann.

Página 127 Mapa de Frankenhausen (https://i1.wp.com/librinuovi.net/wp-content/uploads/2014/09/karte700.gif).

Página 141 Cartel de concierto The Open Air Festival 1980.

Página 145 Foto del atentado de Oktoberfest 1980, Xavier Casals.

Página 150 Castillo de Werfen.

Página 154 Poster de la película Where Eagles Dare.

Página 158 Niños en hospital alemán durante la Segunda Guerra Mundial. (https://d33wubrfki0l68.cloudfront.net/0dfc717b6bcf3ca12e612c1c5fa50f3751f61275/3ce2b/assets/image013.jpg).

Página 160 Cinta de Moebius, *Adam Pekalski.*

Página 188 Jaulas de la iglesia de San Lamberto.

Página 192, Escudo de la familia Van der Leyen.

Página 216 Retrato de Helene Sedlmayr, Joseph Karl Stieler, c.1830.

Página 227 Cariátides, Acrópolis de Atenas.

Página 237 Aterix y Obelix, Albert Uderzo.

Página 255 Corona del Mar Beach, California. Bautismo en la playa, Calvary Chapel.

Página 258 Atmósfera feliz, La Familia. Archivo fotográfico, xfamily.org

Página 260 Vigilia delante del Capitolio, La Familia. Archivo fotográfico, xfamily.org

Página 271 You Are The Love of God, La Familia. Archivo fotográfico, xfamily.org

Página 271 La Familia. Archivo fotográfico, xfamily,org.

Página 278 Óbelo, Métóbelo, Asterisco, Septuaginta.

Página 302 El periódico El Caso, Familia Alexander.

Página 303 Frank y Harold Alexander, Alamy.

Página 309 Portada de "La Biblia de los esclavos", Ancient Origins.

AGRADECIMIENTOS
de El Mysterium Salutis

Al doctor Francisco Etxeberria Gabilondo, antropólogo forense, especialista en Medicina legal y forense y especialista en Antropología y biología forense de la Universidad Complutense de Madrid. Profesor titular de Medicina legal y forense en la Universidad del País Vasco.

A Laura Jacobo, mi esposa.

Al equipo de consultores que acompañó la obra desde su inicio: Gustavo Gutiérrez, Johnny Mora, Andrés Rocha, Angie Salas y Diana Bustamante.

A Monseñor Robert D. Murphy, de la Sección para las Relaciones con los Estados, Secretaría de Estado, Ciudad del Vaticano, Roma.

A Roie Ravitzky, Director de *The Religious Peace Initiative, Mosaica Center*, Jerusalén, Israel.

A Mariana Rosales Aymerich, del cuerpo diplomático de la Embajada de Costa Rica en Washington.

A Emily B.White, del cuerpo diplomático de la Embajada de Estados Unidos de América en Costa Rica.

Al profesor Wolfgang A. Streich, investigador especialista en Historia anabautista.

AGRADECIMIENTOS
DE EL CAMINO DE MYSTERIUM

El Camino de Mysterium es un trabajo conjunto. Fue realizado por los miembros de El Círculo de Mysterium de San José, Costa Rica. Luego de decenas de horas de lectura, tertulias, risas y desvelos, logramos sintetizar lo que pensábamos que podría ayudar a los lectores a tener una experiencia inolvidable con la novela. Debo agradecer a todo el Círculo, en especial a Carolina Zúñiga, Johnny Mora, Stephanie Ureña, Catalina Campos, Fiorella Medina, Gabriela Retana, Miguel Campos y Mónica García. Una de las primeras lectoras de la novela fue la lingüista M.Sc. Jeanina Umaña A. quien elaboró el apartado sobre lenguas artificiales. Muchas gracias por tantos aportes.

Cada lector podrá encontrar más material e información en la página www.josechacon.org donde también podrá hacer sus aportes.

ACLARACIONES NECESARIAS

La mayoría de los personajes de la novela son reales. Las figuras históricas más relevantes hicieron y dijeron lo que narra la novela, aunque para fines de la narrativa se haya ampliado y ficcionado el contexto y los fragmentos dialogales. La mayoría de los personajes aparecen por su nombre verdadero, como Conrad Grebel, David Freedman o Thomas Müntzer, entre otros; algunos aparecen con nombres ficticios o sus caracteres han sido creados fusionando varias figuras históricas en una sola. Las figuras menores de relleno que, normalmente aparecen sin nombre o se mencionan una única vez a lo largo del libro, son mayormente ficticias.

En cuanto a los hechos, la novela discurre sinuosamente entre la historia y la ficción. Siendo el peso del mensaje general el depositario de la última verdad comunicada en el libro.

Los apartados denominados MYSTERIUM SALUTIS funcionan como las glosas de un copista antiguo y son las reflexiones ulteriores del narrador, quien siente y sabe que su vida está a punto de terminar.

ÍNDICE MYSTERIUM SALUTIS

ÍNDICE EL CAMINO DE MYSTERIUM

Made in the USA
Middletown, DE
23 October 2023

41039 9R00236